电影剧作观念选编

刘纯羽——编著

目 录
Contents

前 言 11

第一章 电影蒙太奇

普多夫金 …………………………… 3
贝拉·巴拉兹 ………………………… 3
乔治·萨杜尔 ………………………… 3
丹尼艾尔·阿里洪 …………………… 3
马塞尔·马尔丹 ……………………… 4
爱森斯坦 …………………………… 4
伊夫特·皮洛 ………………………… 4
分析与阐述：作为表现手段的
蒙太奇 ……………………………… 5

爱森斯坦 …………………………… 7
欧纳斯特·林格伦 …………………… 7
普多夫金 …………………………… 7
分析与阐述：蒙太奇的基本原理 …… 8

爱森斯坦 …………………………… 10
让·米特里 ………………………… 10
普多夫金 …………………………… 11
欧纳斯特·林格伦 …………………… 11
J. 格里尔逊 ………………………… 11
分析与阐述：作为感知方式而存在的
蒙太奇 ……………………………… 12

爱森斯坦 …………………………… 14
佩里耶夫 …………………………… 14
普多夫金 …………………………… 15
欧纳斯特·林格伦 …………………… 15
分析与阐述：蒙太奇的表现形态
以及优势 …………………………… 16

第二章 电影的造型

康 德 ……………………………… 23
歌 德 ……………………………… 23
查希里扬 …………………………… 23
鲁道夫·爱因汉姆 …………………… 24
普多夫金 …………………………… 24
爱森斯坦 …………………………… 25
让·米特里 ………………………… 25
威廉·亚当斯 ……………………… 25
分析与阐述：造型是电影作品的
第一品牌 …………………………… 25

普多夫金 …………………………… 28
威廉·亚当斯 ……………………… 28
塔可夫斯基 ………………………… 29

查希里扬……29	爱森斯坦……45
普多夫金……29	让·米特里……45
查尔·贝内特……30	普多夫金……46
高尔基……30	分析与阐述：造型的符号性……46
分析与阐述：造型思维是电影创作的首要思维……30	
	莱 辛……49
	查希里扬……49
普多夫金……33	普多夫金……49
马塞尔·马尔丹……33	爱森斯坦……49
塔可夫斯基……33	让·米特里……50
贺拉斯……33	分析与阐述：造型是现实意义的承载……50
约翰·霍华德·劳逊……34	
贝拉·巴拉兹……34	
分析与阐述：造型选择的审美原则……35	## 第三章　电影的风格
爱森斯坦……38	歌 德……57
查希里扬……38	塔可夫斯基……57
马塞尔·马尔丹……38	列夫·托尔斯泰……57
分析与阐述：电影造型的潜台词……38	让·米特里……57
	分析与阐述：作者的态度决定影片的风格……58
普多夫金……40	
分析与阐述：特写……40	D.G.温斯顿……60
	普多夫金……60
塔可夫斯基……41	查希里扬……60
爱森斯坦……41	贝拉·巴拉兹……60
塔可夫斯基……41	分析与阐述：风格要统一……60
分析与阐述：造型的主观性……41	
	佩里耶夫……62
普多夫金……44	贝拉·巴拉兹……62
分析与阐述：造型的隐喻功能……44	

分析与阐述：电影为什么要有
风格？……………………………62

贺拉斯………………………………64
贝拉·巴拉兹…………………………64
查希里扬……………………………64
分析与阐述：电影的风格具体体现
于形象化之中……………………65

小津安二郎…………………………67
佩里耶夫……………………………67
别林斯基……………………………67
分析与阐述：电影的幽默化风格……67

威廉·亚当斯………………………69
分析与阐述：风格即情感……………69

第四章　电影中的细节

查希里扬……………………………73
爱森斯坦……………………………73
约翰·霍华德·劳逊…………………73
鲁道夫·爱因汉姆……………………74
马塞尔·马尔丹……………………74
伊夫特·皮洛………………………74
于果·明斯特伯格…………………75
分析与阐述：细节的隐喻性…………75

贝拉·巴拉兹…………………………78
于果·明斯特伯格…………………78

分析与阐述：面部细节显现的
电影特性…………………………79

第五章　电影的节奏

爱森斯坦……………………………85
分析与阐述：超越表现主义范畴的
电影节奏…………………………85

爱森斯坦……………………………86
新藤兼人……………………………86
马塞尔·马尔丹……………………86
夏　衍………………………………86
王骥德………………………………87
让·米特里…………………………87
赫尔曼·艾宾浩斯…………………87
分析与阐述：电影节奏与蒙太奇……88

第六章　有声电影

查希里扬……………………………95
普多夫金……………………………95
凯莱尔·雷兹………………………95
分析与阐述：两种艺术………………96

凯莱尔·雷兹………………………98
杜辅仁科……………………………99
鲁道夫·爱因汉姆……………………99
分析与阐述：对待有声电影的态度…99

贝拉·巴拉兹……………… 102
分析与阐述：有声电影的优势…… 102

普多夫金………………… 104
克里斯蒂安·麦茨………… 104
鲁道夫·爱因汉姆………… 105
分析与阐述：两种节奏…… 105

第七章 声音与画面

贝拉·巴拉兹……………… 111
凯莱尔·雷兹……………… 111
普多夫金………………… 111
克里斯蒂安·麦茨………… 111
小津安二郎……………… 112
分析与阐述：声画的非吻合…… 112

贝拉·巴拉兹……………… 116
分析与阐述：声音的蒙太奇…… 116

第八章 电影中的动作

弗雷里赫………………… 121
别林斯基………………… 121
布莱希特………………… 121
马克思…………………… 121
约翰·霍华德·劳逊……… 121
分析与阐述：动作的内涵…… 122

左 拉…………………… 125

新藤兼人………………… 125
塔可夫斯基……………… 125
D. G. 温斯顿……………… 126
斯坦尼斯拉夫斯基………… 126
黑格尔…………………… 126
鲁道夫·爱因汉姆………… 127
分析与阐述：外部动作和内部动作的关系……………… 127

第九章 人物写作

歌 德…………………… 135
亚里士多德……………… 135
夏 衍…………………… 135
约翰·霍华德·劳逊……… 135
高尔基…………………… 136
老 舍…………………… 136
多米尼克·帕朗-阿尔捷…… 137
分析与阐述：应当构思怎样的人物…………………… 137

威廉·阿契尔…………… 141
乔治·贝克……………… 141
贝拉·巴拉兹……………… 141
亚里士多德……………… 141
约翰·霍华德·劳逊……… 142
马克·鲍姆贝克…………… 142
弗雷里赫………………… 142
多米尼克·帕朗-阿尔捷…… 143
分析与阐述：人物塑造与情节设定……………… 143

贺拉斯…………………… 145
狄德罗…………………… 145
莱　辛…………………… 145
歌　德…………………… 145
黑格尔…………………… 146
亚里士多德……………… 146
今村昌平………………… 147
分析与阐述：人物性格的一致性… 147

山田洋次………………… 151
歌　德…………………… 151
分析与阐述：人物形象的生活
质感……………………… 151

山田洋次………………… 154
塔可夫斯基……………… 154
分析与阐述：在情境中塑造人物… 154

佐藤忠男………………… 156
分析与阐述：对人充满爱……… 156

第十章　人物构思

狄德罗…………………… 163
巴尔扎克………………… 163
斯坦利·梭罗门…………… 163
分析与阐述：性格与处境的关系… 163

巴尔扎克………………… 166
威廉·阿契尔……………… 166

贺拉斯…………………… 166
黑格尔…………………… 166
分析与阐述：什么是人物原型？… 167

黑格尔…………………… 169
阿·托尔斯泰……………… 170
约翰·霍华德·劳逊………… 170
分析与阐述：把握性格的
与众不同………………… 170

亚里士多德……………… 173
贝拉·巴拉兹……………… 173
小津安二郎……………… 174
分析与阐述：人物塑造的
反向原则………………… 174

佩里耶夫………………… 177
分析与阐述：人物的设置……… 177

第十一章　电影对白

贺拉斯…………………… 183
分析与阐述：对话与性格……… 183

梅特林克………………… 185
塔可夫斯基……………… 185
约翰·霍华德·劳逊………… 185
分析与阐述：对话中的自然主义… 186

波布克…………………… 188

弗雷里赫 …………………… 188
皮埃尔·让 …………………… 188
分析与阐述：对话的意义 …… 188

欧纳斯特·林格伦 …………… 190
新藤兼人 …………………… 190
AH. 瓦尔坦诺夫 …………… 190
克里斯蒂安·麦茨 …………… 190
克拉考尔 …………………… 191
霍辛·阿米尼 ………………… 191
皮埃尔·让 …………………… 192
分析与阐述：对话的电影性 … 192

威廉·阿契尔 ………………… 195
分析与阐述：关于独白 ……… 195

斯坦尼斯拉夫斯基 …………… 197
贝拉·巴拉兹 ………………… 197
霍辛·阿米尼 ………………… 197
皮埃尔·让 …………………… 197
分析与阐述：潜台词 ………… 198

第十二章 情感问题

新藤兼人 …………………… 203
夏衍 ………………………… 203
列夫·托尔斯泰 ……………… 203
狄德罗 ……………………… 203
贺拉斯 ……………………… 204
朗加纳斯 …………………… 204

塔可夫斯基 ………………… 204
分析与阐述：情感的真实性 … 205

莱辛 ………………………… 208
新藤兼人 …………………… 208
黑格尔 ……………………… 208
鲁道夫·爱因汉姆 …………… 209
贝拉·巴拉兹 ………………… 209
小津安二郎 ………………… 210
老舍 ………………………… 211
分析与阐述：情感的表达 …… 211

第十三章 关于戏剧性

黑格尔 ……………………… 219
别林斯基 …………………… 219
山田洋次 …………………… 219
威廉·阿契尔 ………………… 219
罗西里尼 …………………… 220
萧伯纳 ……………………… 220
左拉 ………………………… 220
契诃夫 ……………………… 220
小津安二郎 ………………… 220
威廉·阿契尔 ………………… 221
分析与阐述：冲突不是唯一法宝 … 221

梅杰希 ……………………… 228
贝拉·巴拉兹 ………………… 228
小津安二郎 ………………… 228
分析与阐述：电影的真正领域 … 229

狄德罗 …………………………… 230	狄德罗 …………………………… 253
亚里士多德 ……………………… 230	维·萨赫诺夫斯基、潘凯耶夫…… 253
李 渔 …………………………… 230	D.G. 温斯顿 …………………… 253
贺拉斯 …………………………… 230	约翰·霍华德·劳逊 …………… 253
约翰·霍华德·劳逊 …………… 230	分析与阐述：冲突律的结构 …… 254
分析与阐述：传统戏剧结构…… 231	

第十四章 电影的结构问题

	黑格尔 …………………………… 256
	分析与阐述：冲突律的结构原则 … 256
新藤兼人 ………………………… 237	威廉·阿契尔 …………………… 259
吉安乃蒂 ………………………… 237	斯坦利·梭罗门 ………………… 259
爱森斯坦 ………………………… 237	爱森斯坦 ………………………… 259
乔治·S·塞姆赛尔 ……………… 238	李 渔 …………………………… 260
分析与阐述：结构的形态……… 238	山田洋次 ………………………… 260
	分析与阐述：结构的重要意义…… 261
歌 德 …………………………… 241	
分析与阐述：三一律的突破…… 241	威廉·阿契尔 …………………… 263
	分析与阐述：电影桥段………… 263
黑格尔 …………………………… 243	
约翰·霍华德·劳逊 …………… 244	威廉·阿契尔 …………………… 265
分析与阐述：认识冲突………… 245	威·路特 ………………………… 265
	福斯特 …………………………… 265
黑格尔 …………………………… 248	分析与阐述：设置戏剧悬念…… 266
斐迪南·布吕吉耶 ……………… 248	
威廉·阿契尔 …………………… 249	克里斯蒂安·麦茨 ……………… 268
D.G. 温斯顿 …………………… 249	威廉·阿契尔 …………………… 268
查希里扬 ………………………… 249	加布里洛维奇 …………………… 268
约翰·霍华德·劳逊 …………… 249	分析与阐述：如何写好一场戏…… 269
分析与阐述：冲突的形态……… 250	

7

威廉·阿契尔 271	斯坦利·梭罗门 288
亚里士多德 271	福斯特 288
分析与阐述：分场提纲的重要性 271	加布里洛维奇 289
	苏珊·朗格 289
	分析与阐述：如何选择情节？ 289

第十五章　情节观念

狄德罗 277	保罗·吉尼斯蒂 292
亚里士多德 277	《西德电影小辞典》 292
威廉·阿契尔 277	亨·阿杰尔和热·阿杰尔 292
威廉·亚当斯 277	伊·什伊洛娃 293
D. G. 温斯顿 278	迈·沃克尔 293
费里尼 278	安德烈·巴赞 294
爱森斯坦 278	加布里洛维奇 294
让·米特里 278	若埃尔·马尼 294
分析与阐述：什么是情节的真实性 278	分析与阐述：关于情节剧 294

第十六章　如何选材

贺拉斯 281	贺拉斯 305
狄德罗 281	山田洋次 305
歌德 281	老舍 305
左拉 281	小津安二郎 306
欧纳斯特·林格伦 282	分析与阐述：作家的题材范围 307
D. G. 温斯顿 282	
费里尼 283	贺拉斯 309
波布克 283	山田洋次 309
卓别林 283	新藤兼人 309
鲁道夫·爱因汉姆 283	罗丹 309
分析与阐述：情节需要"惊奇"吗？ 284	基耶斯洛夫斯基 310

小津安二郎······310
分析与阐述：选材与生活······310

斯坦利·梭罗门······313
查希里扬······313
约翰·霍华德·劳逊······313
普多夫金······314
分析与阐述：电影同现实的关系······314

季摩菲耶夫······317
基耶斯洛夫斯基······317
约翰·霍华德·劳逊······318
分析与阐述：电影的故事性与思想性······318

第十七章　电影的主题

伏尔泰······323
普多夫金······323
威廉·阿契尔······324
威廉·亚当斯······324
欧纳斯特·林格伦······324
亚里士多德······325
安东尼奥尼······326

马塞尔·马尔丹······326
刘熙载······326
分析与阐述：情节主题······326

威廉·阿契尔······330
塔可夫斯基······330
普多夫金······330
列夫·托尔斯泰······331
分析与阐述：什么是主题······331

贝拉·巴拉兹······333
塔可夫斯基······333
D. G. 温斯顿······333
分析与阐述：电影的第一主题和第二主题之间的关系······334

塔可夫斯基······336
亚里士多德······336
威廉·阿契尔······336
分析与阐述：思想主题······336

部分收录的名家简介　340
出版后记　366

前　言

不少热爱编剧艺术的朋友常常会问：哪里能得到一本囊括了众多的国内外电影大师们谈论剧作问题的书？在他们看来，仅仅孤立地去读某本剧作法多少有点管中窥豹、盲人摸象的感觉，令人心里不踏实。他们希望能有机会全面地了解众多的富有经验的大师们在某个重要的剧作环节上，各自有何种相似甚至不同的观点。显然，这样的观念比较，有利于一个学习编剧的人进行自主判断，以此来印证、总结从而树立起自己的剧作观来。

也有很多从事电影批评和攻读硕士、博士学位的电影学者和准学者们问到过同样的问题。他们更加需要从全方位的角度把握电影剧作理论作为一个艺术学科的历史和现实的纵横状态。拥有了这样一本书，他们便可以从某种程度上把握电影剧作学的全貌，拥有了一份寻找这些剧作家和剧作理论家的精辟思想的指南和一份寻找他们著作的索引。而且，这本书对于他们进行论文或者影评写作也会是十分有力的理论支撑。对于正在学习电影艺术创作和理论的研究生们来说，有了这本书作为工具，其好处自是不言而喻。

满足上述朋友们的需要正是本书的追求。

在从事电影编剧教学生涯中，我常常会碰到刚入学的新生希望我能为他们开列出一个电影剧作理论的书目。然而每到这个时候我都会犹豫，因为我知道，剧作理论是一个庞大的体系，不能狭隘地将它理解为"教人写剧本的"那种"编剧手册"。"编剧法"不过是电影剧作学的内容之一。电影剧作学更核心的内容是"人学"，它深刻地涉及电影社会学、电影心理学、电影美学、电影叙事学诸多领域。而且，电影剧作学是一个漫长的文化成果，如果我们把电影剧作学从诞生到今天的建设过程比作一条绵延不绝的河流，那么每本书便是这条长河中的一朵浪花。如果你孤立地来阅读它们，而没有一种承上启下的阅读机会和对这些大师们的观念的横向比较，对这门学问的认识便难免以偏概全、知其然不知其所以然了。我很希望能用这本书来满足电影剧作教学的需要。

本书共纳入了350多则语录，这些语录是从80位戏剧和电影大师们的100多部著作中精挑细选后集结成的。我们选择那些语录的原则：

（1）选择对象：纳入我们选择视野的一定是电影艺术领域中的那些赫赫有名的人物，包括各个国家泰斗级的戏剧剧作理论家、电影剧作家、电影导演、电影剧作教育家和电影剧作理论家。

（2）突出电影艺术本性：尽管在叙事规律方面，作为叙事艺术家族成员之一的电影与其他姊妹艺术（如小说、戏剧）有着很多的共性。然而，电影艺术本性毕竟为电影的创作规律带来了其他姊妹艺术所不具有的独特规律。着力突出电影艺术本性对电影剧作创作规律带来的那些特点和规定性规律是本书的鲜明特点。

（3）剧作理论的渊源：从两千多年前古希腊戏剧的诞生，人类便开始构筑起剧作理论的大厦。亚里士多德、贺拉斯、黑格尔、狄德罗、莱辛、博马舍、关汉卿、李渔……他们用自己的智慧和实践提炼和揭示出了戏剧剧作艺术的规律，发表了对戏剧创作有着深刻影响的观念和见地。电影艺术诞生仅有一百多年，在创建自己的剧作理论体系方面必然地会站在戏剧剧作理论的肩膀上。事实证明，迄今为止被东西方电影剧作理论视为结构规律的核心概念的"三幕剧"(即将一部戏分作"头""身""尾"三个部分)和"冲突律"(用贯穿冲突来为戏剧情节进行布局的规律)就都是上千年前的戏剧剧作理论家亚里士多德和黑格尔发现和总结出来的。看过这本书你便会明白电影剧作理论是如何从戏剧剧作理论中脱胎而生的。从某种意义上说,将电影剧作理论与它的母体——戏剧剧作理论——割裂开来的做法是幼稚的和有害的,因为这样的做法使我们无法明白迄今为止电影剧作法所总结出来的那些规律的来世今生,也无法认识电影剧作理论是如何在戏剧剧作理论的基础上向前发展,建树起符合电影艺术本性的剧作理论体系的。

(4)多视角的选择:读者们很快会发现,在电影剧作的任何问题上,即便是大师们,也有着各自不同的观念。这本书并没有根据编著者自己认可的观念来进行选择,相反,是把不同的观念对比着展现给读者,以便大家能从这样的对比和分析中获得自己独立的见解。而这正是这本书的又一特色。

(5)突出剧作理论的实践性:电影剧作理论本身是与电影创作活动紧密相连的,它们是从生龙活虎的创作活动中产生的,因此我们在选择这些语录的过程中十分注重与创作环节的紧密结合。例如本书的体例中的第十七章八十小节便是根据电影剧本创作的重要环节和剧作元素来进行安排。我们首先期盼着它能有更强烈的电影创作活动的指导性意义,有助于创作者们创作水平的提升。

(6)突出内容的生动性:本书纳入了很多终生从事电影创作的大师们的经验之谈,他们的话语尽管不像某些理论家那样精准深刻,却往往更亲切生动。正是这些凝结着他们独特创作体验的话语,具有更加实用的创作指导性意义。

除了集合了众多的大师语录之外,本书还加入了编著者对这些语录的分析和阐释,希望通过这些文字能为读者朋友更深入地理解和认识那些大师语录提供一些参考和借鉴。这些段落结合着电影名家语录，对具体的创作现象和电影作品进行了分析，以便使这些语录更加具有它们的实践意义，更有助于大家的理解。

  在进入WTO以后，中国电影曾经经历过从计划经济向市场经济转型的阵痛，如今中国电影面对竞争日益激烈的电影市场已经越来越有经验和自信心。在这个市场和生产全球化的时代，我们中国电影面对"三网合一"带来的新挑战和新契机想要创造新的辉煌，就必须对新的创作规律进行理论总结。然而，我们必须看到的是，指导电影创作的电影理论（尤其是电影剧作理论）的发展明显滞后于电影的创作实践。也许，这本小书更重要的意义还在于抛砖引玉，以期引起大家对电影艺术理论（尤其是创作应用理论）建设的足够重视。如果能在这座即将建设起来的理论大厦中起到一块小砖的作用，编著者已经是格外开心了。

第一章

电影蒙太奇

电影思维归根结底是蒙太奇思维。蒙太奇不仅是一种创作方法,更隶属于思维方式的范畴。它是一种电影的叙事方式。我们知道,电影是这样一种艺术,它最初以电影剧本的形式诞生,最终呈现为影像的形式。这就意味着,在创作电影剧本时,应当最大限度地接近于影像的形式。塔可夫斯基曾言,电影剧本应当是最接近于未来作品的形式。这意味着,在电影剧本的创作中,未来电影的节奏性和画面特征已经格外清晰地呈现于作者的意识之中。而人们笔下的文字不过是画面的"翻译"形式。

蒙太奇是电影艺术同叙事艺术的叠加而产生的富有特点的表达方式。电影艺术具有时空的约束性,叙事艺术则体现为完整而富有情感地讲述一个动人心弦的故事。所以,蒙太奇常常表现为对叙事对象在时间上的剪裁和地点上的重构。然而,蒙太奇的内涵绝不仅仅体现为现象学意义上的加工和剪切,它更是一个完整而富有创造性的艺术形式。同绘画等空间艺术相似,它同样是创作者情感外化的体现。

在以下关于蒙太奇的系统性阐述中,我们将依据一定的逻辑顺序将蒙太奇的现象学以及本质性内涵进行系统的呈现,同时,将关于蒙太奇的语录分类整理,以章节标题的形式加以呈现和阐述。

普多夫金

一部电影总是分成许多的片段（更正确地说，电影就是由这些片段构成的），因此，一个电影剧本也是分成许多片段的。整个镜头剧本要求若干段落，每个段落又分作若干场面，而最后，场面本身则是由许多从不同角度拍摄的片段构成的。一个真正能用来拍摄的电影剧本，必须具备电影的这个基本特性。编剧在纸上对于素材的处理，必须和这些素材在银幕上出现时完全一致，这样才可以精确地说明每一个镜头的内容以及它在一个段落里面的地位。将若干片段构成场面，将若干场面构成段落，将若干段落构成一本片子的方法，就叫蒙太奇。蒙太奇是电影艺术家所掌握的最主要的造成效果的方法之一，因而也是编剧所掌握的最重要的造成效果的方法之一。[1]

贝拉·巴拉兹

蒙太奇是按照一定的顺序把镜头连接起来，其中不仅是完整场面的互相衔接（场面不论长短），并且还包括最细致的细节画面，这样，整个场面就仿佛是由一大堆形形色色的画面按照时间顺序排列而成的。[2]

乔治·萨杜尔

蒙太奇的戏剧性价值基本在于它可以实现作为电影本质的三种效果：

（1）使用摄影机作为一个或近或远观看事物的眼睛，交替运用特写镜头和远景；

（2）跟拍人物移位，穿过不同背景；

（3）交替呈现发生在不同地点但汇集到同一目标的各段情节。[3]

丹尼艾尔·阿里洪

当电影创作者开始意识到，把各种活动状态下的小画格随意接到一起,以及把这一系列画面彼此有机地接到一起的做法,二者之间是有区别的时候,电影语言诞生了。他们发现,把两个不同的符号结合到一起,便传达出一种新的含义,并且能够提供一种交流感情、思想、事实的新方法——一加一等于三——正如在其他交流系统中那样。[4]

马塞尔·马尔丹

蒙太奇意味着将一部影片的各种镜头在某种顺序和延续时间的条件中组织起来。[5]

爱森斯坦

对单个造型的纯造型的结合不仅不能提供新的概括含义,反而剥夺了单个造型的表现力。在对这些单独肖像进行蒙太奇的组合时,随着对每一肖像如何把握,这种表现力是要大大加强的。[6]

任何电影都是蒙太奇电影。……蒙太奇贯穿于电影作品的一切"层次",从最基本的电影现象,经过"本义上的蒙太奇",直到整部作品的整体结构。[7]

伊夫特·皮洛

电影在表现各部分的原貌时也就为我们提示了整体。电影的特异性无非是对整体的一种特别强化的认知,这是格式塔心理学描述过的现象。也就是说,虽然我们首先遇到的总是一个整体,但是,随后总要分解它和重构它。突出和强调细节当然很有提示性。这种高超的提示能力的基础是什么?首先是以强制方式引导我们的注意力,其次是有意的省略可以具有感染力,这也是调动注意力的一种提示手段。简言之,部分代替整体,部分唤起我们对整体的联想。[8]

分析与阐述：作为表现手段的蒙太奇

蒙太奇是电影语言最根本的属性。正如以上语录所言，任何电影都是蒙太奇电影。大多数情况下，人们认为蒙太奇的实现基于拍摄中的镜头性以及剪辑工作中进行的画面组接。但具有语言特性的蒙太奇从根本上说应当成为一种思维方式。它是电影思维的重要方面。所以，电影蒙太奇应当是剧本创作的原则性思维。

从以上的语录中，我们得知蒙太奇概念的关键要义并不在于镜头的简单叠加，而是完整叙事的表述。爱森斯坦等人更认为，蒙太奇是取代文字而表达意识形态的有力武器。如今，创作者们对于爱森斯坦等人所阐释的蒙太奇属性有了更加客观而公正的认识，并力图让蒙太奇在电影的叙事完整性以及节奏性中承担核心角色。这样做的结果是，拓宽了电影的表现范围，并且在平行展现中表达出共性的主题。

《猎鹿人》(*The Deer Hunter*，1978）是新好莱坞电影的代表作品。讲述了迈克尔、史蒂文和尼克三个年轻的钢铁工人，在越南战争中的人生历程。这三个人性格迥异：迈克尔看上去坚强而无所畏惧；史蒂文重感情，同女友有着生命之约；尼克则胆小懦弱，是三个人中最害怕战争和死亡的。三个人的性格具有代表性，置于越战的特殊境遇中，能够比较全面地展示出战争带给人们命运的改变。故事从他们决定参军开始。史蒂文奔赴战场前同女友举行了婚礼，同时，这个婚礼也成了三个年轻人同亲朋好友们道别的隆重仪式。婚礼结束后，三个年轻人去举枪打猎，迈克尔成功地击中了一只雄性鹿。当他们到达越南战场后，没过多久，便先后被俘房。在战俘营里，越南士兵逼迫他们玩儿一种叫俄罗斯轮盘的东西，这是一种用生命做赌注的游戏，被轮盘转中的人要用枪指头，然后扣动扳机，循环往复，看最终手枪里的子弹会取走谁的性命。这样的生活惊心动魄地持续着，迈克尔暗中决定逃跑，并抓住机会抢下越南士兵的手枪，带着同伴成功出逃。后来他们几经离散，最终在美国团聚时，史蒂文残疾了，下半身无法行动，他拒绝见自己的妻子，待在疗养院里拒绝回家。迈克尔的精神受到了严重摧残，绝望中同尼克的女友琳达同居。而尼克则流落在越南街头，最终命丧俄罗斯轮盘赌。作者以较为平均的笔墨书写了三个人的命运。他们受着自身性格的支配，经受着各自的命运安排。这种方式需要避免的是人像展览似的表达。将每一个人物的经历切割成段落，三个人物的段落较为平均地分布于影片中当然是蒙太奇的展现方式，但蒙太奇更深刻的内涵在于它应当在平行展现之中揭示某种叙事主题。比如说，在《猎鹿人》中，作者的叙事主题便是以三个人物性格的呈现和命运的不同走向来揭示人性深处的种种本我意识。电影中，作者设计了人物命运的关键节点——恋爱、服役、回到祖国、重聚，并以玩俄罗斯轮盘赌为重要的重复场景，借此讲述了人物的成长。

不仅如此，蒙太奇更是能将不同地点，甚至不同历史时期中具有主题共性的写作对象搁置于统一的银幕，完成对时空的重新组接和自由化展现。蒙太奇是贯穿于电影创作思维中的潜意识行为。在影像的表达上，电影正是通过多角度的展现来构成叙事的，也正是通过不同侧面的勾勒来强调主题的。电影剧本写作中的蒙太奇思维，是令电影剧本具有电影特性，并构成未来影像的基础性思维。

爱森斯坦

整体和各部分两个层次结构的同时性，完全是来自我们整个感知的基本特点。我们的感知具有双重把握现象的能力：从整体上和从细部上，直接地和间接地，总体地和区别地。视我们从哪些方面取值而定，但人类感知的这些特点同样地反映于、贯穿于人的活动与思维的一切方面……在人类和个体的人发展的不同时期，这两种感知能力是分别地、分开来存在的。[9]

电影美学内部各种结构的基础中保存有电影基本现象的特性，即两个静止的碰撞形成运动，这里说的绝不是物理的自然现象，而是一种与意识活动有关的现象。这不仅仅是电影技术的基本现象，而首先是意识的基本现象，即它形成形象的能力。[10]

欧纳斯特·林格伦

蒙太奇作为一种表现周围世界的方法，它的基本心理学基础是：蒙太奇重现了我们在环境中随注意力的转移而依次接触视象的内心过程。电影是用画面记录物象和重现运动的，它能使我们看到栩栩如生的景象，它应用了蒙太奇后，就能准确地重现我们通常察看事物时的方式。这说明了为什么现代的电影能如此生动、有趣和逼真，能远胜那些局限于不自然、不真实的舞台方式的初期影片。[11]

普多夫金

心理学上有一条规律说，如果一种情绪能产生某种行动，则用模仿这种行动的方法也可以唤起同样的情绪。如果编剧能用均匀的节奏转移那些心神专注的观众的兴趣，如果他能够把逐渐增强兴趣的一些要素结构得很好而引起观众发出"那个地方正在发生什么事？"的问题，并且同时把观众带到他们想去的地方,像这样构成的蒙太奇就能真正使观众感到兴奋。必须很好地了解,实际蒙太奇是用来强制地、周密地引导观众的思想与联想的。[12]

分析与阐述:蒙太奇的基本原理

爱森斯坦和林格伦的论述从人类观察世界的生理学角度解释了蒙太奇的存在依据。这更进一步说明,蒙太奇在实质上是人类认识世界的方式,是主观视野中构成整一事件的内心化组织方法。我们知道,任何事件的发生和展开,都存在于旁观者的视域中。人们常常将视域中所观察到的对象称为客观存在。实际上,任何事件的发生皆是在不同人心中经过重构的结果。人们常常会看到这样一种现象,一些影片中存在着故事的讲述者,他们以第一人称或者第三人称的角度来讲述故事的背景或者进展状况。这说明,电影叙事在很大程度上具有主观性,是创作者态度和口吻的对象化。然而,更多作品中,人们是看不到叙事者的。这是否说明叙事者本身并不存在呢?

其实,在任何电影中均隐含着叙事者,这些叙事者以不同的方式,向观众"讲述"完整的故事。区别是有的叙事者能令人真切地感受到,而有的却成了"隐形者"。显然,这"隐形者"并不意味着叙事者不在场,而是以其他的方式来呈现了。

蒙太奇成了隐形叙事的主要承载者。它通过主观镜头与对象化镜头之间的组接,完成了对人物主观视域的情感化展现。不仅如此,蒙太奇更能够以当事者心理节奏为依据,在画面的运动中实现心理节奏的对象化,从而实现其自身的节奏性。

而明确蒙太奇所赖以存在的心理依据，是我们把握空间造型的蒙太奇结构的基础，更是遵循蒙太奇创作规律，实现电影空间运动特性的本质要求。关于蒙太奇的生理学依据，并不是空洞而理论化的解释，它更应当被看成一种创作的动力和思维方式的始祖。

爱森斯坦

我们现在从电影作品中拿出一个"细胞",让我们根据现在对它的理解来仔细看看它。它的特点是什么呢?在它里面显然包含着两种职能:一个是造型图像,另一个是对这些图像的态度,或者更确切地说,是对处于蒙太奇系列中的一系列图像的态度。前者完全在胶片上,后者则是在观赏者的感知中。前者提供一系列静止的照片,后者则建立起贯穿于这一系列的运动形象。至于说情况的确是这样,那么仅只对感知条件的最简单要求就足以证明这点,因为没有这种条件就不能产生正常运动的感觉。[13]

蒙太奇结构把现象的客观存在与作品创作者的主观态度结合起来。[14]

每个观众依据自己的个性,按照自己的方式,根据自己的经验,出自自己的想象和联想,以自己的性格、习性和社会属性为前提,用作者提示给他的具有明确导向的图像去创造出形象,从而一步步达到对主题的认识和体验。这个形象仍然是作者构思和创造的那个形象,然而同时又是由观众自己的创作行为创造出来的。[15]

让·米特里

任何观众都可以从一些初露端倪的元素出发,按照一个动作或一个情节的常规连续性,去构建"理念"。每个人都可以利用犹如标示点的镜头,推演一个主题结构的连续性,推断出其中的逻辑关系。一种精神状态,一种个体情感,就是从初始情感刺激出发而确立的。影片——至少是它的情感的或辩证的发展——是从影像的形式结构出发在观众的思想中构成的。[16]

普多夫金

蒙太奇的目的就是要突出表现一个场面的发展过程,把观众的注意力时而引向这个个别的因素,时而又引向那个个别的因素。摄影机的镜头就仿佛代替了观察者的眼睛,它时而对着这个人,时而对着另外一个人,时而对着这一个细节,时而对着另一个细节,它的角度的变化和观察者的眼睛的角度变化一样,是受着同样条件的支配的。电影艺术家为了要达到极度的鲜明、突出和生动,便把场面分作各个片断来拍摄,然后把片断剪辑起来放映,引导观众去注意各个要素,使观众像上述那个很细心的观察者那样地来观看。[17]

影片里面的每一个镜头,对于电影导演来说,其作用也正和诗句中的单字对于诗人一样。……蒙太奇是一种基本的创作力量,由于这种力量,那些没有生命的照片(分散的镜头)才被巧妙地组织成为活的电影形式。……蒙太奇才是构成电影的真实性的创作力量,而自然界只是给蒙太奇提供了素材而已。这正是电影与现实的关系。[18]

欧纳斯特·林格伦

通过蒙太奇,电影导演可以把乱糟糟的日常生活中的那些无意义的穿插删除,集中注意力于重要的细节,以便明白地表现出他从乱糟糟的日常生活中提炼出来的生活形式。[19]

J.格里尔逊

你拍摄了生活的真实面貌,而由于你把它的细节做了编排,你又解释了生活。[20]

分析与阐述：作为感知方式而存在的蒙太奇

蒙太奇发生在两个层面上：运动和感知。影像在时间轴上的运动形成了蒙太奇第一层面的运动。这个运动过程是以时间为标志的，在现实的流程中，它具有客观性。从另一方面说，蒙太奇的发生又同观众的主观意识活动密不可分。在一定程度上，人们所看到的事物运动过程同心理感知是相对的。蒙太奇画面依据时间的顺序为观众建构了时间展开的空间，而观众却在解读过程中对画面做出了明确的故事内涵的揭示。

在感知层面，完形心理学认为，人的心理具有自觉的整体意识，能够自行地构建事物的整体面貌。这样看来，我们"留白"的表现方法，正成为整体性构建的典型体现。比如我们画山水画，不必全然写实地用硕大的画布包揽壮丽河山，只需寥寥几笔浓妆淡抹打造出明暗的效果，便能营造出恢弘的气势。

同中国画的道理相似，蒙太奇也是完形心理学的集中体现。爱森斯坦认为，两个静止物体的碰撞形成运动，这绝不仅仅是自然现象，而是同意识有关的活动。正是人的完形心理将两张画幅之间的过程主动加以"弥补"，才能在意识中形成完整的运动现象。

在两者的过程中，蒙太奇时空的建构要始终依据观众的心理节奏来进行。本质上，蒙太奇是一项心理活动，从整体看，运动的速度和节奏的变化均是以人观看画面时的特定感受心理为依据的。一定程度上，人的感觉和意识决定了蒙太奇的具体形式。常常在电影中见到这样的情形，前一画幅中，主要人物商讨了接下来即将实行的计划，后一画幅紧接着便是计划的实施过程。

另一种蒙太奇的表现形态被称为空间内部蒙太奇。这种形态基于主观视点对特定空间的内部的观察流程，也是向观众所展示的内部空间构造。当由镜头的运动而构成特定镜头内的蒙太奇时，常常伴随着发现的产生，这对于悬念的铺设或揭示是有着重要叙事意义的。除此之外，蒙太奇还应根据人物动作的缓急或情感的跌宕起伏而适当地加速或放缓，通过增加画幅的长度或降低摄影机运动的速度来达到抒情的效果；同时，在需要增加紧张或冲突的气氛时，画面运动速度以及镜头长度也应当相应加快。

除此之外，蒙太奇还能够在单个镜头内传达作者的主观态度。比如，特写镜头往往流露出创作者对待被拍摄对象的主观情感。通过特写效果来加强被拍摄对象的情感表达或情绪宣泄。蒙太奇的节奏和速度以及表现方式在某种程度上反映了观看者对于电影预先的态度和期待，而一切关于创作者态度的表达均应格外细致而周全地外化于剧本所体现的视觉表达方案中。也就是说，剧本应当是蒙太奇方案的先行承担者和体现者。若忽视了剧本中的蒙太奇设定及表达，而单纯地将一切形式与风格化的问题交付于拍摄过程或者后期制作，那将面临对一切素材失去掌控的局面。

本质上看，蒙太奇方案的体现应当于题材设定中便初现原形。通常情况下，对于一个具备发展潜力的电影题材来说，人们能够从中预知到未来影片的蒙太奇轮廓。如果是生活化的以写作情感为主的题材，关于镜头的运动以及平行展现的蒙太奇方案，以及那些平行展示的人物的生活经历和情感，同冲突强烈的影片是截然不同的。

总之，任何作品的表达方式都能够寻根探源地找到其心理学的基础和依据。蒙太奇更是如此。它不仅应当符合特定影片的题材类型以及风格样式，更应当以人类的认知和感受为基础，应当顺应观众对特定题材的期待心理，这样才能让影片的题材实现恰当的表达。

爱森斯坦

在电影中"三次元"的感觉正是通过蒙太奇而获得的。如果在一个片断中,人、物,环境、风景都是从一个角度拍摄的,那在造型上该是多么索然无味啊。然而,只要把从各个不同角度拍摄下来的东西通过蒙太奇加以对比,它们刹那间就会变得多么生动,多么富于浮雕性、立体感和空间感。……如果物象的这些鲜明生动的形状变成了一系列电影镜头,并且按照一定的顺序、比例的大小与放映时间的长短等把它们加以对比,也就是说,经过合理而目的明确的剪辑的话,那么这种感觉还要无比地强烈。[21]

本应是激动人心的纪录片,有时竟变成了事件的简简单单的流水账。当时人们不理解:仅仅把各种事件的镜头彼此联接在一起是不够的,这种对比如果不为感情所温暖,不为思想所照亮,那么,无论在观众的思想或感情中,它都不能引起相应的热烈的反响。[22]

蒙太奇的基本目的和任务是同任何艺术作品应起到的认识作用分不开的,这就是连贯地、有条理地叙述主题、情节、动作、行为,叙述一段戏内部和整个电影故事内部运动的任务。[23]

创造形象的方法上,艺术作品就应再现生活本身在人们意识和感情中形成新形象的那一过程。[24]

蒙太奇负有双重的功能:如果它要成为艺术作品的蒙太奇,那么就要既有图像的叙述的功能,又有节奏性概括形象的功能。[25]

佩里耶夫

文学剧本是极其多种多样的,不能同样对待。凡是我觉得"多层馅饼"式的剧作总是更为可取,这种剧本不是只有一个情节,也不是只有一条线索,而是有几个情节,几条线索。这就可能安排平行的情节。也就是说,可以简练地拍摄各个场面。一场戏不用从头拍到尾,可以拍一个开头就插入另一条线索,以利用平行蒙太奇的一切优点。[26]

普多夫金

如果每一个背景都只起背景的作用而已,那就违背了电影的基本法则。如果导演在一个场面中只需要演员和他的表演的话,那么他就应该不要任何背景,因为任何一种背景(除了不引人注意的平面以外)都会吸引去观众的一部分注意力的;但不要任何背景的做法,在实质上就等于抛弃了造成电影效果的基本方法。假使在画面中,除了演员以外还要插入其他某种东西的话,那么,这个被插入的东西一定要与场面的总的目的结合起来。[27]

电影导演可以在时间上把事件的发展和人物的活动加以集中,可以借助于镜头转换而使观众把注意力贯注于一场戏或一个场面中某些重要的现象或片断,贯注于人物的脸孔。导演掌握的摄影机应要抛弃多余的东西,引导观众仅仅去注意重要的具有特征的东西。[28]

电影表现的基本方法就是把一个个的片断或要素组合起来,把其中不必要的东西删去,只留下那些有意义的和具有特征的东西,这样来构成一个统一的整体——电影。这个基本方法又提供了一些令人意想不到的表现方法。[29]

电影创作的基本方法——蒙太奇的感染力,其实质就建立在这种去粗取精的可能性上。[30]

欧纳斯特·林格伦

隐喻是在两幅画面的冲击中产生的,其中的一幅是用来进行对比的内容,而另一幅则是对比的对象、被比较的物象;要是我们再看一下以上的例子,我们就可以发现,比较的对象总是一个或几个人,而对比内容总是一匹牲口或一样物件（鸵鸟、竖琴、绵羊、冰块等）。因此，影片所举出的总是人脸或人的动作，这原是正常现象。通过对比，这些面部表现和动作便引出并产生了一种独特的格调，首先是因为人的表现是异常灵活的，它在任何情况下都要超过同它进行对照的东西，其次是因为人同我们有关，是比任何现实都使我们感到兴趣的。[31]

分析与阐述：蒙太奇的表现形态以及优势

作为电影本性的蒙太奇，在表达上应当承载叙事功能。结合以上语录所阐述的种种表象，我们应当强调的是，在电影编剧的创作理念中，剧本的情节进展是始终以图像的形式呈现的。也就是说，我们在进行创作时，应当充分考虑画面之间衔接的流畅性，以及画面中空间布局和机位、拍摄角度的合理性。

当我们用文字的形式来讲述一段故事的时候，读者对于故事的进入是主动参与的过程，是通过文字来构建影像的过程，但电影却不一样。对于电影来说，观众所处的位置是被动地由画面来作用于视觉的过程，是不需要经过想象力的加工而直接获得第一手画面信息的。因此，这个过程尽管看起来是一项轻松的观赏过程，但进入剧情的过程却颇为艰难。影像需要最大程度地发挥魅力，将观众"锁定"于银幕前，让他们在黑暗的环境中被光影环绕，被故事吸引。

爱森斯坦认为，蒙太奇塑造了电影空间的"三次元"，这样的讲述方式远比从一个视角平铺直叙地讲述一个故事更能吸引观众。任何一项艺术总有其富于吸引力的手段——无论绘画和摄影一类的空间艺术，还是音乐这样的时间艺术，皆是如此。有人认为，戏剧不正是让观众从同一个角度来欣赏的吗？按照这个道理，电影也从一个角度来拍摄有什么不可以？只要这个角度选择恰当！问题的真相是，戏剧尽管受制于舞台的限制而无法从多角度展示空间场景，无法以不同的角度实现言语的表达，但对于戏剧艺术来说，它具有独特的适应于观众心理的表达方式。语言上，戏剧台词相比于电影对白来说，更具有舞台表现力，而电影对白则更加生活化。在舞台上，人们正是通过抑扬顿挫的语言魅力，通过演员同观众第四堵墙的打破，来维持戏剧艺术吸引力的。电影的魅力则源于蒙太奇的声音同语言的共同作用。

首先，蒙太奇实现了其他艺术无法实现的叙事多样性。在电影空间中，我们不仅可以展示一种生活，还可以展示两种甚至更多种的生活……核心是将这些生活置于共同的或相互关联的主题之下。我们可以平行地展示同一时间里不同空间中人物的境遇和行为，也可以跳跃式地讲述人物的漫长一生的历程。

其次，蒙太奇完美地发挥了空间造型赋予故事的戏剧性。在谈论造型的章节中，我们谈到了空间的造型对于情节的推进以及戏剧性的营造所起到的决定性作用，实际情况是，蒙太奇可以引领人们的视角关注空间中某一摆设或者景致，从而引发观众对于接下来可能发生的情节的关注。很多情况下，正因为蒙太奇引领着人们关注了某一事物，从而引发了新的悬念的产生。比如，《危情十日》(*Misery*，1990)中，保罗趁安妮外出时，偷偷溜进她的房间企图打电话求救，却不小心碰倒了桌上的企鹅摆设，当他捡起来重新放回原处时，企鹅的特写镜头清晰地告诉人们——保罗将企鹅的朝向放反了。这个具有强烈暗示性的镜头也为后来的情节推进埋下了伏笔：当安妮再次出现时，她戳穿了保罗企图逃跑的事实。在这里，保罗主观注意力同企鹅镜头的客观性形成了人物知觉与画面运动的对立，也形成了戏剧性暗示。不仅如此，空间布局中的道具选择以及布局方式，这些表面看上去自然的物象，均是经过精心选择后的，具有特定指向含义的结果。在镜头的指示下，无论是镜头内部蒙太奇，还是镜头之间的蒙太奇，均为营造影片的特定氛围以及构建戏剧性而服务。

电影《炎热的夜晚》(*In the Heat of the Night*, 1967）几乎可以被认定为新好莱坞电影的开山之作。该片讲述了美国南部小镇上，一个前来投资的白人老板被杀害，被误认为凶手的黑人侦探提布斯同当地的白人警察盖尔斯联手破案的故事。影片开头，提布斯开着汽车经过小镇，在这个过程中，运动的画面分别指向了夜班工人的房子——里面住着他年轻性感的妹妹，经过了杂货铺，最终他发现了谋杀案的现场。这些具有指示性的镜头，尽管在开始时同案情无关，然而到最后，却成为破案的关键。也就是说，影片开头的运动画面实际上为影片设置了最大的悬念。它以现实的画面让人对景象的出现产生好奇，并带着主观的判断而进入剧情，最终使真相得以揭示。

因此，在创作时，编剧的笔触应当成为摄影机镜头的延伸。它引领创作者"看"到了未来影片的风格样式，"看"到了运动画面构成的戏剧性味道，也"看"到了紧扣人心的节奏感。只有当我们能"看到"未来影像中的蒙太奇时，我们的创作才算得上有效的创作，我们的剧本才能成为最接近电影的形式。要知道，蒙太奇的本质不是对真实时空的割裂，而是在充满创作意图的虚拟空间中，营造最逼近现实生活的真实感。关于蒙太奇的功能和表达，我们不妨以普多夫金的观点作为总结：

普多夫金认为艺术蒙太奇兼有戏剧性、散文性和诗性的艺术功能。戏剧性主要指蒙太奇镜头的"冲击"，可以强烈地表现出矛盾冲突和人物情感。散文性主要是指电影通过蒙太奇可以做到时空大幅度转换，使人物可在广阔的时空中展开情节。诗性主要是指通过蒙太奇镜头的对列可以产生隐喻或象征，浓缩地体现某种含义。普多夫金认为艺术蒙太奇的这三种性能在电影中可以达到有机的融合。[32]

注 释

1 《论电影的编剧、导演和演员》，普多夫金，中国电影出版社，1980年，第40—41页。
2 《电影美学》，贝拉·巴拉兹，中国电影出版社，2003年，第18页。
3 《电影美学与心理学》，让·米特里，江苏文艺出版社，2012年，第128页。
4 《电影语言的语法》，丹尼艾尔·阿里洪，北京联合出版公司，2013年，第2页。
5 《电影语言》，马塞尔·马尔丹，中国电影出版社，2006年，第122页。
6 《蒙太奇论》，爱森斯坦，中国电影出版社，2003年，第110页。
7 同上，第113—114页。
8 《世俗神话——电影的野性思维》，伊夫特·皮洛，中国电影出版社，2003年，第70页。
9 《蒙太奇论》，爱森斯坦，中国电影出版社，2003年，第101页。
10 同上，第125页。
11 《论电影艺术》，欧纳斯特·林格伦，中国电影出版社，1994年，第51页。
12 《论电影的编剧、导演和演员》，普多夫金，中国电影出版社，1984年，第45页。
13 《蒙太奇论》，爱森斯坦，中国电影出版社，2003年，第130页。
14 《爱森斯坦论文选集》，爱森斯坦，中国电影出版社，1982年，第194页。
15 《蒙太奇论》，爱森斯坦，中国电影出版社，2003年，第298页。
16 《电影美学与心理学》，让·米特里，江苏文艺出版社，第138页。
17 《论电影的编剧、导演和演员》，普多夫金，中国电影出版社，1984年，第43页。
18 《论电影的编剧、导演和演员》，普多夫金，中国电影出版社，1957年，第9—11页。
19 《论电影艺术》，欧纳斯特·林格伦，中国电影出版社，1979年，第56页。
20 同上，第64页。
21 《爱森斯坦论文选集》，爱森斯坦，中国电影出版社，1982年，第190—191页。
22 同上，第158页。
23 同上，第277页。
24 同上，第287页。
25 《蒙太奇论》，爱森斯坦，中国电影出版社，2003年，第215页。
26 《电影中的导演》，佩里耶夫，见《电影译丛》，第151页。
27 《论电影的编剧、导演和演员》，普多夫金，中国电影出版社，1984年，第109—110页。
28 《普多夫金论文选集》，普多夫金，中国电影出版社，1982年，第21页。
29 《论电影的编剧、导演和演员》，普多夫金，中国电影出版社，1984年，第58页。
30 《普多夫金论文选集》，普多夫金，中国电影出版社，1982年，第72页。
31 《论电影艺术》，欧纳斯特·林格伦，中国电影出版社，1979年，第75页。
32 参见《普多夫金与电影美学》，罗慧生，《世界电影》，1983年5月，第104页。

第二章

电影的造型

对于任何表现对象而言，美均体现于其外在的表现形态中。绘画之美体现于画幅的明暗与色彩，诗词之美体现于骈体与韵律，戏剧之美体现于舞台的空间性场面调度，以及人物的举手投足……可以说，存在于艺术形式之中的感性形态是一切艺术的第一品牌。电影也不例外。首先，电影是存在于时间轴上的影像化体现。这就意味着，电影的造型是其富于美感的首要表达。电影因光影的变幻和律动而富于吸引力，这一点毋庸置疑。

另一方面，造型更是电影艺术本性的重要体现。任何艺术形式都可划归为不同阶段的审美层次。王昌龄曾提出的诗有三境——物境、意境与情境，同样能够格外恰当地用于电影的审美活动中。于是，人们能够从造型的形式之中，透视出影片独具特色的深层内涵。王国维的三重境界人们并不陌生：昨夜西风凋碧树，独上高楼望尽天涯路；衣带渐宽终不悔，为伊消得人憔悴；众里寻他千百度，蓦然回首，那人却在灯火阑珊处。此境界同审美境界有着异曲同工之妙。如今，关于古典主义范畴内的审美原则同样能够适用于电影之中，无论对电影艺术的欣赏还是创作，均有着格外富于诗意和内涵的解读以及指导性意义。

康　德

艺术家不能用概念来表达，而是在自由的想象力与符合规律的理解力的和谐中，通过感性形象来显现理性概念。[1]

歌　德

总的说来，作为一个诗人，努力去体现一些抽象的东西，这不是我的做法。我在内心接受印象，并且是那类感官的、活生生的、媚人的、丰富多彩的印象，正如同一种活泼的想象力所呈现的那样。我作为一个诗人，是要把这些景象和印象艺术地加以琢磨与发挥，并且通过一种生动的再现，把它们展露出来，使别人倾听或阅读之后，能得到同样的印象；除此以外，我就不该再做旁的事了。"[2]

查希里扬

我深信杰出的苏联艺术家爱森斯坦像具有极端敏锐的听觉的音乐家那样，具有极端灵敏的视觉，这种才能在他身上表现得特别突出。他无疑是在开始工作以前就已看见了不仅体现为整体而且也表现为具体细节的自己全部的创作意图。[3]

归根结底，一切思想，甚至抽象的思想，都是通过形象产生的。[4]

莱奥纳多·达·芬奇写道："被称为灵魂之窗的眼睛，乃是心灵的要素，心灵依靠它才得以最广泛最宏伟地考察大自然的无穷作品。耳朵居次位，它依靠收听肉眼目击的事物才获得自己的身价。"[5]

鲁道夫·哈尔姆斯早在二十世纪二十年代，（而马赛尔·马尔丹则在三十年之后）就注意到电影本身的精确性和现实性仅仅在于画面能把形象固定下来，艺术家能够在创作上使拍摄对象（包括布景、演员、表演、等等）摆脱一切同舞台构成有关的东西。[6]

在艺术作品中，思想并不是孤立自在的。思想存在于作品的艺术结构之中。在思想上最富有表现力的艺术作品，正是在艺术上最完美的那种作品。影片在艺术上臻于完美的前提是，它的一切艺术成分——首先是作为银幕上各种艺术综合的基础的造型的成分——必须异常富于表现力。影片在造型上没有表现力，那么它在思想上也鲜富有成效。影片的"社会语言"软弱无力，那么整部影片也不可能完成自己的社会公众的职能。至于在造型上富于表现力的影片则会被最广大的群众所理解。在我们的时代，电影会成为整个人类进行交流的最重要的手段之一绝不是偶然的。电影不仅会帮助现代人认识自己，认识现代人的共同性，并且还会帮助他们创造新的世界。[7]

鲁道夫·爱因汉姆

电影不是用活动来表现活动，而是通过连续映出若干不活动的照片来造成一种幻觉（这是由于人的视觉特点才成为可能的）。它是一个很好的代用品，但同用活动来表现活动却有着根本的区别。[8]

普多夫金

每一种艺术都具有它自己独特的、有效地表现其素材的方法。电影当然也如此。如果不懂得导演、摄影、剪接的方法就对电影剧本进行工作，那就像把一首俄文诗直译出来给法国人读一样的愚蠢。……想写一个能适合于拍摄成影片的电影剧本，就必须先懂得电影是以怎样的方法来感动观众的。[9]

小说家用文字描写来表述他的作品的基点，戏剧家所用的则是一些尚未加工的对话，而电影编剧在进行这一工作时，则要运用造型的（能从外形来表现的）形象思维。[10]

爱森斯坦

在电影中,我们涉及的不是事件,而是事件的形象。[11]

在电影里,运动不是真的运动,而是运动的形象。[12]

让·米特里

为艺术作品的存在,重要的意义在于这不是被再现的现实,而是被表意的现实;这不是被展示或讲述的内容,而是被表现的内容。只让我们记住故事的影片——或我们撇开应当赋予它一切意义的形式而只记住社会或道德信息的影片——不再是艺术作品。无论它的价值如何,艺术只服务于自身,即服务于自己的表意方式。还用M.杜夫海纳的说法:"艺术作品并不吸收照亮一个世界的外部光芒,而是放射出自己光芒,这就是表现。"[13]

威廉·亚当斯

一个优秀的剧本应该内容简单、具体,并且首先注意形象处理。它利用连贯的剧情、画面解说、演员对白、背景声音、音响效果和音乐等,像交响乐团的各种乐器,紧紧抓住观众的注意力。好的剧本不是把书面的概念变成形象的概念,而本来就是形象概念的书面记录,后又由导演和摄影机把它还原成形象概念,使观众产生一定的反应、感情或是印象。[14]

分析与阐述:造型是电影作品的第一品牌

造型是电影的魅力的直接体现,是电影最富于表现力的第一品牌。无论我们谈论电影,欣赏电影,还是宣传电影,几乎不可能只以文字的形式来表现,必定牵涉到造型的独特魅力。造型是电影本质的要求,是电影与生俱来的独特印记。

作为电影的"品牌",造型的指代范围是极为宽泛的,然而对每一部影片来说,它的造型都应当具有固定特征,是影片内容和思想的直接体现者。

"造型"一词毫无疑问指的是影片故事发生的具体环境。从电影情景发生的角度来看,环境既可以是内部空间(室内)的,也可以是室外的。我们知道,相对于人的视域来说,摄影机的视域有着更加集中的指向性。比如说,我们观看景物时,眼睛可以观测到整个平面(180度)之内的所有景象,但摄影机的角度却局限在90度之内。这就意味着,摄影机具有比人的观察更强烈的精准性和目标性,因而所表现的"视域"也就更加具体。从这一点出发,电影的造型既可以是一个整体,也可以集中在狭小的视域中。在诸多电影作品中,绝大多数影片的场景变换是丰富的,既有外在城市风貌或者自然风光,也有根据不同情节的需要而选择的局部空间。电影史上,大多数影片均如此。不过,也不乏这样一类电影,它们的故事本身发生在一个相对狭小而集中的空间之内,根据故事内容的要求,影片的造型选择超乎这个范围的情况极少。而一个故事发生的具体环境是由故事的情节和人物活动的轨迹来决定的,编剧或者导演绝不会为了制造场景的丰富性,人为地增加视觉效果或改变场景。于是,我们看到,有这样一些影片,它们的故事自始至终都发生在特定的内部空间里。这样的例子有很多:《飞越疯人院》(*One Flew Over the Cuckoo's Nest*, 1975)、《洗澡》(1999)、《危情十日》、《水果硬糖》(*Hard Candy*, 2005)、《狙击电话亭》(*Phone Booth*, 2002)、《加油站被袭案》(*Attack the Gas Station*, 1999)……它们的空间造型分别集中在以下地点:疯人院、澡堂、女主人公的家里、男性恋童癖的住所,以及路边的电话亭等。

从以上论述中可以看出,尽管摄影机有十足的能力将世界纳入视域之中,但具体到每一部影片来说,造型是具有一定的集中性和指向性的。有的时候，影片的题材就决定了造型，在大多数情况下，电影的造型往往具有一个主要的"标志"，而"标志"也成为电影的标志性造型方案。比如，《布达佩斯大饭店》(The Grand Budapest Hotel, 2014)中，这所著名的饭店就成为影片的主要造型。尽管影片中还沿着火车路线展示了整个国家的疆域风情，但饭店的画面是所有造型的主流；《远山的呼唤》中，民子家所在的山里的自然风光，构成了影片的主要造型；《英国病人》(The English Patient, 1996)中沙漠的风情是主要造型……可以说，每一部影片无一例外地具有各自的造型特点，脱离了特定的造型方案，影片就不能成为一个完整的故事。

当然，我们也能看到这样的情形，有些影片由几个故事构成，每一则故事彼此之间没有必然的联系，它们只保持了主题上的一致性。在这种情况下，一部影片完全可以实现七大洲四大洋的跨越，景致也可以截然不同。但是我们也应当注意，在这类影片中，每一则完整的故事依然保持了造型的整一性，也就是说，将整个故事拆分成三个或者四个独立的小故事时，它们仍旧具有各自的情节线索和主题思想，它们各自也理所当然地拥有富有特点的造型方案。在电影史上，这类影片凤毛麟角，我们在这里只提出一部大家耳熟能详的代表作品，它叫《党同伐异》(Intolerance: Love's Struggle Throughout the Ages, 1916)。

影片造型的标志性并不是由编剧或导演人为选定的，它一定同故事的内容直接相关联，是在故事内容规定范围内，经过剧作家的精心选择而为故事的展开设下的具体空间。所以，造型的选择往往凝聚了剧作家对题材所寄予的情感和思想，是一种人文精神的外现。

电影的造型性承载了它的叙事功能，也承载了这门艺术表情达意的殷切希望。造型不仅体现了电影的视觉化优势，更是伟大的叙事载体，是电影艺术取之不尽的宝贵资源。

普多夫金

编剧必须经常记住这一事实,即他所写的每一句话将来都要以某种视觉的、造型的形式出现在银幕上。因此,他所写的字句并不重要,重要的是他的这些描写必须能在外形上表现出来,成为造型的形象。老实说,要发现这一类造型的形象并不是一件容易的事。首先,它们必须是明确的和富于表现力的。一个熟悉文学创作工作的人对于什么是富于表现力的文字或者什么是富于表现力的风格,总是心中有数;他知道有所谓动人的、富于表现力的字,也知道有所谓生动而富于表现力的句子(字的结构)。同样,他知道一个没有经验的作家的芜杂、模糊和累赘的风格,是他不善于选择和运用文字的结果。这里所谈的文学创作上的问题也完全适用于编剧的创作工作,只是在编写剧本时要用造型的形象来代替单字。编剧必须知道如何寻找和运用造型,即可以通过视觉形象表现出来的素材。就是说,他必须懂得如何从生活本身所提供的以及通过对生活的观察所得到的无限多的素材中,发现和选择那些能够通过形象而极清楚、极生动地表现他的全部思想意图的形式和动作。[15]

威廉·亚当斯

作为一名电影编剧,他的任务不仅在于掌握舞台台词的艺术和电影剧本中演员的对白,还应该进一步掌握电影的本质——画面。编剧创作不仅限于戏剧性的故事,其范围广阔,包括从戏剧性的对白、抽象艺术的记录到科学的阐述,最终要求只有一个——形象化。一部影片的素材是外部世界,如大地、海洋、人物和发生地等,而不是人们的观念或精神世界,作为电影剧作家,必须学会去观察能够搬上银幕的事物并把它们写入剧本。[16]

塔可夫斯基

电影中最重要的假定性之一就是，电影形象只能以有声有色的现实生活本身的真实自然的形态呈现出来。影像应当是极度自然的。我说的自然，并不是文学理论上通常所说的自然主义，我强调的是电影形象要有可以通过感觉去感知的形态。[17]

查希里扬

电影中的造型形象在很大程度上比其他任何艺术形象更能按照车尔尼雪夫斯基（Chernyshevsky）的著名公式，通过生活本身的种种形式来表现生活。电影的造型力量——它的巨大的与任何一种艺术都不能相比的表现生活真实的能力正在这里。然而，电影的狡诈也正在这里。由于电影能够做到表面的真实可信，因而它也可能变成最了不起的说谎者。银幕上的谎言比报刊上的更可怕，因为银幕不仅像纸张一样可以容许一切，同时还能使人相信谎言，通过像生活那样可信的形式把它呈献出来。[18]

创作者在写作电影剧本时，他所依据的是老早就已经在他的想象中形成的电影形象，却并非语言的形象。[19]

普多夫金

甚至在写作剧本的预备阶段，也不许有不能表现的或不必要的东西，而只能有那些明确的和富于造型表现力的最基本的东西。[20]

编剧要遵守一条很重要的规则：在处理每一事件的时候，都必须仔细地思考和选择它的视觉形象；必须记住，每一个概念、每一个思想都可能有几十种、几百种造型表现的方法，而编剧的责任就是要从中挑选最明确和最生动的一种。[21]

查尔·贝内特

希区柯克常说："写完的剧本就是电影，之后只要考虑怎么在银幕上表现它。"他还说："一切都取决于故事和故事怎样被讲述。"作为一名编剧，这话对我影响深刻。[22]

高尔基

主题是从作者的经验中产生，由生活暗示给他的一种思想，可是它蓄积在他印象里还未形成，当它要求用形象来体现时，它会在作者的心中唤起一种欲望——赋予它一个形式。[23]

分析与阐述：造型思维是电影创作的首要思维

以上论述中，无不意在强调形象性在电影创作中的重要地位。他们的话语为不少创作者提出了中肯的告诫，也戳中了创作中真实存在的问题和错误倾向。

很多人在创作时，将注意力集中于情节的表达，注意人物的动作和台词，却没有更细致地对当时的氛围以及周围的环境状况加以描述。这种现象不仅在初学者身上存在，在当下的很多剧本中也能找到。在不少业已完成的剧本中，对白从开头贯穿到结尾，读者很难找到对白之外能够展现影片风格的描述。从本质上说，它们并不能算合格的电影剧本。

另有一种情形是，创作者在对造型进行描述时，不过笼统地把空间环境中的物体或者建筑——陈列一番。告诉人们远处有什么，近处有什么，东面是什么，西面是什么……仿佛只要把物体的空间位置交代清楚了，他的造型任务就完成了。这对于电影创作来说，同样是不负责任的。

从我们列举的现象来看，当今的创作者的确缺乏造型的意识。其中不乏有人认为造型根本不是编剧的事，那是导演和美工应该考虑的事。比方说，好莱坞就存在这样一种创作方法，叫作"形象化预审视"，即先拟定故事发生的虚拟环境，再根据造型的安排来写作故事。但是，即便如此，作为编剧也应当在特定环境之下来创作，而不是先写出一个故事，再根据故事来拟定电影的造型特点。

所以，造型不仅是剧本中重要的写作元素，更是创作时应当事先考虑的重大问题。话题说到这儿，我们不得不注意一个现实情况：故事情节和造型，究竟应当把哪一个放在首位？在造型的品牌化一节中，我们谈到，影片的造型选择应当根据故事发生的具体环境而安排，而在这里，我们又谈到可以先有造型，再来创作故事，那么，究竟两者谁先于谁而存在呢？

对于电影来说，在通常情况下，故事和造型二者是并行存在的。之所以下这样的定论，首先基于造型对于题材构思具有天生的"验视"作用。

题材本身包含了故事发生所预定的环境，这样的环境便能让创作者感知到未来影像可能呈现出的样子。比如，《幸福的黄手帕》讲述了一段曲折而感人的爱情故事。勇作失手打死了流氓，被判刑，在狱中，他向妻子光枝提出了离婚。临出狱时，勇作给妻子写了一封信，信中同她有一个约定，如果妻子尚未结婚还在等他，就在家门口的旗杆上挂一个黄手帕，他看到黄手帕，就会回家。从这个题材中，人们能够比较容易地联想到结局可能呈现的黄手帕的造型。尽管结局本身具有一定的悬念性，但这个悬念是具有视觉感的。同时，勇作回乡之路也包含了具有典型性的公路造型方案。所以，这个题材就可看性来说，是比较适合于发展成电影的。

另外，造型描写体现在剧本中，不仅是拍摄的需要，也是未来影片样式的体现。希区柯克认为写完的剧本就是电影，犀利地揭示了电影剧本创作的目标和要求，也给那些认为可以把空间造型问题移交给导演的人们一个深刻的警醒。电影剧本创作是一个从无到有的过程，而导演则是"从有到有"的过程，现存的逻辑规律并不容易实现跨越式的更改。哪怕在自编自导的所谓作者电影中,创作者也严格地遵循着依照完整剧本来拟定分镜头的创作规律,于拍摄前便清晰地对电影的未来样式有比较明晰的把握。

最后,造型描写是一项深入创作思维的潜意识创作活动。只有在写作的过程中真实地"看到"我们的写作对象,才能做到身临其境地写作,才能创作出具有真实性和生活质感的作品。《危情十日》讲述受伤的作家从被"软禁"的小屋里设法逃脱的故事。在具有局限性的特定小屋里,若不充分地利用空间环境的构造和陈设等一系列造型特征,人物的逃生计划以及重重阻碍就不能充分地得到展开。可见,造型不仅为影片提供了故事发生的具体环境,更是情节展开的有力帮手。造型应当对情节的发展起推动甚至决定的作用,而不仅仅是某处具有现实感的空间场所。

普多夫金

把谁都能够看见的东西在银幕上表现出来,就等于什么也没有表现。因为电影所需要的不是那种一般的、偶然的、浮光掠影的一瞥就可以一览无余的素材,而是要专注的、锐利的、能看得更深刻的目光才能看清的素材。[24]

马塞尔·马尔丹

画面是电影语言的基本元素。它是电影的原材料,但是它本身已经成了一种异常复杂的现实。事实上,它的原始结构的突出表现就在于它自身有着一种深刻的双重性:一方面,它是一架能准确、客观地重现它面前的现实的机器自动运转的结果;另一方面,这种活动又是根据导演的具体意图进行的。[25]

塔可夫斯基

所谓直观,我的理解首先是这样一个过程,它能产生艺术形象或我们在艺术形象中表达的思想。这一切是完全个人化的。艺术形象的含义只能源于观察。如果不是基于直观,艺术形象就会变为象征符号,也就是可以用理性来解释的东西,那时艺术形象就不复存在,因为它已不反映人类和世界。真正的艺术形象应该不仅表达可怜的艺术家的求索以及他的人生问题、他的愿望与需求,它应该反映世界。但不是艺术家自己的世界,而是人类通往真理的道路。只要能够感触到灵魂,它近在身旁,超越我们,但就在我们面前,活生生地存在于作品之中,这就足以说它是天才的杰作,这就是天才的真实印迹。[26]

贺拉斯

通过听觉来打动人的心灵,没有通过视觉方式对人的思想激发来得更强烈。把情节呈现在观众的眼前，他们自己看见某个事物，会感到更可靠。但是，那些适合舞台后面的情节，你不应该把它们放到舞台上来演出。有许多情节不必呈现在观众眼前，而是让一个口才动人的讲述者来描述。例如，不必让美狄亚当着观众屠杀自己的孩子，也不必让残暴的阿特柔斯在大家面前煮人肉；不必把普洛克涅当众变成一只鸟，也不必把卡德摩斯当众变成一条蛇。如果你把这些都表演给我看，我会感到很厌恶。[27]

约翰·霍华德·劳逊

近代电影界出现了一种避免使用蒙太奇的倾向。这恰恰是因为蒙太奇会让人看到不同的信念之间的矛盾和剧烈冲突。更重要的一种倾向则是在一景之内开展动作和制造紧张，使用长时间的跟镜头，细心安排人物之间的关系，使用摄影上的大景深以暗示个人的孤独和缺乏交流思想的能力。……《公民凯恩》（*Citizen Kane*，1941）最先使用上述电影方法的概念和技术。这部影片运用摄影上的大景深来研究那些脸上流露出孤独感的人，又用抑制人物感情经历的多种效果作为这种摄影术的补充。凯恩的第二个妻子是故事的中心人物。只有她受到凯恩的器重伤害，因此影片用她来代表凯恩的行为对人们的影响。但是她是一个过于脆弱的人物，无法承担表现这种含义的任务。影片的摄影突出表现了她无法应付自己的处境。好几个特写镜头细致地反映她的痛苦，但是影片却生硬地用一大串其他形象切断了表现感情的镜头。她演戏失败的一场是从舞台上方一个工人的位置拍摄的；她服毒的一场是通过床头柜上的药瓶拍摄的；然后摄影机移向她那汗水直淌的脸，但这个镜头只是冷漠地拍出医院里常见的场面，不能表现悲剧的内容。[28]

贝拉·巴拉兹

有些导演没有任何特殊理由就用这些原始的影像塞满自己的影片，把它们当成"填充物"使用，就好像在一部歌剧中插进一些舞蹈那样。请小心！这些庞然大物在跳舞时可能会把整个剧目踩碎！例如，如果电影想描写卧室的温馨气氛，却要把全景当作与内容风马牛不相及，与情节不沾边的背景来使用。这是对艺术的亵渎。如果把环境只作为填充物硬塞到情节中去，那么环境的磅礴气势是危险的，整部影片很容易被它的重压压死。[29]

分析与阐述：造型选择的审美原则

鲁道夫·爱因汉姆曾充满忧虑地道出了未来电影可能面临的困境。百年前，电影声音毫不留情地颠覆了无声电影，这门年轻的艺术在猝不及防间被推入了有声片的历史阶段。当然，任何人都清楚，历史的车轮是不可能倒转的。就好像人们习惯了乘坐小汽车后，很少有人愿意再去以人力三轮车或者马车代步。爱因汉姆用前瞻性的眼光，悲观地认为，再过百年，电影艺术将面临被瓦解的危机！而这种危机的根源则是电影技术的发展。高清电影、巨幅银幕将使得电影艺术创作不再注重于表达方式的电影化，电影从而成为复制现实的纯视觉性的娱乐媒体。

转眼间，百年时光已悄然划过。爱因汉姆当年对电影技术发展趋势的预测已成为司空见惯的现实情形了。现在，恐怕谁也不愿意去看清晰度差、画质低下、银幕窄小的投影影像。数字影像的高清晰度以及同实景的无缝弥合让人们的视觉感受格外地自然而舒畅。

然而，这是否意味着电影艺术的瓦解呢？爱因汉姆的断言是否在今日得到了印证呢？对待这个问题，当需从现象学的角度入手，进行对作品、创作现象以及现存观念的观察与分析。必须承认的是，视觉方案从来都是电影质量的重要验视标准。若视觉方案没有经过认真仔细的审美选择，恐怕会给观众造成先行的不适的感觉。这是电影镜头造型功能的延展性和开拓性所决定的。比如，在以上所引语录中，我们不难发现，古典主义的审美原则决定了应当为观众呈现什么，同时避免什么。贺拉斯认为："不必让美狄亚当着观众屠杀自己的孩子，也不必让残暴的阿特柔斯在大家面前煮人肉；不必把普洛克涅当众变成一只鸟，也不必把卡德摩斯当众变成一条蛇。如果你把这些都表演给我看，我会感到很厌恶"。近代，伴随着技术的发展，人们早已认定透过镜头在银幕上所见的一切均具有假定性，因此，电影中所展现的一切都不必如以上戏剧艺术中所呈现的那般真实。但是，选择符合于故事情境的以及风格设定的表达方案，却是格外重要的。它同时也是我们站在今天的历史视点中重新审视贺拉斯这番论述所得出的本质性启示。

由此看来，审美性应当成为电影造型选择的首要标准。审美所承担的责任并不仅仅是电影艺术性的体现，在现实中，它同样应当以恰当的角度和比例严谨的画面布局引领观众进入影像的世界。然而，审美性并不能承担电影造型的一切功能。人们不难发现，有的电影中的确存在着偏重画面的美学属性而忽略其他职责的倾向。有人甚至认为，尤其在商业电影中，人们观影的目的就是领略画面之美、之宏大、之奇观，其余的对于商业电影来说并不那么重要。而画面不过是电影科技宣传的噱头，掀起爱看热闹的人茶余饭后的谈资来。其实，这种看法是格外存在着误区的。归根结底，电影是由叙事学发展而来，画面是表达故事的手段和方法，而不是独立的存在物。

好莱坞的视觉效果为其吸纳了不计其数的票房，但人们同时应关注到，同好莱坞商业电影叙事相关的那些书籍同样铺天盖地地席卷全球。即便是以"形象预审化"的创作方式，创作者们同样对故事赋予了更多地关注，将叙事投入预先设定的形象体系中，实现情节同造型的完美融合。

这便是电影造型应当具备的第二重使命——形象同叙事的合二为一。这意味着，造型不仅应当同叙事风格和故事发生的具体环境完全吻合，也应当在叙事题材所限定的范围中选取。即是说，若故事的题材不过是写写周围人的生活和命运，那么追求所谓的视觉效果便成多此一举了。比如，我们不必为《苏州河》（2000）这样的故事去制作一个电脑科技的虚拟场面，也不必弄出"滔滔大河，孤舟蓑笠翁"的夸张对比，只要拍那条实实在在的苏州河就够了。再比如，我们不必为《活着》（1994）这样的电影制作出虚拟而气派的年代造型，更不必在福贵的孩子被倒塌的砖墙压死那一场戏中去营造天地崩塌的宏伟气魄，那反而与影片对真实意境的追求相背离了。

贝拉·巴拉兹也曾坦言，电影创作者绝不能让造型"塞满空间"。造型的视觉性固然重要，但过度地追求造型，则容易形成画面与叙事二元对立的悖论。

事实上，造型的选择更多情况下是需要别具匠心的。伊朗电影《小鞋子》（Children of Heaven，1999），讲述了阿里不小心弄丢了妹妹的鞋子，便千方百计地为妹妹弄一双新鞋的故事。故事通过写一件格外温情的小事，让人们去体会生活中容易被人忽视的亲情。影片最后，阿里参加了长跑比赛，因为比赛规定，如果得了第三名，就能得到一双鞋子的奖品。不幸的是，阿里在比赛中不小心拿了个第一，尽管赛场上赢了，但却输掉了小鞋子。影片结尾处，疲惫的阿里同妹妹一道坐在池水边，妹妹用沉默的陪伴来安慰着哥哥。在这里，作者将摄影机从兄妹俩形象上移开，拍摄了那一汪清澈的池水，顽皮的小金鱼亲吻着两只小脚丫……

《小鞋子》中的造型方案体现了电影造型方案的风格化和多样化，也证明电影造型在很大程度上承载了电影情感的表达。叙事因素中那些原本借助文字和舞台表演实现的抒情，在电影中则找到了造型方案，这种方式更为直接地让观众收获体会和感受。

电影造型作为电影的第一道标签，并不应当只承担表层的美学功能，更应当具有潜在的叙事学功能，并具备情感化的深层指向。造型的设定唯有具备了表层含义和隐喻性功能，才能实现电影艺术的特性。

爱森斯坦

在对象上和构图上,我竭力任何时候都不要使镜头仅仅局限于银幕上所反映出来的可见性这一点上。必须这样来选择对象,即是说要考虑到把这一对象摆在镜头的视野中时,除了画面以外,人们还会产生一系列能够同镜头的情绪的——含义的内容相配合的联想。[30]

查希里扬

戏剧作品的潜台词揭示出剧中人物的思想和感情的世界;造型的潜台词仿佛在给正在展开的剧情进行解释,它是电影中无数表现作者对待银幕上所表现的剧情的态度的方法之一。造型的潜台词并不是戏剧结构的因素,而是仅为电影艺术所特有的叙事。史诗的有时则是抒情的结构的因素。[31]

马塞尔·马尔丹

造型的隐喻是以画面的纯表现性内容中的相同或类似的结构形态或心理格调为基础的。[32]

分析与阐述:电影造型的潜台词

造型作为电影艺术性的重要体现,理所当然地应具备审美功能,但审美功能在造型中绝不仅仅指视觉感受那样简单,它所代表的内涵是十分丰厚的。当一部影片开始在银幕上缓缓呈现时,影片开头的造型便承载了作品的风格基调。也就是说,造型首先应当体现作品的风格。

另外,造型还应当承担影片中环境的指向性作用。这里既包括客观的物理环境,也包含人的精神世界。比如说,造型应当揭示年代特征、主人公的生活环境,揭示环境之下生活的人们特定的精神世界。这一切为在整体基调中可能展开的人物命运埋下了伏笔，也为观众"解读"电影提供了契机和空间。影片《铁皮鼓》(*The Tin Drum*，1979) 讲述了生于"二战"前期的男孩奥斯卡，在无意间发现亲生母亲和舅舅偷情的事实，心灵受到了刺激，从此发誓不再长大。于是，在六岁生日的当天，奥斯卡制造了摔下楼梯的意外，从此他的身高定格在了六岁。影片从奥斯卡的外祖母开始，讲述了奥斯卡的母亲是怎样来到人间的。田野空旷的造型、穿着肥大裙子的妇女，以及慌慌张张奔跑的矮个子青年，构成了一幅颇具荒诞性的奇遇图。青年被警察追赶，钻入外祖母的大裙子底下，并由此有了奥斯卡的母亲。空间造型关系揭示了违背世俗伦理的结合：超乎日常生活审美标准的夸张裙子、举枪的警察、黑压压的旷野，以及外表矮小几乎畸形的外祖父，暗示了主人公成长的环境并非传统意义上的正常家庭，而是掺杂了成人世界的种种欲望、挣扎和纠结的矛盾体。从开头的环境塑造中，影片就揭示了人物生活的物理空间以及精神世界的扭曲和荒诞。

造型是开启电影风格化的预览图。它所肩负的责任绝不仅停留在浅层的视觉感受，相反，它带给人们通向另类世界的预先感知——人们通过造型的暗示，对影片的情境以及思想内涵预先有所准备，同时，它也以明确的符号性指代了影片在时间和空间中的坐标。

普多夫金

"特写"的意义是:使观众对于剧情发展过程中的某一重要细节集中注意。[33]

分析与阐述:特写

不少人认为,特写是一种较为危险的镜头。作为诸多造型方案中极具意识形态的一种,特写往往倾注了创作者强烈的表达愿望。不仅如此,特写的运用通常不是独立的,它总是同角度以及光线的处理并行而为。比如,《炎热的夜晚》的开头部分,警察提布斯开车经过小镇,在这个过程中,作者拍摄了一系列脸部特写,分别揭示了提布斯面对不同事物时的情绪变化以及潜意识中的欲望。当提布斯看到亮灯的屋子里透出的女孩裸体时,他的一半脸颊显示了他内心的不安和浮躁,而另一半脸颊却沉浸在黑暗之中。这同时暗示了提布斯被眼前情景所激起的反应,折射了他内心深处不可告人的欲望正在波动。事实上,作者透过这个细节希望交代给人们的并不是提布斯的躁动,而是引起人们对他的观察对象——屋子中的裸体女人的关注。并且,此后的一系列特写镜头的作用皆如此:当提布斯下意识地关注路边风景,当他疲倦的面容在温柔的光线下带给人慵懒的感受,当他忽然间提起精神,发现了惊人的一幕……我们不难发现,作者正是通过这一系列富于节奏感的特写镜头一步步将观众引入即将出现的凶杀现场中。

特写是作者态度的集中显示,也是具有强烈情节指向性的特殊造型方案。它代作者立言,由对被拍摄对象情绪的夸张展示,进而引发观众的情绪波动,并以此起到强调重要细节的指向性作用。

塔可夫斯基

对电影中的色彩要带着一种感情去处理，才能创造出大自然的、外部世界的一定色彩情调。所以假定性的色彩在电影中是使不得的，它会破坏现实的自然情调。大自然中的天然色彩要比在胶片上玩任何技巧都更富于诗意。我认为，对外景中的某些物件进行着色甚至都是可以的，但那是为了更真而不是相反，就像有时在所谓诗电影中所做的那样。[34]

爱森斯坦

不是我们去服从色彩和声音的绝对"含义"和绝对对应，以及这两者与一定情绪之间的绝对对应的某种"内在规律"，而是我们自己去给色彩和声音规定它们应服从于哪些我们认为需要的功能和情绪。[35]

思想贯穿于造型。[36]

塔可夫斯基

电影中的形象不单是把客体冷漠地记录在胶片上，电影形象的基础是要能够把自己对客体的感受表现为客观的观察。[37]

分析与阐述：造型的主观性

杜甫曾写下过"感时花溅泪，恨别鸟惊心"的诗句，以此来表达对长安陷落、国家破败的感伤。他的诗句体现了我国古典文学中倡导的"寓情于景"的创作理念，同时也是主观和客观相结合的哲学思想的理想典范。

如果对中西方的文艺理论思潮进行对比研究，便不难发现，两者尽管在作品形态上具有较大的差异，但在创作原则上却有着惊人的相似之处。

艺术创作的本质问题是创作者自身情感的对象化。过去，人们用文字来描绘景物，当电影艺术诞生以后，人们用摄影机直接将世间万物纳入景框里。毫无疑问，影像开启了人们对生活的新感受，而更重要的是，电影为人们表情达意提供了新的空间。可以说，电影是主客观相结合的最佳体现者。因此，人们应当赋予影片独特的感受以及生活经验，而共同的情感寄托在影像之中，让电影艺术成为全人类的艺术，成为心灵的艺术。

　　在经验的积累中，人们对不同的自然现象和社会现象产生了一定的直觉和感知。伴随着经验的积累，这些对于存在物的态度逐渐演变成人的潜意识。比如，艳阳高照会令人愉悦，而阴雨连绵会令人感到压抑。当然，范围并不仅仅局限于天气，还有诸如色彩、节奏和视角等。基于以上经验，影像实现了以造型的基调来定位影片的风格和人物的情绪。在电影中，常常利用类似的色调来渲染人物的内心情绪，以此同观众实现共鸣。电影《天使的孩子》(Angela's Ashes, 1999)全片的色调均是灰蒙蒙、阴沉沉的，连绵的雨天伴随了人们的生命历程。在现实生活中，这是多么不真实！世界上有哪个角落能接连下上几十年雨？然而，在影像中，几乎没有人认为这是不自然、不真实的。电影讲述了一家人常年贫病交加的生活状态：幼小的孩子几乎时刻都在死亡线上挣扎，而孩子的父亲失业成了家常便饭，他因此而酗酒成性，将一切生活来源都用来买醉，让原本危难的家庭雪上加霜。这一家人饥寒交迫，也经历着因贫穷带来的人情冷暖，世态炎凉，甚至过得不如流浪的乞丐那般自在。当主人公的成长处于这种环境中时，他的心情怎能如阳光一般地开朗明媚？如果他住在布满鲜花草地的地方，又怎能只看见灰暗潮湿的天空？所以，连绵的阴雨是人物内心情绪的真实写照，当观众走进了一个阴雨连绵的世界，也就体会到了人物内心的苦闷和压抑。

　　影片色彩对于人的内心感受所产生的作用，经过不同作品的积累而成为经验化的东西固定下来。基耶斯洛夫斯基（Krzysztof Kieslowski）拍摄了《红》《白》《蓝》三部曲（*Trois couleurs: Rouge*，1994），用三种色彩分别代表一种情绪，一种生活。色彩也赋予了它自身以隐喻的"归属"。对于创作者来说，色彩绝不是具有单一指向性和隐喻性的物质，不仅色彩，任何物体都不可能具有固定的指向性。

电影的描写对象实实在在地承载了创作者的主观情感和态度倾向，这已成为一个普遍真理。电影的编剧应当赋予创作对象以意象的特征，应当将自己的情感寄托于影片的色调和氛围。然而，我们却不能"为赋新词强说愁"，不能为了表达潜台词而生硬地找到符号性的色调作为气氛的烘托。只有在创作时真正地"看到"了镜头前想要展现的事物状态，感受到了那股刻骨铭心的爱恨悲喜，才能看到落泪的花、受惊的鸟，才能写出朴素或感伤的浸透着悲欢离合的电影。

普多夫金

任何剧本的一切动作，都是和赋予影片以总的特色的某种环境发生着极密切关系的。这里所说的环境可以是一种特殊的生活方式。如果更细致地分析一下的话，甚至可以把人们所选择的特定生活方式中的某一个别特征，或基本特点都视为环境。这个环境，这种特色，必然不能也绝不可以由一个介绍性的场面或一个字幕表现出来；它必须经常渗透在整部影片里，或从头到尾地渗透在影片的各个适当部分里。如我所说过的，动作一定要被融化在这种背景中。[38]

分析与阐述：造型的隐喻功能

电影为了突出地表现人物性格或者生活和情感的变化，往往重复地展现某方面的特性，比如，有的影片会反复强调人物某方面的突出性格，而有的影片会反复地强调某人的特定行为（比如赌博、跳舞、做饭等）。在不同情境中强调人物的某种行为，能够更加集中地表达时过境迁的情感变化和人物状态的变化。举一简单的例子，一个人在二十岁时跳舞同他在五十岁时跳舞就会产生很大差异。尽管他跳的是同一支舞，但时代变了，人的生活和心理都发生了很大的变化，你能说这两者是一样的吗？这是电影的重要表达方式。在这里，我们突出的是，行为的发出必定同环境紧密结合在一起。正如普多夫金所言，环境并不仅代表空间环境，而是代表了同行为发出者相对立的一切因素。它包括空间的、时间的、人物关系的、人物心理的、情感的等一切因素。所有这一切，都构成了行为发出的外在环境，也只有两者相互作用，相互对立，才能构成完整的表意空间。

爱森斯坦

在单个镜头里,总会有物件或现象的造型同揭示其真正内在含义的形象概括发生冲突(抵触)的情况。在这种抵触的统一中才能产生事件和现象不仅符合其自然"存在",而且符合其社会意义的真实含义和面貌。[39]

人们觉得,利用镜头结构手段使物象的可见形式和它的形象概括取得统一,这是真正现实主义的电影镜头处理的一个最重要的条件。我们认为,这种统一必定会使我们对纯造型的银幕形象产生特别的情绪反应。因为画面的这一形象处理,也正是摄影师创作中最重要的东西:把生活和他对主题的态度"贯彻"到影片的造型处理上的一切最微小的细节中去。[40]

让·米特里

应当指出,与词汇相反,影像不是一个固定符号。摇晃的夹鼻眼镜并未言明"一个人被抛入大海,资产阶级被扔出舷外";一个积满烧尽的烟头的烟灰缸也并未言明"时间在流逝"等。这只是具体情况下产生的意义。电影不是一种约定俗成的语言,不是约定性和抽象化符号的产物。影像不仅不像词汇那样是"自在"的符号,而且它也不是任何事物的符号。如上所述,影像展示事物,而并不表示任何意义。唯有通过与其有关的事物整体的联系,影像才含有一定意义和"表达意义的能力"。它由此获得一个具体的意义,反过来又会给包含它的整体添一层新的意义。[41]

罗兰·巴尔特十分正确地强调:"一部影片的美学价值取决于作者是否善于在符号形式和符号内容之间引入差异,但是不超出可理解的限度。"[42]

表意是一次心理上的"完形";这是物象在特定语境中的蕴涵关系的产物,语境使这个物象表示此内容,而非彼内容。[43]

普多夫金

在苏联电影的形成时期,许多电影大师在创作上也都有一些抽象化的毛病,其原因显然是在于他们对作为认识显示的一种形式的电影艺术的特性有着不正确的理解。当时许多导演受了所谓理性电影的反现实主义理论的影响,企图不通过典型化的独特人物性格,而是通过象征、隐喻和抽象的概括去体现某一思想。[44]

分析与阐述:造型的符号性

电影心理学家于果·明斯特伯格(Hugo Munsterberg)指出,电影的创作活动——包括创作电影连同观影行为在内,均是一项心理活动。明斯特伯格的观点从本质上指出了电影同人们心理的内在关联。

在实际欣赏过程中,观众总是受到影像的启发而构建完整事件,并对其含义进行解读。由于在相同的时代背景之下,人们的情感具有本身的共通性,因此,观众得以对影像的内涵做出同作者本身极其相似的解释。以人类普遍的认知和共识为基础,影像中特定的事物被赋予了特定的指代含义,电影理论家们将语义学中的符号理论用于电影创作中,于是诞生了电影符号学的研究。

迄今为止,已经鲜有人追究符号学是否具有真实性的含义,大家均不约而同地默认影片意象所具有的所指内涵。然而,能否突破符号学中所限定的能指与所指之间的僵化模式,成为电影创作突破理论禁锢的关键。早在古希腊时期,柏拉图便提出了"理式"一说。他认为,我们现实所见的物象均是理式的影子。以床为例,床并不代表某一个实体,而只是普遍的概念,是存在于人们意识之中的抽象的概念,我们可以根据概念中的床,找到成千上万个现实中的床。床的理式相对应的是现实中千千万万的形态各异的床。柏拉图所提出的理式学说，尽管是唯心主义思想的集中表现，并且在日后也受到其学生的反对，却蕴含了关于符号学的雏形。可见，关于形象和概念在人们意识中反映的现象和原理早已有之。

现在我们探讨的问题是，符号学在创作中是否具有真实效用。通常情况下，文本的创作和理论具有一定的关联。对于电影而言，由于这门艺术形式反映了社会的宽广和历史的纵深，因此，它所蕴含的丰富影像能够从多个角度加以评述：电影的、民族的、语言的、教育的，等等。在这种情形下，并非所有角度的理论化阐释都对电影创作产生影响。将影像进行电影学研究范围之内的理论化是可以用来指导创作的，比如，我们通过电影中的人物形象来进行心理学的研究，这项研究成果本身便可以直接应用于人物塑造的方法论中。然而，从文化角度来阐释的理论批评便不能同电影创作产生直接的互动效果。符号学恰好处于电影创作理论同文化理论相结合的边缘地带。我们可以在影片的范畴之内发掘影像的潜台词和隐喻的含义，这些含义存在的基础正是基于符号所揭示的认识论中的共性问题。

然而，电影毕竟是一项个性化创作，它的造型方案是由创作者个人的情感性和理性因素的相互作用而进行选择的。这就意味着，符号并不可能成为通用的法则。在实际创作中，应当首先把影片情境的拟定作为创作的首要任务。只有设定了故事的具体情境（包括环境造型、人物性格、人物关系、人物的内心动机和情感需求等），才能为符号化的情感表达方案奠定基础。若是脱离了具体情境而片面追求思想概念的符号化表达，便会使得电影的叙事蒙受损失。要知道，爱森斯坦后期的创作中也曾因过度寻求蒙太奇的隐喻性而使得影片的叙事性受到损失，最终影响了影片的艺术性呢！

可见，只有落入具体情境中的符号化隐喻，才能产生特定的富有新意的内涵。就连符号学大师罗兰·巴尔特也认为，符号不能超出人们理解的限度。情境是观众认知和理解的基础,它把影像在语义学上的指代意义牢牢地"锁定"在情节框架中。人们正是通过情节的引领和渲染来解读符号的特定含义的。

莱　辛

　　自然中的一切都是相互联系着的；一切事物都是交织在一起，互相转换，互相转变的。但是，这种无限纷纭复杂的情况，只是无限精神的表现。有限精神为了享受到这种无限精神的表现，就必须取得一种能够给原来没有界限的自然划出界限的本领；必须取得一种能够选择一种能够随意转移自己注意力的本领。……艺术的使命就在于使我们在美的王国里省得自己去进行这一选择工作，使我们便于集中自己的注意力。[45]

查希里扬

　　造型上的借用所起的作用几乎同文学中的隐喻所起的作用一样，这也就是造型隐喻。它的特点在于把影片同造型艺术的众所周知的艺术形象联系起来。它的作用不仅仅局限于向人们提示它所包含的内容的具体的、含义上的性质。像在艺术文学中一样，借用其他艺术作品中的东西能增加所表现的内容的含义，把它提高到深刻的艺术概括的高度。[46]

普多夫金

　　摄影机也能表现观众的"感觉"。在这里我们碰到一个很有趣的摄影手法。可以完全有把握地说，人在理解他周围的环境时所采用的不同方法，是由他的情绪状态来决定的。电影导演曾多次试用一些特别的摄影手法来使观众进入某种特定的情绪状态，从而加强场面的感染力。格利菲斯第一个在拍摄悲剧性的场面时，使画面保持一种被笼罩在薄雾里似的感觉，他的目的在于，使观众觉得自己仿佛是带着眼泪来看这些场面的。[47]

爱森斯坦

　　观赏者对于观赏对象的行为也就可以说是观赏者的态度。或者更确切些说，就是作者给观赏者规定下的态度，而这完全出自作者自己对对象的态度。[48]

　　体系的蒙太奇性质就在于，它在训练有素的演员心中唤起情绪现象的技术与在观众心中唤起情绪现象的技术之间画上了等号。[49]

　　正如由静止画格的配合而产生出运动形象一样，由片段图像按蒙太奇节奏的配合也就产生出作者概括的意味，产生出作者的创作意志、他代表的社会集体意志赋予某一现象的那一形象。[50]

让·米特里

　　影片影像呈现的是一个尽管形似于这个现实本身但又完全不同的现实影像。这是一种心理移植，经过这种移植，现实既保持自己的一切形式表象，又有形态变化。可以在确切意义上说，现实改变了原形。[51]

分析与阐述：造型是现实意义的承载

　　任何影像符号均是现实生活的承载。电影创作是将一种反思和情感寄托于虚拟世界的假定性活动。以上语录谈论了影像同人类情感以及现实生活的隐喻性关系，几乎所有的影片均呈现出现实的符号性表达。

　　电影《大桥下面》(1984)讲述了苏州河畔大桥下修鞋的高志华与一道摆摊的裁缝秦楠的情感经历。改革开放初年，同是知识青年的志华和秦楠，因为彼此相似的下乡经历而相互照顾，并在共处的过程中逐渐萌生了爱情。志华和秦楠的情感经历是这部影片的故事核心，影片通过描写两人在特定人生阶段中的相遇相知，表现了他们浪漫却满怀艰辛的爱情。作者在处理这段情感时，在苍凉的故事背后增加了一个典型的造型——大桥下。

影片在苏州河畔大桥下的一片简陋民房区展开。这里是他们生活的地方,也是他们情感开始的地方。写两个年轻人从相识到相恋的故事并不在少数,但在这样特殊的空间环境中展开,便不一样了。"大桥下"是一个符号化的缩影,指代了现代化之下的底层生活。大桥上,现代生活在忙碌喧嚣中沸腾;大桥下,陈旧的生活观念左右着年轻人的思想,人性的束缚让他们隐藏起萌生的情愫。在现代生活的边缘地带,在相对封闭的空间区域里,人际关系也显示出独特的状态。人们希望占据有限的立足空间,街头巷尾的议论让人们不敢暴露自己的隐私,生怕它淹没在街坊邻里的口水里。年轻人不敢大胆地表现爱情,怕遭遇他人的怀疑和侧目……不同的地域空间和建筑构造承载的人际关系截然不同,大桥下面拥挤的棚户区决定了人们之间的关系状态。作者对特定环境的选择,不仅选定了特殊的情境要素,也隐喻了现代化社会底层的现实,隐喻了现代生活同老百姓生活观念的冲撞。

再比如,电影《新桥恋人》(*The Lovers on the Bridge*,1991)写了施工桥梁的禁行区域里,一对流浪人的爱情故事。美丽的塞纳河上,修葺的新桥一段被封锁而暂时成为废墟。被男友抛弃而离家出走的米歇尔就在这里爱上了流浪汉丹尼斯。丹尼斯给了米歇尔家的温暖,两个被世界放逐的人产生了深深的眷恋。新桥是被繁华所遗弃的角落,繁华的城市中,生活日益美好的都市人早已不再关注这样的地方,所有的人见到禁止通行的路标都会绕道而行。因此,影片里的新桥也暗示了一对被世界遗忘的人,茫茫的人海中,没有人关心他们的生死,没有人投来一丝关怀的目光,甚至不会有丝毫下意识的接近。然而,新桥尽管暂时远离喧嚣的世界,它却保留了一丝怀旧的气息,正如这对恋人,尽管被人冷漠以待,他们的情感却像火一般炽烈。新桥用它破败的身躯承载了浪漫的爱情,与之相反,现实世界却以喧闹的华丽映衬了人心的冷漠。米歇尔从物质丰裕的家庭出走,她的心灵却承受了被抛弃的伤痛。所以,新桥是现实世界中人际关系状态的符号化体现，蕴含了对现代社会、人们的心灵感受以及人际关系等诸多方面的潜台词。

现实生活中，建筑也是人际关系的载体。我们从地方志的研究成果中可以看出，不同的建筑所承载的人际关系和生活方式是截然不同的。像北京的四合院同江南水乡的青砖瓦舍所承载的内涵就完全不同。我们可以从四合院中看出北方居民的相处模式以及时代的社会制度。当然，在特定的模式和制度下，展开的故事也是有差异的。电影创作中，符号化的空间造型格外重要，它绝不仅是停留在符号化的表层的某种象征，更是一种能够引起观众反思的影像根源。

注　释

1　《西方文论史》（上），伍蠡甫主编，上海译文出版社，1979年，第406页。
2　同上，第477页。
3　《银幕的造型世界》，查希里扬，中国电影出版社，1979年，第4页。
4　同上，第5页。
5　同上，第6页。
6　同上，第61页。
7　同上，第233—234页。
8　《电影作为艺术》，鲁道夫·爱因汉姆，外国文学出版社，1960年，第133页。
9　《论电影的编剧、导演和演员》，普多夫金，中国电影出版社，1984年，第13页。
10　同上，第22页。
11　《蒙太奇论》，爱森斯坦，中国电影出版社，2003年，第147页。
12　同上，第165页。
13　《电影美学与心理学》，让·米特里，江苏文艺出版社，第122页。
14　《电影制片手册》，威廉·亚当斯，中国电影出版社，1989年，第151页。
15　《论电影的编剧、导演和演员》，普多夫金，中国电影出版社，1984年，第32页。
16　《电影制片手册》，威廉·亚当斯，中国电影出版社1989年，第161页。
17　《七部半——塔可夫斯基的电影世界》，塔可夫斯基，中国电影出版社，2002年，第83页。
18　《银幕的造型世界》，查希里扬，中国电影出版社，1983年，第72—73页。
19　同上，第225页。
20　《论电影的编剧、导演和演员》，普多夫金，中国电影出版社，1984年，第24页。
21　同上，第34页。
22　《从文字到影像——好莱坞黄金时代编剧访谈录》，罗纳德·戴维斯，人民邮电出版社，2013年，第5页。
23　《论文学》，高尔基，见《和青年作家的谈话》，广西人民出版社，1980年，第334页。
24　《论电影的编剧、导演和演员》，普多夫金，中国电影出版社，1984年，第59页。
25　《电影语言》，马塞尔·马尔丹，中国电影出版社，第1页。
26　《七部半——塔可夫斯基的电影世界》，塔可夫斯基，中国电影出版社，第360页。
27　《诗学·诗艺》，亚里士多德/贺拉斯，九州出版社，2007年，第129页。
28　《电影的创作过程》，约翰·霍华德·劳逊，中国电影出版社，1982年，第331—332页。
29　《可见的人　电影精神》，贝拉·巴拉兹，中国电影出版社，2000年，第55页。
30　《银幕的造型世界》，查希里扬，中国电影出版社，1983年，第144页。

31 同上，第154页。
32 《电影语言》，马塞尔·马尔丹，中国电影出版社，2006年，第80页。
33 《论电影的编剧、导演和演员》，普多夫金，中国电影出版社，1984年，第41页。
34 《七部半——塔可夫斯基的电影世界》，塔可夫斯基，中国电影出版社，2002年，第323—324页。
35 《蒙太奇论》，爱森斯坦，中国电影出版社，2003年，第399页。
36 同上，第62页。
37 《七部半——塔可夫斯基的电影世界》，塔可夫斯基，中国电影出版社，2002年，第378页。
38 《论电影的编剧、导演和演员》，普多夫金，中国电影出版社，1984年，第84页。
39 《蒙太奇论》，爱森斯坦，中国电影出版社，2003年，第70页。
40 《爱森斯坦论文选集》，爱森斯坦，中国电影出版社，1982年，第174页。
41 《电影美学与心理学》，让·米特里，江苏文艺出版社，2012年，第67页。
42 同上，第70页。
43 同上，第71页。
44 《普多夫金论文选集》，普多夫金，中国电影出版社，1982年，第28页。
45 《西方文论选》，伍蠡甫主编，上海译文出版社，1979年，第433页。
46 《银幕的造型世界》，查希里扬，中国电影出版社，1983年，第108—109页。
47 《论电影的编剧、导演和演员》，普多夫金，中国电影出版社，1984年，第108页。
48 《蒙太奇论》，爱森斯坦，中国电影出版社，2003年，第90页。
49 同上，第140页。
50 同上，第145页。
51 《电影美学与心理学》，让·米特里，江苏文艺出版社，2012年，第124页。

第三章

电影的风格

电影作为艺术，在一定程度上成为作者主观情感和思想对象化的产物。它自创作开始，直至作品诞生，每一个环节中所渗透的思考与安排，都形成具有作者自身风格和特点的对象化显现。自古以来，人们强调"文以气为主"，意在强调文章应当具有独特的气质和个性，应当具有个体的风格化倾向。这一观点对于电影来说同样十分重要。电影的风格不仅体现在叙事中，也体现于画面的色彩、明暗以及声画结合的具体表达之中。电影的风格是一道具有抽象化色彩的标签，它需要完整而统一地贯彻于影片之中，并且在影片开头就明确地展现出来。以下论述将从风格的本质以及表达方案的不同环节，对这一独特的个性化因素加以阐释。

歌　德

只有描写的对象与作家的个性相似，预想才有可能。[1]

塔可夫斯基

成就电影影像的真实——这话只是空谈，只是梦呓，只是企图的声明，然而其每一次实现，却都是导演具体偏好和独特态度的展现。[2]

蒙太奇恰恰能够最鲜明地展示出一位导演的风格。通过蒙太奇，导演表现出对自己构思的态度；通过蒙太奇，导演的世界观得到最终的体现。[3]

列夫·托尔斯泰

在任何艺术作品中最重要、最宝贵和最能令读者信服的，便是作者对生活所抱的个人态度，是他依据这一态度在作品中描写的所有那一切。艺术作品的价值并不在于构思的统一，不在于人物的刻画及其他等等，而在于贯穿着整部作品的那种作者对待生活所持的态度的鲜明性和坚定性。正是作者的道德理想首先决定着每一部艺术作品的统一。[4]

让·米特里

电影导演亦如小说家，除了必不可少的才华和意念，他还应当树立一种风格，即善于运用自己的美学知识去完成一部有个性的作品，并且运用得恰如其分；尤其应当创建出或许仅对这部作品有效的新规则，从而使作品独具一格，而不循规蹈矩。[5]

分析与阐述：作者的态度决定影片的风格

人们曾经对性格因素的形成进行了诸种研究。他们发现，人们自身特性的形成有着先定的生理和心理根源：

公元前五世纪，古希腊医生希波克拉特根据人体内四种体液（血、黏液、黄胆汁和黑胆汁）个人多寡不同的假设，把人的气质分为动作迅猛的胆汁质，性情活跃、动作灵敏的多血质，性情沉静、动作迟缓的黏液质，性情脆弱、动作迟缓的抑郁质。几世纪后，罗马医生哈林用拉丁语 tempevametnum 一词来表示体内四种体液的混合比例，这就是"气质"（temperament）概念的来源。我国古代也有人从类似的气质的角度把人做过分类。例如孔子把人分为"中行""狂""狷"三类。他认为："狂者进取，狷者有所不为。"春秋战国时，有人根据阴阳五行说，把人的某些心理特点和生理解剖特点联系起来，按照阴阳的强弱——即好动或喜静的程度，把人的气质分为五种类型，即好动的太阳型、少阳型，喜静的太阴型、少阴型，动静适中的阴阳和平型。同时，他们又根据五行把人分为"金行""木行""水行""火行""土行"五种类型。判断一个人属于哪种气质，根据一些什么特征呢？大体有以下六种：

第一，感受性。即个体对外界影响产生感觉的能力；

第二，耐受性。即人在经受外界事物的刺激作用后，在事件和强度上的耐受强度；

第三，敏捷性。即对外界影响（或刺激）的敏捷性；

第四，可塑性，当外界环境要求变化时，一个人在顺应上的难易，产生情绪上的愉快或不愉快，采取行动的简捷或迟缓，态度上的果断或犹豫等；

第五，兴奋性。指延续上的兴奋性和表现性；

第六，外倾性与内倾性。外倾性是兴奋性强的体现，内倾性则是抑制过程占优势的反映。[6]

由此可见，不同的生理特性决定了人的性格表现：有人内向，有人开朗，有人多疑，有人豁达。其实，我们不妨也利用上述理论对不同的电影作品进行分类。你会惊奇地发现，有的作品透着淡淡的忧伤；有的作品明明题材沉重，却偏要对暗黑的世界进行一番调侃；有的作品从开始就营造浪漫的气氛；更有的作品把压抑的情欲渲染殆尽；最后，还有史诗般的电影作品，它们雄浑大气，透过人物来描写历史的沧桑变迁。

　　事实上，电影作品同样具有生命力，而它们的生命力就来自于剧作家切身的投入以及赋予它们的思想情感。电影的风格化，绝不是剧作技巧中例行的规定，但它却是一部优秀影片的先行标志。我们知道，拥有不同性格特征的剧作家在处理题材时的方式和方法是截然不同的。这就好比盲人摸象，不同的人对于同一事物的感受绝不相同。因此，作品中的影像所蕴含的态度和看法也迥然相异。事实上，剧本是剧作家性格、思想和情感最集中的体现方式。其中，情感的外化形成了影片的风格。

　　结合论述以及大师的观点，我们可以得出一个结论：作者的态度决定作品的风格。作品的风格就是作品特质的先行体现。同时，作品的风格也是剧作家情感外化的主要形式。

D. G. 温斯顿

切忌在一部影片里使用一种以上的风格,否则就会使观众的情绪反应混乱。也就是说,他们不知道该对那部影片如何反应。[7]

普多夫金

爱森斯坦所运用或独创的一切手段,都是灵活而自由地服从于统一的富于诗意的意向。[8]

查希里扬

传统的造型艺术的现实主义作品中,风格的纯粹,或换句话说风格的统一,也如同时间、地点和动作的统一一样,是必需的。影片的内容却不必和时间或地点的统一联系在一起。影片的造型形象是在时间和空间中逐渐发展着的,然而在一定的情况下它却容许从一种造型处理转变为另一种造型处理,从一种手法转变为另一种手法。[9]

贝拉·巴拉兹

优秀电影的先决条件是它应该有"味道",而没有特别的内容。就像一幅画、一部音乐作品,或者正如一个面部表情没有那么多内容一样。[10]

分析与阐述:风格要统一

对于一部电影剧本来说,随意地变化风格无异于没有风格。风格是一部电影作品的标志,就好比一幢建筑只能有一个名称,埃菲尔铁塔、巴黎圣母院、故宫、长城、吴哥窟……它们的名称即标签,没有哪个建筑能出现两个以上标签。电影也一样,风格是电影的品牌,若在剧本创作中随意地更换了品牌,恐怕就不是同一部影片了。

我们在剧本创作中,总是面临一个首要任务,那就是在开头的部分确立影片的风格,并在接下来的创作中将这种风格延续下去。在真实的观影中,风格是观众进入作品的通行证。当人们感受到作品所透出的与众不同的表达方案,便感知到接下来将要进入的故事氛围,甚至隐隐地感知到影片可能蕴藏的结局。只有在影片的开头深切地渲染并发挥了特定的风格,透出了影片的味道,才能为情节的发展做好情绪上的铺垫。而且,在创作过程中,作者的情绪一定是一以贯之的,对待同一件事物的态度应是相对明确而不是自相矛盾的。同样,在观众欣赏的过程中,他们在开始被风格所感染的情绪也不应当被迫中断,观影的再创造活动一旦被迫终止,也就意味着被观看影片的结束,那么,接下来的一切变化都将不再产生实际意义。

风格必定是贯穿影片始终的情感和味道,它为创作者传达情感,也为观众提供了心灵的感知和熏陶,它是作品的抽象性、写意化的品牌,任何业已形成的风格一旦发生转变,即意味着叙事的完结。因此,风格的整一是叙事完整的重要标志,更是一部作品具备独立品格的鉴定标准。

佩里耶夫

　　文学剧本的主题，应当由导演体现在这个主题所特有的艺术形式之中，这种形式经过正确的处理会给观众极其深刻地展示出剧作意图，使影片具有强烈的感染力，使影片中人物性格丰富多彩，光辉夺目。[11]

贝拉·巴拉兹

　　气氛是一切艺术的灵魂。气氛是维持生命的空气，就如同各形态以自己独特的升华围绕着作品的各个关键部分浮动，造成一个特殊世界的一定基调。艺术气氛像被雾气包裹着神秘的原始物质那样，浓缩在一些形象中。气氛是创作的各种因素的共同核心，是一切艺术的最终本质。如果艺术家成功地创造了气氛，那么，即使有某些细节逊色也不会对整个作品造成多少影响。如果我们想知道，这种独特的气氛从何而来，我们就找到了一切艺术的最隐蔽的最深层的源泉。[12]

分析与阐述：电影为什么要有风格？

　　风格是一切艺术作品的灵魂。从作品的形态看，风格是超乎创作元素之外的抽象性的品格。风格之于电影就好比气质之于个人，有了它们，个体才有了生命的形式。曹丕曾经在《典论·论文》中说："文以气为主，气之清浊有体，不可力强而致。"意思是文章的气韵有清有浊，有的高雅，有的通俗，我们不能生硬地断定一部作品格调的高下。也就是说，无论是何等题材的文章，描写对象是什么，均有自己的气韵和风格，作为评论家，不能以风格来为文章划分所谓的等级。曹丕的观点开创了风格说和风骨论的先河，他的观点完全能够沿用到如今的电影创作中。

在电影作品中，风格是影片主题的抽象化表达。我们知道，电影是以动态的画面讲述故事，表达情感的艺术形式，画面永远是第一性的。这就意味着人们在创作时需要将一切有关主题思想的因素统统融化在影像中。节奏、色调、画面中的氛围、摄影机的机位，等等一切都成为风格的承载。

生活中，人们的处境不同，内心的感受也不相同。当美好的爱情降临时，总会有浪漫的场景相随——日出山林，烛光晚餐，阳光海岸；当战争迫近时，总会有惊悚人心的炮火和硝烟；当人生落入低谷时，总会透出百感交集的复杂……在不同的人生境遇里，我们每个人的内心感受是各不相同的。电影是抒写人生的影像篇章，这就好比绘画一样，面对不同的人生，需要拿起色彩不同的画笔。对于创作者来说，电影的真实性在于情感的真实，而情感的真实应当具体表现为强烈浓郁的风格。作为观众，亟需知晓的是影片所蕴含的情感以及对待现实世界的态度，他们需要走入这种情感，需要抱以相同的态度来看待电影作品。唯有强烈的风格能授予人们刻骨铭心的感知，也唯有风格的渲染，才能实现影片中人物情感的真实化，才能让真实性成为具体可感的光影流变。

贺拉斯

风格的庄严、恢宏和遒劲大多依靠恰当地运用形象。[13]

贝拉·巴拉兹

电影是一门奇怪的艺术,它既是生产也是再生产,既反映也创造。如果各种生活方式和艺术形式反映了时代精神,那么摄影机就反映了这个反映,并使它变得有意识了。当然,摄影机并不创造原初形式,但它发现、体验和解释了存在物,并找到它们的统一特性和规律。五年前的电影之所以常常有明显的历史感,就是因为时代风格在电影中比在任何其他历史文献中都更迅速地变成可见的东西了。[14]

电影艺术证明,风格的产生不仅仅依靠情节、剧作材料,也不仅仅依靠场面调度、表演或对主题情节的选择,风格的产生很可能还得依靠影片的布局、镜头的构图、特殊的照明和角度,还有摄影师的艺术。[15]

查希里扬

把情节发展、造型处理、演员表演,在有声电影中还有对话和音乐的语义学特点等方面的风格独特性,错综复杂地综合在一起,便会产生作为一部完整的艺术作品的影片的风格。造型的成分,在某些情况下,很可能在影片中占上风甚或决定着风格;而在另一些情况下,是情节的成分;在第三种情况下,是对话的语义学和表达力的特点;在第四种情况下,是演员的成分;最后,是音乐的成分。当然,这并不是排除,而是必须以它们和谐地结合在一起为前提。[16]

分析与阐述：电影的风格具体体现于形象化之中

影片依靠表达形象来营造风格，这一点毋庸置疑。对于任何一种艺术形式来说，形象均是风格的直接体现者。如纵观古人的水墨画，能够从中感受到存在于个人心中的感慨。徐渭是我国明代著名的诗人、戏曲家、书画家，此人一生贫困潦倒，经历了八次落第，九次自杀未遂和四次坎坷的婚姻，最终因极度贫困而落魄地死于自家茅草房中。就是这样一个因生活困窘而极度疯癫的人，却为后世留下了名垂千古的艺术作品。在他的《菊竹图》中，写有这样一首诗："身世浑如泊海舟，关门累月不梳头。东篱蝴蝶闲来往，看写黄花过一秋。"画中的菊花同竹子都呈现出一派凋落的阴郁感伤，好似秋风中萧瑟的枯草。诗句是画面的点睛，而画面本身也透出了悲凉萧条的愁绪。生命如同海中的一叶孤舟，何时被狂风颠覆，自己也无法预料。可见，任何以形象为第一性的作品，均是作者情感的真实写照。

电影画面所产生的风格同样依靠画面的色彩以及展示对象的形态来表达。任何光影的对比、节奏的突显，都是风格的外化形式。对于这一点，贝拉·巴拉兹做出了明确的解答。然而，存在于书画之中的不在场叙述者，在影像中却对象化为故事中的主人公。因此，电影中的人物风格常常成为影像风格的集中体现者。富有性格特点的人物形象以及复杂的内心情感，都构成了形态各异的外在行为，而这些行为中蕴含的生活真实，以及蒙太奇的戏剧效果，则成为风格表达的主要内容。若摒弃人物而片面地强调光影的组接以及细节的勾勒，无异于犯了舍本逐末的错误。这在风格的观念中几乎成为主流。不信我们看下面一段论述：

谢尔曼·杜拉克（Germain Dulac）在拍完自己的优秀影片之一《疯人魂》(*Géo le mystérieux*, 1917) 以后写道："这部影片使我懂得，除了准确的事实和事件以外，影片的气氛本身是情绪的因素，而影片的优点与其说在于动作,还不如说在于由动作所诞生的细微的色彩变化,甚至在演员演技的表现力本身便很有价值的情况下,只有依靠一系列补充成分的影响,才能达到充分有力的地步……于是我得出结论,光、电影摄影机的角度、蒙太奇,是较仅仅依靠剧作规律来安排场面更重要的成分。"[17]

尽管影片的氛围是通过影像的色调以及明暗的对比来实现的,但它却是由人物的行动、表情以及心理活动所发出的。如果没能抓住人物外部动作与内部感受之间的相互关联,就不可能在画面中实现氛围的渲染,也不可能由画面来映射人物的情感和作者的主观态度。

因此,风格的表达是一项综合的系统的方案。其中,人物是一切画面或情节的灵魂,独特的人物形象的塑造为风格的形成奠定了基调,而人物在影像中的行动又成为贯穿始终的、令风格保持整一性的核心要素。

小津安二郎

即使材料是阴暗的，处理的角度也要明朗。[18]

佩里耶夫

文学剧本不管采取什么样式，也都必须有幽默因素。幽默——这是观众的休息，这是影片中的新鲜空气。哪里没有微笑，哪里就会有流于枯燥的危险。而这是一部影片可能遇到的最可怕的危险。[19]

别林斯基

真正艺术的喜剧的基础是最深刻的幽默。诗人的个性在喜剧中仅仅从表面上是看不出来的，但是他对生活的主观的直觉，直接出现在喜剧中，您仿佛从喜剧中描绘的动物般的畸形的人物身上看见了另一些美好的和富有人性的人物，于是您的笑不是带有快乐的味道，而是带有痛苦和难受的味道……在喜剧中生活所以要表现成它本来的样子，目的就是要我们清楚地认识到生活应该有的样子。[20]

分析与阐述：电影的幽默化风格

当下的电影创作似乎达成了一个共识，如果影片里缺少了喜剧性元素，就意味着失去了它在电影市场以及观众心中的位置。于是，有人认为喜剧是商业电影的必要元素，但不一定所有的影片都需要具备喜剧性。毕竟，作为电影母体的戏剧艺术，不也是从悲剧发展而来的吗？要知道，在很长一段时间里，悲剧的社会地位都远远超过喜剧，它是戏剧艺术的主流，是高尚的艺术。喜剧则不同，它从诞生到地位的确立，几经坎坷，饱受沧桑。莫里哀为其付出了生命，死后却遭到了人们的掘坟抛尸。今天，尽管人们已经离不开喜剧，却极少有人对这门艺术的生命历程赋予较多的同情和关怀。

我们强调喜剧的目的并非鼓励人们更多地投身于这种艺术形式的创作——不同的创作者皆有自己选择的自由。我们在这里所要强调的，乃是一种喜剧性的态度。在任何题材的处理中，作为剧作家来说，喜剧性的态度是不可或缺的。别林斯基的话给了人们很好的启示，我们可以这样理解他的论述：喜剧性的要旨不在于歪曲现实生活的样子，而是更加真实地还原现实生活的样子。剧作家向来是生活现实景象的理性把握者，理性思维迫使他们对生活做出概括和总结，并由此产生表达的信念。对于剧作家来说，内心的明朗和光明是最好的传染源，它能让观众以愉悦的心态接受作品，能在产生形象共鸣的基础上发觉笑声背后隐藏的喜怒哀乐。

喜剧性创作是一种态度，它不仅体现在创作中，也体现在剧作家的生活中。幽默是富于感染力的诱惑，它并不与作品风格的建立互相冲突，更没有以强制的姿态将作品限定于喜剧的框架之中。相反，在幽默的前提下，作品的风格反而能得到更加鲜明的展现。

威廉·亚当斯

不仅描述现实生活的连贯性影片要有真实感,以神话、科学幻想、鬼怪、幻想旅行等超自然形式为题材的幻想片也需要有某种可以相信的现实气氛。要使幻想片令人接受,我们必须先打下一个真实的基础,以后发生的剧情才似乎都是自然事件的继续。幻想片大师们常常采用笛福(Daniel Defoe)为创造"逼真感而注意细节"的手法,对情景中很不重要的一些细节煞费苦心地予以描述,力求创造可信的气氛。[21]

分析与阐述:风格即情感

亚当斯的论述提出了一个存在于创作观念之中的显著误区。在不少人的观念体系中,认为影片风格的夸张化会有悖于作品的现实性。比如,惊悚、科幻或者灾难题材的电影,它们的价值在于对虚拟世界的成功构建。在这样的创作初衷下,是否恐怖或者超现实风格会掩盖作品的现实性呢?这些影片是否需要具有真实性?事实上,任何超乎现实的作品,均由现实中的题材衍生而来。也就是说,我们对于现实题材的处理方法不同,所形成作品的风格样式以及类型都截然不同。

同样一件事情,可以将它写得很悲惨、写实,也可以写成黑色幽默,比如库斯图里卡(Emir Kusturiča)的电影就是题材严肃但风格十分调侃。再比如《城南旧事》(1983)的导演吴贻弓,他在拍这部电影的时候把握了这样一个基调,就是浓浓的乡愁,淡淡的哀思。这是他开始便定下的风格,也是一种情感的表达。风格是情感化了的主题思想、生活感受。风格本身蕴含了现实的情感,唯有在现实中激发的情感才能幻化为作品的风格。从这一点出发,我们对于风格的真实性毋庸置疑,所以风格化同现实性的背离问题是不存在的。

注 释

1. 《歌德谈话录》，节选自《西方文论史》（上），伍蠡甫主编，上海译文出版社，1979年，第466页。
2. 《雕刻时光》，塔可夫斯基，人民文学出版社，2003年，第94页。
3. 《七部半——塔可夫斯基的电影世界》，塔可夫斯基，中国电影出版社，2002年，第336页。
4. 《列夫·托尔斯泰论文学与艺术》第1卷，1958年，第233页。节选自《银幕的造型世界》，查希里扬，中国电影出版社，1983年，第138页。
5. 《电影美学与心理学》，让·米特里，江苏文艺出版社，2012年，第30页。
6. 节选自《读者文摘》，1982年第8期，第10—11页。
7. 《作为文学的电影剧本》，D.G.温斯顿，中国电影出版社，1983年，第22页。
8. 《普多夫金论文选集》，普多夫金，中国电影出版社，1981年，第407页。
9. 《银幕的造型世界》，查希里扬，中国电影出版社，1983年，第136页。
10. 《可见的人 电影精神》，贝拉·巴拉兹，中国电影出版社，2000年，第21页。
11. 《电影中的导演》，佩里耶夫，节选自《世界电影译丛》，1962年第1期，第154页。
12. 《可见的人 电影精神》，贝拉·巴拉兹，中国电影出版社，2000年，第24页。
13. 《西方文论史》（上），伍蠡甫主编，上海译文出版社，1979年，第128页。
14. 《可见的人 电影精神》，贝拉·巴拉兹，中国电影出版社，2000年，第154页。
15. 同上，第125页。
16. 同上，第126页。
17. 《电影通史》第3卷，乔治·萨杜尔，节选自《银幕的造型世界》，第130页。
18. 《我是开豆腐店的，我只做豆腐》，小津安二郎，南海出版公司，2013年，第103页。
19. 《电影中的导演》，佩里耶夫，节选自《世界电影译丛》，1962年第1期，第151页。
20. 《西方文论史》（下），伍蠡甫主编，上海译文出版社，1979年，第384页。
21. 《电影制片手册》，威廉·亚当斯，中国电影出版社，1989年，第19页。

第四章

电影中的细节

人们常说，细节决定成败。在电影中尤其如此。任何一部获得较高艺术成就的电影作品，其中往往包含了独特的细节。实际情形中，细节处理的微妙和独到，也在很大程度上决定了电影作品的艺术价值。人们往往能够以足够审慎的态度来处理电影中的情节，在戏剧性中投入较大的精力，而对于细节的微妙化和独特化却重视较少。对于一部电影来说，细节虽然在总体中占据较小的比重，但它却往往成为画龙点睛之笔。一个恰到好处的细节能够一针见血地揭示人物丰富的个性内涵，能够成功地完成一次情感表达，更能够烘托出电影整体的风格和味道。细节存在的领域是广泛的，它可以是一句台词，是人物的一颦一笑，举手投足，也可以是声音和画面的造型方案。它格外具体地存在于电影之中，成为电影本性的重要的、突出的特征。

查希里扬

电影中的细节不仅仅是整体的一部分,依靠银幕空间和时间的假定性,它在一定程度上还具有独立的意义。在电影中仿佛有可能把细节从银幕上的空间和实际的时间过程中突出出来,用个别的景和特写来表现它,从而不仅可以把注意力集中到它身上,并且还可以通过它去揭示内容中的主要东西。[1]

日常生活中往往被人们忽视的那种东西,在电影中却依靠细节获得了不同寻常的艺术表现的力量。[2]

电影能够通过细节来表现完整的艺术形象是电影造型的独特性的成果。电影中的细节,依靠它同前边和后边的镜头相配合,有时会获得独立的含义,主要是用局部来补充整体。[3]

爱森斯坦

通过一个个细节,一步步地产生着一个又一个的形象。这些形象充满在画幅之中。这些形象发生作用,这些形象发生相互作用,产生出一个新的、总的、概括的形象。于是我们便从画面上体验到不是它描绘出来的东西,而是作者通过巧妙挑选细节在我们想象、意识和感觉中激发出来的那些形象之间的斗争。[4]

约翰·霍华德·劳逊

《伊万的童年》(*Ivan's Childhood*,1962)中"男孩的梦幻世界是感人的和真实的,它集中地表现了这个男孩对现实事件的反应。伊万和一个小女孩坐着满载苹果的卡车在雨里行驶,苹果从车上滚下来,几匹黑马低下头啃苹果。这个事件通过小的意识表现出来,因而增加了诗意。"[5]

鲁道夫·爱因汉姆

在电影中，无生命的道具对于表现心理状态来说，是同（表）演一样有用的。一扇打碎的窗子可能像颤抖的嘴唇一样有效，一堆熄灭了的烟头可能同神经质地敲手指一样有表现力。这再一次明显地表明可以把人跟各种物象一视同仁（这是[电]影的特点）。人的行为在无生命的物体上所留下的痕迹，跟它在人体本身之上的痕迹是同样明显可见的。[6]

马塞尔·马尔丹

电影画面既有一种明显内容，也有一种潜在内容（或者也可以说，一种解释性内容和一种提示性内容），第一种内容是直接的、可以鲜明地看到的，而第二种内容（虚拟的）则由导演有意赋予画面的或观众自己从中看到的一种象征意义所组成。[7]

画面的象征主义构图：这是指导演在一幅画面中任意集中两个现实片段，以便通过两者的对比迸发出一种比它们原有的简单、具体的内容更深广的意义。[8]

伊夫特·皮洛

特别强调细节的结果就是视觉形象概念越来越清晰。奇特的民间服饰、头饰、珍珠首饰和数不清的沉甸甸的花饰成为表达后来添入的概括意义的诗化元素。它们的功能远远超过一般叙事性再现。它们仿佛成为结构精巧安排恰当的公路符号，标示着充满激情的思维线索。从视觉形象概念的紧凑而独特的结合中产生出许多隐喻：请注意汗水涔涔的脸部和民间博物馆的徽章、怪诞的骑士和屡屡出现的神幻般景物之间出人意料的联系。[9]

于果·明斯特伯格

　　即使在生活里，情调也会辐射到身体以外。一个人用黑衣裳来表示哀悼，用漂亮的装饰表示欢乐，或者他可以使钢琴或小提琴发出幸福的乐声或悲哀的乐声，甚至他的整个房间或房子也可洋溢出他真诚好客的精神或拒人于外的严峻态度。内心的情感发散到周围的环境中，而我们从周围的人的富有情感的态度所获得的印象可能就来自这种个性的外部框架，就像来自他们的手势和面部表情一样。[10]

分析与阐述：细节的隐喻性

　　一部富有艺术价值的影片需要具有一个或几个处理微妙的令人难忘的细节。在某种程度上，细节对电影艺术价值的作用竟然是决定性的。实际创作中，人们却往往对细节问题缺乏足够的重视，或认为它们的重要性低于情节结构，是可以较为随意处理的部分。其实，细节不仅格外重要，并且在电影中承担了见微知著的折射功能。

　　大多数情况，情节依据其在整体结构中所占据的比例大小而划分其重要性。这样的做法不无道理。情节因其本身具有一定的过程性，因而能够从历时性上体现被讲述事件重要与否。相对重要的事件自然在讲述中应当更加详细而具体，以便使其更加突出。与情节不同的是，细节往往不能构成独立的事件。通常情况下，它作为情节中某一要素而出现。细节有多重表现形式，它既可以是一个具体造型方案，也可以是人物的对白，还可以是人物的肢体行为、面部表情，以及声画结合的镜头表达。作为情节中的重要因子，典型的细节具有丰富的感染力，不仅能够渲染事件的具体情境，也能展现人物性格并揭示情感。

影片《夏伯阳》(Chapaev, 1934)中，夏伯阳是一个出身于农民阶级的军官。为了表达他这一出身所形成的固有的性格特点，作者运用了独特的细节处理方案：夏伯阳为了给战友讲明白战争中指挥官的位置，用土豆当行军队伍——其中大土豆当指挥官，小土豆当士兵，苹果当敌人，大烟卷儿当大炮，小烟卷儿当机关枪，给对方布置"战局"。他不仅演示战斗的过程，还夸夸其谈地讲述战斗中指挥官位置的重要性。摄影机以固定机位拍摄了被夏伯阳操控的土豆，并配以夏伯阳的宣讲。细节里，声音和画面产生了有趣的对位。如果只听对白不看画面，会构想一幅真刀实枪的战斗场景；反之，只看画面不听对白，便无法明白这些可笑的土豆究竟想表达什么样的含义。两者的结合，不仅构成了完整的声画对位的场面，更表达了荒诞和幽默的味道，人物形象也因此而生动、丰满。这一细节以长镜头拍摄的土豆为主，穿插了战友和夏伯阳的面部特写，它不仅表现了夏伯阳对战争的认识，更以土豆、苹果和烟卷儿为符号，完成了对夏伯阳性格的隐喻，并揭示了其性格形成的深层因素。

好莱坞电影《炎热的夜晚》中，白人警官盖尔斯有一个不断重复的动作——嚼口香糖。表面看去，这不过是盖尔斯的个人习惯，然而它却在人物的贯穿行为中成为盖尔斯思考过程的外化。每当他对案件进展感到毫无头绪时，咀嚼的频率就会在无意识间加快；当他有了某种发现时，咀嚼的动作会立即停滞。电影中，盖尔斯对待嫌疑人的态度总显得格外轻率，以至于他几次三番地抓错人，然而本质上他却是一个格外认真的警官。在接近结局的部分，观众看到了盖尔斯的生活，他几十年孤身一人，因为自己从事的这个职业也得罪了不少游手好闲的人。盖尔斯习惯性动作的细节揭示了所折射的人物的潜意识动机，这与身为警察的他那种忠诚于事业的态度形成了一致性。而这一细节也成为盖尔斯贯穿性的富于隐喻功能的符号。

《小鞋子》结局的细节格外微妙地实现了人物内心情感的外化。哥哥阿里为妹妹争得一双新鞋的计划失败了，只因为他害怕落后，在百米冲刺中使足了力气。当他们失落地坐在鱼池边时，那份哥哥对妹妹的愧疚以及妹妹对哥哥的体谅和关心是格外含蓄而内敛的。作者并没有直接通过人物的外部动作来外化情感，却转而拍摄了清凉的池水中，一群小金鱼温柔地亲吻着两只小脚丫。

  细节是集中了创作者态度和情感的"燃点"，它尽管在时间上占据的比重很小，却能在瞬间点燃观众的情绪，带给人们震撼和感动，也带给人无限的回味。

贝拉·巴拉兹

表情表达感情,也就是说它是抒情诗。面部表情所具有的抒情诗般的、丰富多彩的、变化莫测的表现手法是任何文学样式都不可比拟的。我们知道面部表情比人类的语言丰富得多!用瞬间一瞥来观察人的感情的最细微差别比任何文学要准确得多!面部表情比已经被人们滥用而变得平淡无味的语言更亲切直观!面部表情比泛泛的抽象概念更具体和明确![11]

面部表情不仅把一个一个已经形成的心理状态在我们面前揭示出来,而且把发现的神秘过程也暴露在光天化日之下。换句话说,电影通过对感情的叙述能推出某种完全独特的东西。[12]

人的情调不可能全部表现在影像中。但是,一瞬间却能像眼睛的一瞥那样反映出人的心态。我们借助于拍摄了这一瞬间的特写镜头可以创造出世界的主观影像。反映色彩斑斓的个人感情和有个人特点的心态时,尽管摄影机有客观性,我们仍可以把这一切作为银幕上的朴实的抒情诗来描写。[13]

于果·明斯特伯格

毫无疑问,一种情感如果不能用话语来表达,就失去了一种有力的因素,然而手势、动作和面部表情是和强烈情感的精神作用这样紧密地交织在一起,以至于每个细微变化都会找到特定的表达方式。单就面部而论,嘴部四周的张力、眼神、额头的摆动,甚至鼻孔的动作和下巴的状态都会带来无数细微的感情色彩的变化。这里特写又可以有力地加深印象了。在舞台上当情感发展到高潮时,戏剧观众才喜欢使用望远镜,以便不漏过嘴唇细微的兴奋表现,以及由眼球惊恐的瞳孔和抖动的双颊所表露出的激情,在银幕上特写的放大把面部的这种情感动作极为突出地表达出来了。或者它还可以把手部的动作放大给我们看,这些动作以明白无误的语言表达出气愤和狂怒、柔情或妒忌来。在一些幽默的场景里，多情者脚部的调情也会在特写里讲出他们心里想的是什么。尽管如此，还是有很多局限的。许多情感征候，如脸红或苍白都会在拍摄过程中失去，并且首先这些征候和其他许多感情迹象都不是受主观控制的。电影演员可以细心地表演运动，模仿肌肉的紧张和松弛，然而他却无法造成真实生活感情的最基本的那些过程，即那些在腺组织、血管和不由自主的肌肉中的作用过程。[14]

分析与阐述：面部细节显现的电影特性

　　电影的情感表达方式是多样的。人物生活化的情感反应常常是内心的直接反射。人物内心蕴藏了丰富的潜台词，但面部表情绝不可能像镜子那样，直接反射内心所有的情思。现实中，面部表情不过是冰山一角，平静背后却蕴藏了一座壮丽的水下山脉——那便是人的心灵。若留心观察，我们在生活中总能下意识地捕捉到对方脸上那些不易发觉的表情，而摄影机不过是作为观众注意力的延伸和代言者，将这些表情放大，以此引发人们关注。

　　阿巴斯（Abbas Kiarostami）的电影《樱桃的滋味》（Taste of Cherry，1997）不失为一个优秀的范例。巴迪是一名厌倦了生命的退伍士兵，他决定结束自己的生命。然而，如何掩埋自己却成了令他不安的问题。他在樱桃树下挖了一个坑，让自己躺在这里安静地离开世界。在死之前，他开车在附近找了不同的人——阿富汗人、库德人、囚犯、士兵，他希望有某个人可以在他死后把他掩埋。影片在汽车里构建了巴迪和不同路人的谈话空间。巴迪抱着特殊的目的来说服素不相识的路人，这绝不是可以轻而易举实现的，它需要巴迪与截然不同的人在短暂的时间内交流思想和感情，取得对方的信任。作为观众，人们需要看的不仅仅是最终的结局，还有过程之中不同人对待生命的态度。并且，影片的空间限制决定了抽象思想和心理活动的展开不可能有更多的表现方案。所以，在特定的狭小的叙事空间里，巴迪和不同谈话对象交替出现的面部表情，便展现了丰富的内心映像。影片最后，巴迪终于找到了一位愿意掩埋他的老人。对方是在自然博物馆为人们展示解剖鹌鹑的工作人员。老人答应他的理由是他需要钱。然而，就在达成心愿安心归去的路途中，他被邀请帮助一对恋人拍摄合影，就是这个极其自然的生活瞬间，却令巴迪对生命产生了莫名的眷恋。他死水一般的心产生了波动。这是人物极为微妙的心理变化，它的外化过程绝不可能以对白交代。作者用长镜头记录了巴迪的一系列连贯的行动，镜头的焦点落在巴迪的面部表情上，人们看到了没有丝毫表情变化的巴迪，却在进行着汽车调头并且加速的行为；接下来，我们看到巴迪出现在自然博物馆，并对面前的老人叮嘱，掩埋之前切记确认他是否死亡……巴迪态度转变后的表情以及行动已让观众感受到他内心变化的迹象，而接下来的情节将影片的情感高潮进一步明确，并以生活化的对白，表达了人物内心丰富的潜台词。

　　电影发展至今，微妙性成为电影的本质要求。若忽视了电影艺术本身蕴含的这一特性，恐怕无法实现影像意义。寻求电影情感表达方式的微妙性，有赖于对人物内心的充分开掘，这同样是电影创作中面临的重大课题。唯有如此，才能令电影艺术的生命力源源不断地延续。

注 释

1 《银幕的造型世界》,查希里扬,中国电影出版社,1983年,第178页。
2 同上,第179页。
3 同上,第179页。
4 《蒙太奇论》,爱森斯坦,中国电影出版社,2003年,第136页。
5 《电影的创作过程》,约翰·霍华德·劳逊,中国电影出版社,1982年,第325页。
6 《电影作为艺术》,鲁道夫·爱因汉姆,中国电影出版社,2003年,第112页。
7 《电影语言》,马塞尔·马尔丹,中国电影出版社,2006年,第79页。
8 同上,第84页。
9 《世俗神话——电影的野性思维》,伊夫特·皮洛,中国电影出版社,2003年,第70页。
10 《电影理论读本》,杨远婴主编,世界图书出版公司,2012年,第36页。
11 《可见的人 电影精神》,贝拉·巴拉兹,中国电影出版社,2000年,第41页。
12 同上,第42页。
13 同上,第56页。
14 《电影理论读本》,杨远婴主编,世界图书出版公司,2012年,第34页。

第五章

电影的节奏

节奏是人们对艺术作品内心感受的较为直接的外在化体现形态。通常情形下，节奏存在于历时性的艺术作品中，最常见的艺术形式便是音乐；诗歌因常常作为伴随音乐而表演的唱词形式，在创作中也格外注重节奏。我国古代戏曲中，甚至根据每一种曲目所对应的节奏形式，而将唱词加以分门别类，称为曲牌。通常不同的曲牌会对应于不同的表现对象，适应于表现对象的风格化的情感表达。相比于戏曲来说，电影同样具有历时性特征，在一段相对持续的叙事时间内，也需要经历不同的情节段落，并伴有不同的节奏形式。在电影创作中，人们应当将具体情境的变化体现于画面的运动以及具体音效中。同时，不同情节段落中节奏的变化也应当以具体对比的形式呈现出来。节奏的表达并不是电影独具的特性，也不是创作者特地赋予的形式化体现，它是作为时间流程中所呈现的人类心灵的律动，是引起人们情感波澜的富于对比的外化体现。

爱森斯坦

　　那种"首先是以节奏为中心的表现主义风格"绝不是最高的概括形式，而只是抓住任何外表的借口，抓住图像中表现人、物件和现象运动的外部节奏，用或紧或慢的清晰鼓点轰击观众的耳朵而已。在这种情形下，除了死板机械的和形式主义的效果之外，这种无调性再不会产生什么结果。[1]

分析与阐述：超越表现主义范畴的电影节奏

　　爱森斯坦的论述深刻地指出了对待蒙太奇节奏的错误处理倾向。我们知道，蒙太奇首先是一种视觉形象，而它的最终目标是完成叙事功能。节奏所承担的责任十分重大，它除了让画面之间产生变化的张力之外，更要在情感上实现叙事的完整。所谓叙事的完整，不仅要完成表情达意的目的，还要在深层的表意层面中让观众实现思想的领悟以及心灵的净化。影像上所呈现的人物外部动作以及空间的移动速度不过是蒙太奇的形象功能，而人物真正的情感活动却是推进事件进展的内在动力。人物的心理和情感变化是叙事功能的本质载体。如果蒙太奇节奏表现的形象功能超越了叙事功能，则会导致机械主义的后果。形式主义发展的结果不外乎两种：一种是单纯的视觉表现，另一种是用画面来解释思想，成为作者思想的传声筒。

爱森斯坦

节奏是在主题内部对过程极度概括的图像，是主题统一体内部矛盾各阶段更替的图形。[2]

通过节奏才能特别有力地表现出蒙太奇本身中的概括，没有这种概括，蒙太奇就成了"没有形象性的"一堆连续事实。[3]

新藤兼人

电影剧本的节奏好坏和电影剧本是否平铺直叙没有关系。它只和人的思想感情的节奏有关。因此，乍一看似乎结构冗长啰嗦，却有很好的节奏；也有场面虽然精心安排，表现得也很细致，但节奏迟缓。这都是作品中人物的感情问题。[4]

马塞尔·马尔丹

节奏的概念是同蒙太奇的概念紧密相连的，在美学范围内，它在某种程度上正是音乐的合成，真正的蒙太奇首先是一种技术概念。节奏在某种程度上是受镜头的动态和美学内容支配的，但主要取决于联结镜头时在时间方面的组织安排，长度问题转为银幕上放映出的影片的延续时间了。布莱松（Robert Bresson）说过："我看到过这样一些影片每个人都在奔跑，但却仍感缓慢，原因就在于它缺乏节奏感。"[5]

夏　衍

蒙太奇的节奏，是根据故事的情节和观众的情绪、注意力来决定的，有的应该快，有的应该慢，有的该长，有的该短，有的需要"切入"，有的需要用"淡入"或者推、摇、特写等。[6]

王骥德

大略曲冷不闹场处，得净、丑间插一科，可博人哄堂，亦是戏剧眼目。[7]

让·米特里

按照赫伯特·斯宾塞（Herbert Spencer）的见解，"只要失衡的力量形成冲突，就会有节奏"。因此，如果像加斯东·巴什拉尔（Gaston Bachelard）那样肯定"功能的矛盾对立式的互动是功能的必然"，那么，节奏就将是一种变化的辩证法，其次才是一种连续性，它的周期性变化改变着我们的惯常的时间流程。实际上，它是按照张弛的交替向前推展，而一张一弛只是冲突一再更新的表现。另一方面，如果说节奏仅仅被感知时才是节奏，那么，它必然要符合我们感官能力的限度。易言之，构成节奏的关系总和，应当被感知为各个局部可以直接相关的"整体"。这只是因为记忆利用"影像暂留"（视觉或听觉）过程可以做到这一点，这个过程作为意识活动，类似于生理上的视像暂留现象。[8]

影片节奏从不是遵循形式法则或适用于任何作品的原则的抽象结构，相反，它是由内容严格限定的结构。唯有通过情节动作，通过史诗的、戏剧的或心理的活动，支撑这一情节动作的节奏才可能被感知为节奏。否则，这只是一个无所依据和毫无效果的空洞形式。[9]

赫尔曼·艾宾浩斯

我们能够清楚认识的只是正在形成和变化的事物，而不是处于常态的事物。如果四肢的接触和位置、正常的体温、气味和声响一再重复或持久不息，我们就不会再感知它们。反之，引入变化的事物，新的事物，则几乎总是特别刺激我们的意识。[10]

分析与阐述：电影节奏与蒙太奇

电影正是以造型上的逼真性与时间进程中的富有选择性和指向性的表达，才得以实现叙事和思想的完整体现。也就是说，电影是基于对时空的剪裁和重构而实现叙事的完整性的。

时间的重构性在电影节奏表达中得以实现。爱森斯坦认为，节奏是对表现叙事主题的图像的高度概括。从蒙太奇的角度而言，他所言的"概括"，是指蒙太奇是突出事件的强有力手段，是通过客观的事件来彰显影片主题的方式。这是同蒙太奇的创作原则相吻合的。我们知道，任何事件的发生都不可能是纯粹的客观，它必定在不同观察角度和立场的人们心中形成不同的意象。而节奏便是突出观察者态度倾向的最有力手段。在爱森斯坦看来，构成事件的不同画面所占据的时间比例，成为突显意识形态的显著表征。

另外，从故事情节来看，节奏存在的基础是情节线索的发展变化。确切地说，节奏存在于构成情节诸元素的变化之中。情节的推进有赖于人物关系、人物心理以及事件的变化，而节奏是强调这些变化的强有力形式。

电影《往日情怀》(The Way We Were, 1973) 以浪漫抒情的笔调写了凯蒂和哈伯两个年轻人在大学校园里相识、相爱，却因各自怀有不同的政治理想而分道扬镳的故事。影片将美好恋情的萌动和发展描写得宛若一首优美的歌。凯蒂对哈伯一见钟情是在学校舞会上。她穿过人群，看到坐在吧台边的哈伯。他微闭着眼睛，面容中透出阳光、俊朗和温情。凯蒂在悠扬的曲调中，仿佛走入了哈伯的世界。在这一场景中，镜头通过凯蒂的视线久久地定格在哈伯身上，时间几近凝固，空间中似乎只剩下一对年轻人的无声交流。电影的节奏伴随着歌曲《往日情怀》的曲调缓缓流淌。在凯蒂的视线中，哈伯已不再是沉睡着的人，他的身影渐渐淡出，画面回到了校园中那个热衷运动的阳光男孩。由此，节奏完成了一次转变，由安静而缓慢的一见钟情过渡到了他们快节奏的日常生活——跑步的哈伯和宣传政治理念的凯蒂，他们在喧闹的校园里热情地生活着。这一系列镜头同此前截然不同，两者在节奏上形成了鲜明的对比，让观众从朦胧暧昧的画面中走出，怀着对浪漫的期待走入主人公的世界。电影的节奏将人们带入了关系的产生和进展之中，它不仅强调了人物关系的初始和发展，更表达了人物在关系进程中的情绪过程和心理变化。如果没有画面之间安静与热闹、缓慢与快速的强烈对比，人们便不能深切地感受主人公心灵的变化轨迹，不能置身于情境之中体会主人公心跳的节奏。

可以这样说，节奏是事件发展变化作用于人们心灵的轨迹。如果没有了节奏，这种轨迹便消失了，我们便无法感受到情节背后的动力。电影为观众创造了新的现实，但若没有节奏提供主观上的变化感受，创造的现实也就不复存在，空间的造型和画面的组接不过是一系列复制的事实的堆积。

以上论述从心理学的角度阐释了节奏产生和存在的根源。我们知道，外界事物的存在是客观的，而只有真正地被人们感知，才能成为艺术作品。艺术创作的本质过程是把发生过的生活素材按照情感的逻辑重构成完整故事的过程。在这个过程中，作者的态度倾向以及希望表达的主题思想决定了蒙太奇的表现方式。而节奏的变化是引导人们关注事件的直接动因。

从观众心理对外在世界的感知过程来看，唯有变化的事物才能引起他们的关注。欧文·潘诺夫斯基（Erwin Panofsky）认为，从审美上看，处于银幕前的观众本质上是运动的。他们通过眼睛对摄影机的认同，伴随着摄影机的变化而不得不改变关注的方向以及距离。如此看来，电影画面运动速度的快慢对比，单个镜头的具体表达均构成观众注意力变化的发生基础。与此同时，这一切也是构成电影节奏运动的基础性行为。同时，潘诺夫斯基还指出，商业艺术的优势在于，它们能够很好地同观众进行沟通，这种沟通行为使得以好莱坞电影为代表的商业电影艺术成为富有活力的整体。我们必须承认，商业电影在获得广泛关注这方面具有无可比拟的优势，但同时我们并不以这一艺术类型作为一切艺术形式的抽象代表。在这里以商业电影为例的目的在于，它本质上是以尽可能以观众为出发点而创造电影情节并规定节奏运动变化为宗旨的。

总之，节奏的变化首先是情节起伏的外化体现，同时也是吸引观众注意力，形成故事与受众互动交流的重要传达形式。然而，归根结底，节奏是情感投入强度的外化形式。同音乐艺术所强调的曲律起伏有着一致的本质性根源，电影节奏的表达同样依赖于人物情感的外化要求。于是，节奏不仅成为主人公心理节奏以及情感变化的外化表达，更成为创作者应当先行领悟和把握的要素。唯有如此，创作者才能在剧本写作的过程中不断开掘人物的内心流程，不断同主人公实现情感和心理变化上的"合二为一"，才能够把作者本身的感情忠实地传达给观众。

注　释

1　《蒙太奇论》，爱森斯坦，中国电影出版社，2003年，第232页。
2　同上，第142页。
3　同上，第229页。
4　《电影剧本的结构》，新藤兼人，中国电影出版社，1984年，第54—55页。
5　《电影语言》，马塞尔·马尔丹，中国电影出版社，2006年，第135页。
6　《写电影剧本的几个问题》，夏衍，中国电影出版社，1978年，第66页。
7　《曲律》，王骥德，湖南人民出版社，1983年，第31页。
8　《电影美学与心理学》，让·米特里，江苏文艺出版社，2012年，第142页。
9　同上，第168页。
10　同上，第161页。

第六章

有声电影

关于有声电影的话题，看上去已经较为古老了。一百年前，电影艺术家们曾经对这门新兴的电影艺术形式百感交集。而如今，恐怕再也见不到无声电影的坚守者了。历史的变迁带走了无数值得铭记的时刻，而时代的更迭中也总爱上演一些重蹈覆辙的片段。尽管今天的人早已搁置了有声电影的话题，然而电影艺术却是一项伴随着技术的发展而不断推陈出新的活泼因子。只要历史的车轮不停滞，电影技术的发展绝不会搁浅。现在，人们正面临着视觉技术的突飞猛进，经历着播放终端的不断整合。如此一来，对于电影的表达方式以及电影叙事的传统性因素是否会构成冲击呢？其实从现象学的角度看这并不是最重要的，问题的关键是，人们应当以怎样的态度来面对一系列的挑战和变化？是墨守成规还是开辟新路？关于这一点，以史为鉴或许是较为正确的选择。

查希里扬

贝拉·巴拉兹写道:"不管怎样,我们认为有声片是一种与无声片并列的独立的艺术。我们认为它们能够彼此并存,就像版画同绘画并存一样。"[1]

普多夫金

我认为有声片的前途是远大的,可是我用"有声片"这个名词,绝对不是指对白片。在对白片中,对白、各种音响效果与银幕上出现的和它相适应的视觉形象,是完全音画合一的。这种影片不过是拍摄下来的一种舞台剧而已。当然,它们是新颖而有趣的,并且无疑地,最初会吸引观众的好奇心,但是时间长了就不成了。真正的前途属于另一种有声片。我想象的是这样一种影片,其中的音响、人物的对白和银幕上的视觉形象结合的情形就和两个或两个以上的旋律由管弦乐结合起来的情形完全一样。将来音响与画面的配合就会像目前管弦乐的演奏与画面配合的情形一样。与现在的方法唯一不同的地方就是导演将把控制音响的工作掌握在他自己的手里,而不是由管弦乐队的指挥去掌握,而且将来音响的丰富性将是不可思议的。全世界的一切音响,从人的耳语或小孩的哭声直到爆炸的轰隆声,都可表现。影片的表现力可以达到意想不到的程度。这种有声片可以把人的愤怒的声音与狮吼的声音结合起来。电影语言将会具有文学语言那样的力量。[2]

凯莱尔·雷兹

无声片和有声片运用的是两种不同范畴的现实主义表现形式。这里不存在孰优孰劣的问题,而只是要承认其间的差别。[3]

分析与阐述：两种艺术

如果时空能够穿梭，把我们带回到那个年代，我们便能真切地看到那个时代中在电影的世界里发生的一场毫无硝烟的战争，看到电影人的悲愤、惊喜或绝望。二十世纪二十年代，一个伟大的怪物诞生了，它像一股毫无征兆的洪流，侵入了电影的世界中。它赶走了影院里的管弦乐队，它让安静的银幕成了会发声的机器，它让怀着好奇心的观众涌进影院，它让电影人俯首嗟叹！它是有声电影，一个足以引发电影界大规模战争的东西。

有声电影诞生后，无声电影果真日渐"无声"了。声音的出现仿佛打开了人类欲望的另一道闸门，人们开始着迷于画面和音响共同组成的饕餮盛宴。在这样的情况下，以爱因汉姆为代表的电影理论家发出了呼吁，他在文章中重申，一门艺术的优势正在于它的缺憾。对于电影来说，正是无声的世界得以让画面最大限度地发挥优势。然而，声音的介入让电影的优势消失殆尽！爱因汉姆还富有前瞻性地预言道，在未来的世界里，立体声大银幕电影将霸占影院，到了那时，才是电影艺术真正的末日！

然而历史的车轮不会倒退，人们心中已被开启的潘多拉魔盒更是永远不能再次合上。所有的挣扎和叫嚣最终都会被历史淹没。巴拉兹和普多夫金等人的语录为电影开启了新的希望。作为电影人，我们必须用理智的态度对待有声电影这一现象，正如我们必须用历史的、发展的眼光来面对科技的进步那样。尽管伴随着有声电影的诞生，无声电影在人们的视线中走完了它的生命路程，然而我们绝不能将有声电影看成是无声电影的延伸品，也不能将它们看成同一种艺术形式。事实上，凡是反对有声电影的人，均在无形中坚持了二元对立的错误倾向。事实是，有声电影同无声电影在本质上是并驾齐驱的共同存在，它们是两种各自独立的艺术形式。对于各自的艺术特性以及创作规律来说，它们坚持了各不相同的原则。无声电影坚持用画面表达全部含义,而有声电影则注重声音同画面之间的蒙太奇关系。在这个意义上,又有谁能模糊二者之间的边际,而将两者看作一种事物呢?

纵然,声音技术的发展促成了有声电影的诞生,然而,就如同我们不能以主观的偏好来肯定或者否定事物的价值一样,作为前进中的人类,也不能以技术发展为标尺来反向地标榜艺术价值。我们必须看到,不仅有声电影的艺术价值不会逊色于无声电影,而且大银幕电影、数字电影以及3D技术电影也完全能够探索新的表现途径,实现自身特有的艺术价值。

凯莱尔·雷兹

　　采用了真实的音响，使得影片在故事的叙说上发生了更本质的变化。音响、对话与画面合一，使导演可能运用比在无声片中远为简练的手法。地方或人物的特征可以更直接地表现出来，因为它是以更接近日常生活的方式表现给观众看的。在一行对话中可能包括很丰富的内容，这些内容，无声片的制作者只能用字幕或者通过拙劣的、形象图解的场面来予以表现。有声片中许多不重要的戏可以简练地运用对话和音响交代。有声片的导演对重点戏的掌握享有更大的自由，他可以不必为那些只是用于交代故事情节的过场戏花费时间。格里菲斯（D. W. Griffith）往往需要在一部影片——例如在《一个国家的诞生》(*The Birth of a Nation*，1915)——的开头用冗长的缺少戏剧性的场景交代环境，而一部有声片的导演用少数的几个粗糙的镜头和几句对话，就能把人物和环境介绍清楚，这种情况在地点转换的场景中显得特别突出：无声片的导演将故事转换到一个新的地点时，通常要使用字幕和一个冗长的介绍性的场景，今天只需要在对话中简单地暗示一下，就可以很轻易地完成同样的任务。[4]

　　自从发明音响之后，在构思和剪辑故事以使其连贯这些重要的问题上，起了巨大的变化，因为再没有必要把所有的东西都通过视觉形象来表现。例如在《一个国家的诞生》中有这样一场戏：儿子受伤躺在医院里，不久将要受军事法庭审判，母亲吉诺要去求见林肯总统为他说理。格里菲斯把母亲在医院的镜头切入林肯在书斋的镜头，加上解释性的字幕，然后再切回医院。如果观众因此意识到这两个人物在讨论什么，那么这个穿插镜头就是必要的，而且插入这个镜头比仅仅使用一个字幕要好得多。在有声电影中，这种解释性的剪辑是完全不必要的，因为我们能听到母亲讲的话。[5]

杜辅仁科

主要是运用面部表情与手势的无声电影，拥有它自己独特的电影语言。在无声电影的某些作品中，这种电影语言已经达到了相当完善的境界，尽管其中也还夹杂着许多晦涩难懂的东西。[6]

鲁道夫·爱因汉姆

由于电影技术的发展，对自然的机械的模仿很快就会发展到极端。添加声音，这就是朝这个方向迈出的明显的第一步。必须把有声电影的出现看作是技术上的新花样强加在电影头上的一种跟最优秀的电影艺术家历来所遵循的道路格格不入的东西。这些艺术家的努力目标是创造一种明白易懂的、纯粹的默片风格，运用默片的各种限制把西洋镜改造成一种艺术。有声片的出现摧毁了电影艺术家过去使用的许多形式，抛开了艺术，一味要求尽可能地合乎"自然"（这个名词的最肤浅的含义）。完全是出于侥幸，有声片才不仅仅是破坏性的，而是也有它自己的艺术潜能。但也正是由于这个始料未及的原因，才使大多数的艺术爱好者至今仍然未看清电影制片人所遵循的道路上的重重陷坑。他们没有看到，电影正在让博物馆的蜡像逐步战胜创造性的艺术。[7]

分析与阐述：对待有声电影的态度

在前面的论述中，我们已经对有声电影的本性做了初步的了解。有声电影自诞生以来，便具有了独一无二的性格特征。尽管它的特点的形成与技术的发明进步有着密切的关系，但有声电影在本质上仍旧是一种艺术形式。正因为声音技术的介入，使得原先的无声片发生了异化，由此形成新的艺术形式。

基于以上原因，我们不得不重新审视有声电影的特点和艺术性。从以上几位大师的论述中，我们能清楚地感受到他们对有声电影抱有的截然不同的态度。杜辅仁科和雷兹认为，有声电影是电影进化的结果。在过去的无声片中，人们为了讲述一个情节，往往运用复杂的蒙太奇方式来实现"语言"的表达。让画面语言去承担口头语言应负的责任，这是一种不得已而为之的行为，是囿于技术条件的制约而萌生的创作手段。然而，到了有声电影阶段，画面表达被声音所取代，电影因为声音的到来而变得更自由，表达领域也更加宽广，更能够承载大量的故事情节。依旧坚持反对态度的人则认为，电影的声音使其更加忠实地模拟自然，并且带有机械的味道。毫无疑问，在电影大师爱因汉姆看来，有声电影失去了对生活抽象写意的表现力，取而代之的是对表面现象的复制搬演。

若理性地思考上述两者的观点，我们不难发现，无论是支持的一方还是反对的一方，他们对有声电影的阐述均不符合有声电影的真实性。首先，有声电影并不是为了给画面"减负"而诞生的，声音并没有剥夺画面的叙事性，对于电影来说，影像依然是第一性的，这一点毋庸置疑。其次，任何艺术创作都不能以传达信息或交代情节为主要任务。无论是杜辅仁科还是雷兹，在这一点的看法上依旧相对片面。除了完成故事的讲述，电影作为艺术作品的最终目的是表达情感，同时让观众得到美的体验。因此，无论是以画面为唯一渠道还是声音和画面共同作用的任意情形，作为艺术性的终极目标是不会改变的。这也向人们揭示了一个深刻的道理，有声电影是通过声画结合的方式传递美感，是为了实现审美性和艺术性而做出的技术的探索。如果说有声电影是对无声电影的改进，那么这种改进归根结底在于审美效果的进步，而不是情节表达中的便利。

基于以上的分析，我们同样能看到爱因汉姆观点的局限性。电影的发展早已用铁一般的事实向人们证明了声音与画面的相互作用和相互关系。它们之间绝不是简单化的机械模仿。更多情况下，声音同画面之间呈现出相互对立的关系，尽管这种关系源自于人们的生活经验，但它从本质上说是一种内在的真实。为了适应电影节奏的变化，为了更加真实地折射出人类意识中对事物的认识规律，也为了深刻地揭示人类心灵的悸动和情感的起伏，声音做出了不可磨灭的贡献。它已经超越了外界事物形态以及发声的表象，从而上升为情感化的再创造。

贝拉·巴拉兹

我们对有声电影提出的要求也说明有声电影是新的和具有重要意义的艺术。要求是这样的：它不应仅满足于完善无声电影使之更忠于自然，而且要从全新的角度接近自然。我们要求它打开感受的新领域。我们希望的不是描写技巧的完美无缺，而是描写的新对象。[8]

有声电影将揭示我们周围的音响环境，事物的声音，自然界的窃窃私语以及一切除人类语言外也在说话，也在向我们叙说生命交谈，并不断影响我们的各种感觉和思想的东西。从波浪的拍击声、工厂机器的嘈杂声，到秋雨滴在幽暗的玻璃窗上单调的旋律和空荡的房间地板的吱吱响声，多愁善感的抒情诗人经常写下这些陪伴我们终生的意味深长的声音。有声电影再现出它们。麦克风的敏感性将丰富我们自己的各种感觉。[9]

人们说"艺术是噪音的救世"。有声电影可以拯救喧嚣的混乱，因为它把嘈杂声改造成表现手段，赋予其理智和含义。[10]

有声电影比无声电影可以更丰富多彩地、千差万别地表现心理想象的内在世界。因为有声电影可以从两个方面描写各种更复杂的联想。声音可以同一个影像结合，也可以和另一个声音结合。但是，这些各种想象的连结与经验论的体验或逻辑无关。这是非理性的生理现实的感觉。[11]

分析与阐述：有声电影的优势

贝拉·巴拉兹一针见血地指出了有声电影的本质。声音的加入的确让影片在反映生活的领域更加积极和逼真，但全盘地模仿生活并不是有声电影的最终目的。表面看来，有声电影增加了真实的味道，让人们看到了与自己更为贴近的影像。他们不必再苦心地解构画面的跳跃和组接中蕴含的蒙太奇寓意。比如，人们不必强制自己将解冻的河水同革命运动联系起来，也不必因为隐喻画面的切入而被迫中断现实空间的叙事。这些皆是有声电影带来的现实意义。但贝拉·巴拉兹的话并没有停留在声音的天然属性上，更看到了声画结合所产生的心理效应。

对于有声电影来说，它的进步之处在于透过声音还原了生活在人类意识中的诸种形象。现实情形是，人类体验生活的普遍方式是视觉和听觉的。在客观世界中，普遍存在着不同的声音，随着人们注意力的转移，这些声音有的能够作用于人类意识，而有的却没能引起人们的关注。人们对于视觉和听觉的感受实质上是在一定心理动机之下完成的。所以，有声电影是对客观世界中视觉和听觉对象的展现。它为人们营造了极尽客观的现实空间——那些充满了嘈杂、凌乱和多少有些拥挤的人类社会，并将镜头贴近主人公的生活。它仿佛在告诉人们：看！电影里的人是跟我们一道生活的。就这样，人们坦然地接受了影像中的种种假定性因素，决然相信虚拟空间的真实性，并认为这就是自然，镜像里人们的活动便是生活。

有声电影以逼真的假定性构建了具有生活质感的虚拟世界，它最大的功劳并不是机械地复刻了现实生活中景象的真实和声音的自然，而是制造出了足以令观众产生共鸣的生活质感。我们可以完全肯定地说，有声电影是生活质感的凝练者和体现者。而声音中的音响成分，又恰好地吻合了人物的心理节奏，形成了自然中的浪漫情调，令人产生种种联想。总之，声音揭示了人们对于故事的复杂联想，也反射了人类心理的复杂镜像，它或许营造自然，或许紧扣情绪起伏，它是一种同创作灵感相契合的，同想象相互辉映的外在形式。它既服从于画面的表达，又一定程度地超然于影像之上，它是"非生理性的生理现实的感觉"。

普多夫金

绝不可以在银幕上表现一个人时使他说的话与他的嘴唇的动作完全音画合一。这种模仿是没有价值的,这是一种对于任何人都没有用的,一眼就可看穿的特技。[12]

有声电影的主要因素不是音画合一,而是音画分立;而且事实上,音画分立正是特别符合于自然感觉的。这并不是虚构出来的理论(初看起来也许是这样)而是从观察得出来的一个结论。[13]

永远有两种节奏:一种是客观世界的节奏,一种是人们用以观察客观世界的速度与节奏。客观世界是一个有节奏的整体,而人们通过眼睛、耳朵,有时通过皮肤,只能接受这个世界的部分印象而已。他接受印象的速率随着他自己情绪的激动或平静而变化,但是他所看见的客观世界的节奏却是以不变的速度在进行着。人们的感知过程就像剪辑一样,不同的安排能造成感知速度的相应变化,对音响的感知和形象的感知都是如此。因此,使有声电影既符合于客观世界又符合于人们对客观世界的感知是可能的。形象可以保持客观世界的节奏,而音响却要随着人的感知过程中有变化的节奏而变化,或者是相反。这是音响与形象对位法的简单而明显的形式。[14]

克里斯蒂安·麦茨

严格来说,这种态度(指非同步原则)导致的结果是,语言和印象的一切可能的甚至最古怪的利用方式都在考虑之列,唯独排斥它们最简单、最自然的用法,比如:既闻其声又见其人,或既看到启动的火车头又听到汽笛声。[15]

> 鲁道夫·爱因汉姆
>
> 平行处理中心意味着同义迭用,也不应当局限于不是同义迭用便是非同步的、非此即彼的一种选择,因为影片中的人物完全能同时传达给我们两套不同的信息,一套通过话语(即声带),另一套通过面部表情(即画面)。[16]

分析与阐述:两种节奏

有声电影的出现改变了人们认知世界的方式,从无声片单一的符号系统向着多重表达立体交错的方式变化。声音和画面在影像中指代的并不是同样的表意,而是两种内涵,两套系统。很多情况下,画面运动的节奏同声音的节奏并不互相重合,它们各自为政又为着同一主题服务,共同完成叙事的任务。

电影《万物理论》(*The Theory of Everything*, 2014)讲述了斯蒂芬·霍金的一生。他是物理学的天才,成为当时剑桥最年轻的物理学博士;他也不幸患上了卢伽雷氏症,年仅二十一岁便被医学界宣告生命所剩无几。他的一生有着数不清的离奇遭遇,也有着数不清的艰难和荣耀。电影里,在霍金取得了博士学位后,妻子连同朋友们举行了一场家庭庆祝仪式。宴会上,身披荣耀的他却困囿于疾病的残酷折磨之中。这是一个具有双重语义的情节点,人们既感到了主人公的天赋才华,又看到了疾病给他造成的心灵创伤。人们感受到一个天才在同时经受悲和喜的双重情绪时,保持着坚定的意志。声画对立铸就了霍金的个人世界,我们看到他以超乎常态的艰难完成了正常人再轻易不过的用餐行为,我们看到了他的挣扎、痛苦、同生理的对抗。同时,我们也听到了周围人的表扬和赞美,这些对天才的褒奖通通化作背景音，回旋在一个残疾人的耳畔。不仅如此，伴随着霍金体力的丧失，我们仿佛从他的视线中看到了被虚化、被扭曲的人像，扭曲的主观画面成为内心感受的镜像，画外音则幻化成由内心感知而经过变形的音效。这一切隐喻了在健康威胁之下，一切荣耀的虚无和浮华。作者通过一系列加以"改造"的形象和声音体系，真实地构建了声画对立的场面效果，使得影片的重点场面成为表达真实的、外化情感的、富有人性的空间。在特定场景中，声音和画面遵照各自的节奏方式从容推进，表面看来互不干涉的叙事进程下，它们相互交错，构成了统一的情节主题。

声画对立是叙事电影中为表达情感主题而采用的方式，它们从自然的角度模拟了人类看和听两种感觉的行为意识，遵从了人类认识世界的客观规律，并以此为生理依据，揭示了内心感受的丰富性和叙事主题的复杂性。我们可以从以下引用中明确声画对立的自然性："人认识世界的现象时，既在第一信号系统中又在第二信号系统中反应它们，即是说，既用形象又用词反应它们。"[17]

注 释

1 《银幕的造型世界》，查希里扬，中国电影出版社，1981年，第66页。
2 《论电影的编剧、导演和演员》，普多夫金，中国电影出版社，1984年，第120—121页。
3 《有声电影的蒙太奇》，凯莱尔·雷兹，节选自《电影艺术译丛》，1962年第1期，第113页。
4 同上，第112—114页。
5 同上，第116页。
6 《同青年导演——苏联国立电影大学导演研究院学员的谈话》，杜辅仁科，节选自《电影艺术译丛》，1962年第1期，第128页。
7 《电影作为艺术》，鲁道夫·爱因汉姆，中国电影出版社，2003年，第120页。
8 《可见的人 电影精神》，贝拉·巴拉兹，中国电影出版社，2000年，第230页。
9 同上，第231页。
10 同上，第231页。
11 同上，第250页。
12 《论电影的编剧、导演和演员》，普多夫金，中国电影出版社，1984年，第121页。
13 同上，第129页。
14 同上，第130页。
15 《当代电影理论问题》（上）之《评让·米特里的〈电影美学与心理学〉》，克里斯蒂安·麦茨，节选自《世界电影》，1983年第4期，第18页。
16 《电影作为艺术》，鲁道夫·爱因汉姆，中国电影出版社，2003年，第125页。
17 《普通心理学》，波果斯洛夫斯基等编，人民教育出版社，1981年，第245页。

第七章

声音与画面

声音和画面的关系问题是存在于有声电影的重要本性问题。通常情况下，有声电影所呈现出的声音和画面是各自独立的二元存在。它们各自表达叙事成分，并通过蒙太奇的组合形式，构成相对丰富的表意系统。在剧本的创作过程中，声音与画面的组合形式同样是电影思维的重要组成部分，体现在剧本中的声画方案往往能够直接转化为具体形象的表意形态，使得电影剧本成为最接近于未来影像的文字形式。

贝拉·巴拉兹

电影中，对白是面部表情，是直观的视觉表现方式。看对白的人与听对白的人有完全不同的理解。对白时，嘴的动作也许比它说出的话告诉我们的内容还丰富得多。[1]

凯莱尔·雷兹

要从数量上衡量视觉和听觉的价值是无意的。应该铭记，我们坚持电影首先是视觉的，但这并不是指音响和画面在数量上的比例。[2]

普多夫金

对话是戏剧演出的十分自然的基础。在戏剧中，艺术家只有通过对话，只有通过演员，才能把对于真正艺术家十分必要的丰富多样的现实生活搬上舞台。因为在戏剧中不可能为了让艺术家扩大时间上的表现范围，而把剧情分成一百五十六幕。而在电影中，这却是比较容易办到的。电影的魅力就在这里。多种多样的现实生活可以直接搬上银幕，而且不仅限于通过演员，还可以通过蒙太奇，亦即把许多短小片断剪接起来的既令人惊奇却又流于刻板化的蒙太奇。……应当怎样去剪辑有声电影，怎样用这种蒙太奇去代替舞台上的对话方法，这是一个需要进行许多技术性工作的问题。[3]

克里斯蒂安·麦茨

有时，固执地采用非同步化手法造成人工斧凿的效果，这在电影史上是有案可查的。比如，在雷内·克莱尔（René Clair）的《巴黎屋檐下》（Under the Roofs of Paris，1930）的一个段落中，我们看到两个朋友在咖啡馆窗后不停交谈，却听不到只言片语。[4]

非吻合理论实际淹没了（同时也暴露了）其拥护者完全拒绝在影片中采用有声语言的态度，这些理论突出的作用是回避问题。[5]

小津安二郎

关于音响，我不啰唆，只要是不破坏影片风格、不与画面格格不入的悦耳音响就好。但也不喜欢悲剧就用悲伤的旋律、喜剧就用曲调滑稽的选曲。我希望用音响做出双重的感动。有时候，悲伤的场面衬以轻快的曲调，反而更增加悲怆感。[6]

分析与阐述：声画的非吻合

既看到表情又听到语言的情形是声画合一的，而电影中常常出现的形式是声画对立。现实情形是，电影中将人物的表情与其话语同步传达的目的常常是突出强调此时人物表情中所含有的戏剧性。于是，细心的人们常常发现，声画合一的展现中，经常采用特写的方式，将摄影机当成放大镜，对准人们面部表情的细微变化，力图让观众在双重信息的传达中感受到人物的内心变化，理解表情和话语中包含的潜台词。

大多数情形下，依据以上大师的观点，声音和画面常常以两种节奏和风格出现，通过声画之间的蒙太奇对比，营造出富于张力的渲染和情感力量。正如小津先生所言，声音的选择需要讲求和谐悦耳，不必为理性所拘束。许多情况下，用反向情绪的音响更能烘托出场面的氛围。比如，欢乐的气氛中加入带有感伤的音响，悲伤的场景中掺杂快乐的曲调。声画对立的原则本身并无规律可循，而更多来自创作者对作品的理解以及感性把握。所以，声画结合并非一成不变的创作定律，相反，声画合一的情形在电影创作中同样存在。

影片《生命中不能承受的烟》（*Smoke*，1995）便是这样的特例。开香烟店的奥吉酷爱摄影，他十四年如一日在店前暗中拍下匆匆而过的行人。本杰明是香烟店的顾客，一位失意的作家。他闲来无事地同奥吉聊天，看他拍摄的照片，却在其中看到了自己深爱的亡妻。照片勾起了他对妻子的深切思念。本杰明过马路时发生意外，黑人男孩救了险些被汽车撞倒的本杰明。男孩名叫拉希德。为此，本杰明请他吃了简餐，并邀请拉希德与自己同住。很快，两个不同种族的人之间便产生了生活上的隔阂，生活习惯的不一致，价值观的差异，让本杰明原本就乱七八糟的生活更无法理清。他希望拉希德离开，也给了他暗示。拉希德答应了，临走前，他留下了一个纸包，放在本杰明的书架上。本杰明的故事自此告一段落。奥吉呢？他的生活也没那么平静。分手十八年的女友卢比不请自来，并告诉他他们有一个女儿正在怀孕并吸毒。奥吉自然不愿意相信并承认这个事实，两人的会面不欢而散。第二天，卢比驾车来接奥吉，要他亲眼看一看自己的亲生女儿，就这样，一家三口在毫无准备的情况下见面了，他们之间的内心裂痕也在互相接触中不可救药地生长。最终，面对这场无可收拾的破碎亲情，奥吉与卢比唯有悄然离去。拉希德从本杰明家里离开后，本杰明得知他是从姑姑家出走的单亲少年，对父亲怀有极大怨恨。拉希德出走后便来到黑人汽车维修站，整日地作画。他的举动引起了老板科尔的注意，他们之间逐渐建立了情感。然而，科尔却不知道，拉希德正是自己的儿子。如今，他已经有了幸福的家庭，拉希德只有忍痛离开。最后，拉希德在本杰明的介绍下，来到了香烟店工作。他因疏忽而犯下的错误给香烟店带来了极大损失，为了赔偿，拉希德拿出了他藏匿在本杰明家书架里的纸包。那里竟然是拉希德从劫匪那里偷来的五千美金！影片结尾处，是在一个圣诞节前夕，本杰明为《纽约时报》撰写圣诞故事，他来找奥吉搜集材料，奥吉为他讲述了关于照相机的来历的故事。正是这个故事的结尾，采用了声画全然合一的形式。这一情节分为两部分展开，先是奥吉向本杰明讲述相机的来历,我们看到交谈双方的两人面部表情同对白是一致的。摄影机在说话者双方之间切换,每一次切换均依据话语发出者的变化而进行。当一段冗长的对话完成后,作者又将以上讲述的故事用画面的方式重新演绎。一般情况下,处理这样的情节都先切入谈话者的对话空间以及面部表情,紧接着便以说话人的讲述为画外音,伴随着故事展开的真实空间,形成声音和画面两个时空相互融合、对立展现的情形。这样一来,能为影片节省大量时间。那么,这部影片的作者为什么不采用后一种惯常的做法呢?这恐怕需要从影片的叙事风格来考量。从影片内容来看,这是一部透视各色人生的影片。其中的主人公各自代表了一种人生,也反映了一种社会问题。于是,影片具有了强烈的现实感,或者说,它的影像风格中包含了大量的写实因素。比如,香烟店里的交谈,关于两人结识后的各自经历,就如同在人物身上安置了一台隐形摄像机,时刻跟踪着他们的日常过往。这样,在影片中就应当一以贯之地坚守写实的风格,摒弃一切同表现相关的蒙太奇手段。除了为叙事的需要而进行的剪辑之外,抒情上的浪漫化手段必定要深深地掩藏于写实主义的表象之下。因此,我们看到,作者结尾摆脱了声画对立的展现方式,给以观众完全现实的投入空间。另外,在奥吉讲述相机故事的口吻中,人们已经能够感受到故事中蕴含的辛酸的亲情。具体情境中的真实故事本身具有强烈的感染力,单凭真实性的力量就能够打动观众了。相反,如果在这时插入画面,无疑侵占了观众的想象空间,反而削弱了故事本身的感染力。接下来的画面还原中,作者配以富于激情的黑人音响来衬托感伤,既唱出了处于种族弱势群体的忧伤,又强烈地渲染了生活的悲凉。正如小津安二郎所说:

有时候,悲伤的场面衬以轻快的曲调,反而更增加悲怆感。

所以,声画关系的选择所依据的应是影片的风格以及具体的情境。对于它来说,并没有一以贯之的成规定律。就好比我们写书法或绘画那样,可以用不同的字体和技法来表达特定内容,只要所选择的表达方式同作品的风格相一致。电影也是如此，声画方案就好比书法或绘画中的技法，它应当为影片的风格和情感主题服务，为着不同的风格和写作初衷而量身定夺，绝无成规可言。声画方案并没有明确地分为多少种类，无论是声画的对立或者合一，表现形式均各不相同。它是处理节奏、表达情感、反映风格的方法，也是创作灵感的集中体现。

贝拉·巴拉兹

在影片中我们不必，或者说至少不仅仅听到我们另外看到的东西。听觉因素不能只补充自然的效果，而且应强调用其他方式发现不了的东西，唤起我们心中只靠无声图像无法引起的意念和联想。那时，声音蒙太奇和图像蒙太奇，将像两个并列的旋律那样协调起来。一种补充最一致的形式是非同步声音剪接。声音在影像空间中回响，我们看不到声源，看不到说话者，只看到听者。我们与他一块儿听。我们看不到武器，只听到枪声，并看到中弹者。场景的音响空间大于具体影像上描绘的空间。[7]

声音蒙太奇可以在声音和图像、声音和声音之间建立关系，即不是建立在外部感觉的联系基础上，而是建立在各种内心精神关系的联系基础上，亦然如此。它通过听觉形成和暗示各种联想、思考和象征。几乎图像蒙太奇所具有的一切心理和思想表现手段声音蒙太奇都可以借用。有声电影艺术不久就会走到这一步：不是简单地复制外部世界的各种声音，而是描写在我们心中产生的共鸣，即各种听觉的印象、感觉和思考。[8]

分析与阐述：声音的蒙太奇

贝拉·巴拉兹的话深刻地揭示了声音的本质。我们知道，有声电影中的声音并不仅仅是对自然更加真实的模仿，而是为了实现叙事的完整性。在现代电影中，声音不仅作为影片类型化叙事的符号或标志，也是完成叙事必不可少的因素。

对于类型电影来说，不同类型的影片总有其富于代表性的音响特征：有的具有浪漫情怀，有的激烈而高昂，有的阴柔令人生畏，也有的像诙谐的调侃……这些音响就如同影像中的主体造型一样，成为电影中贯穿的声音符号。

在实际创作中，声音符号却是为了完整地表达叙事而构成的。对于声音来说，它所肩负的叙事任务更是为了对背景以及特定情境进行指示性的渲染。很多情况下，故事发生情境中所包含的风土人情需要用音响来加以烘托。边缘化的小镇、江南水乡、国际都市……不同的故事环境注定了标志性音符不相同。除此之外，不同人物的身份构建也需要借助于音响的力量。最简单的例子是，人们常常以音响的俗与雅来象征人物身份和品位的高低。这一切基于叙事表达的生动性，并为了表达生活质感。然而，除此之外，富有节奏感的声音还具有另一项更为重要的功能，那就是表达人物的内心韵律。叙事音响的呈现在一定程度上成为人物内心感受的外化性写意手段。声音和画面的关系中，画面展现了叙事的主体内容，声音则强化了叙事的情感力量。喜、怒、忧、思、悲、恐、惊尽管很多时候是通过人物的表情发出的，可它们通过音响来体现的情形却不在少数。在任意一部影片中，均能找到渲染情感的音响形式。

声音承担了大部分的主观性表达，是剧作家透过人物的外表而倾听的心灵的节奏，是人物情绪的高低起伏，是情感的抑制与宣泄。若是不能深刻地洞悉主人公的内心世界，恐怕再好的声音也无法成为灵魂的心声的写照。

注 释

1 《可见的人 电影精神》，贝拉·巴拉兹，中国电影出版社，2000年，第29页。
2 《有声电影的蒙太奇》，凯莱尔·雷兹，节选自《电影艺术译丛》，1962年第1期，第114页。
3 《普多夫金论文选集》，普多夫金，中国电影出版社，1982年，第368页。
4 《当代电影理论问题》（上）之《评让·米特里的〈电影美学与心理学〉》，克里斯蒂安·麦茨，节选自《世界电影》，1983年第4期，第18页。
5 同上，第18页。
6 《我是开豆腐店的，我只做豆腐》，小津安二郎，南海出版公司，2013年，第21页。
7 《可见的人 电影精神》，贝拉·巴拉兹，中国电影出版社，2000年，第247页。
8 同上，第249页。

第八章

电影中的动作

动作是构成情节的基本要素。亚里士多德的文艺理论中十分明确地指出了这一点。动作的本质作用是推动情节发展，承担着达成叙事目的的任务。然而，很多人却始终无法深刻地理解电影剧本的动作性，从而也没能准确地描写人物的行动。归根结底，这样的问题是因为人们没能准确地把握动作的内涵，以及它所承担的叙事角色而导致。除此之外，动作还是电影语言的重要组成部分，具有广泛的指代意义。角色的动作分为内部动作和外部动作，对于一部优秀的电影剧本来说，它不仅应当具有富于戏剧性的外部动作，更应具备深刻的内心动机。这便是劳逊提出的内部动作。大多数情况下，内部动作和外部动作是根与叶的关系，它们是一脉相承，永远无法割裂的。

弗雷里赫

电影剧作家在下笔以前也应该先在自己头脑里看见所设想的动作,但他想象中仿佛预先看到了演员的表演,以后被摄影师拍成许多镜头,又被导演剪辑成统一的影像。所有这一切都包含在"电影的动作"这一概念之中。[1]

别林斯基

戏剧性不在对话,而在于对话者彼此的生动的动作。譬如说,如果两个人争论着某个问题,那么这里不但没有戏,而且也没有戏的因素;但是,如果争论的双方彼此都想占上风,努力刺痛对方性格的某个方面,或者触伤对方脆弱的心弦,如果通过这个,在争论中暴露了他的性格,争论的结果又使他们产生了新的关系,这就是一部戏了。[2]

布莱希特

演员必须为他的角色的感情找到一个外部的、感观的表现——一个动作,以便尽可能地随时展露内心的状态。有感情就必须流露出来,必须得到发泄,这样才能赋予形状和意义。[3]

马克思

正如亚里士多德所说,动作是支配戏剧的法律。[4]

约翰·霍华德·劳逊

圣约翰·欧维思(St Johns Owiss)说:"剧作家在谈到动作时,并不是指骚动或单纯的身体运动,他指的是发展和成长。"……动作无疑是牵涉"发展和成长"的,但是我们可以原谅那些老认为动作就是要干些事情的人。加入自觉意志并不使人干些事情,那它如何表现自己呢?发展和成

长并不能来自不活动。⁵

G·P·倍克（G. P. Bevik）说，动作可以是形体的或精神的，但它必须能引起情绪上的反应。⁶

动作的效果并不取决于人们做什么，而是取决于人们所做的事情的意义。⁷

说话又是什么？说话也是动作的一种形式。抽象地谈谈一般的感受或想法的对话是没有戏剧性的。话语描绘了或表现了动作，才有价值。由话语所表现的动作可能是回想的或潜在的，也可能动作伴随话语而来。但对所说的话的唯一考验是看它是否具体，有无实际的冲击力，能否使人紧张。⁸

戏剧性动作是一种结合着形体运动和话语的活动，它包括对平衡状态的变化的期望、准备和完成（这个变化是一系列这种变化的一部分）。使平衡状态发生变化的运动可以是逐渐到来的，但是变化的过程必须确实地表现出来。虚假的期望和虚假的准备都不是戏剧性动作。动作可以是复杂的，也可以是简单的，但它的各部分都必须是客观的、进展的、富有意义的。⁹

分析与阐述：动作的内涵

弗雷里赫以及别林斯基等人的论述共同揭示了有关电影剧本本性的问题，即电影的动作性。电影剧本是在行动中展开的，这一点受到不少创作者的忽视。

问题的真正出现在行文的表述过程中。情节是由一连串的动作构成的，动作是情节构成的基础，也就是说，人物由于一连串动作的发生而完成叙事。动作既包含了人物的肢体行为,也包括人物的言语行动,广义的概念上,它甚至包含了人物的内心活动。对于内心的部分,人们将其称为内部动作,而外部的形体活动,则称作外部动作。关于这一点,在本章节的后半部分有所涉及。

这里所阐述的动作主要指狭义上的范畴,即人物的外部行为,包括形体动作以及言语。通常情况下,在一部电影剧本中,这两者作为剧本中显在的要素,直接呈现给阅读的人。不仅如此,剧本中人物的行动和言语往往平分秋色,各自承担一定的叙事任务。在它们互相作用的情形下,叙事才能进展得顺利,故事才能讲述得生动。

不过,在不少剧本中却常常存在这样的问题,行文中的对白占据了相当庞大的篇幅,而行动却格外稀有。只要粗略地浏览全篇,便可发现,只要从主要人物的对话中便可对全部情节了如指掌,而不必自己动脑筋去发现什么:当人们准备做某件事时,会同旁人事无巨细地讲出即将进行的计划;当人物产生仇恨的心情时,会恼羞成怒地说出自己的愤慨;当人物伤心难过时,又会捶胸顿足地感慨万千;当人物感动时,更会涕泪交加地诉说衷肠……几乎一切同事件相关的信息,必定要说出来不可。好像不那样做,观众便不能理解。

对于一部影片来说,实际的情形应当是让观众自己去发现和感受,而不是把一切和盘托出,硬生生地"塞"给他们。解决这一问题的关键在于对人物行为的把握。具体地说,人物在具体情境中的外部行动更加符合生活的真实,只有实现了真实的影像空间,才能对事件的发生做出客观地描述。这本身适应了人们观察事物和产生认知的规律。只有自己主动发现的才具有价值。相反,将一切以话语的形式交代在大多数情形下是同人物行为规律相悖的———一般情况下,人们不会轻易将一切计划和打算和盘托出,也不会轻言内心的隐秘。

基于以上分析,剧本中缺乏行动的原因主要有:

第一，对人物性格缺乏必要的把握。外部动作肩负着表达人物的重要任务。它体现性格特点，彰显价值观和立场，承载情感和态度。

第二，对白只作为作者或故事思想的传声筒而存在。在人物喋喋不休的话语中，真正传达的并不是人的主观意志，而是创作者本身的思想，人物不过是一个传达的道具。若对剧本的有价值的成分加以严格界定，那么诸如此类的对白写作均属无效。

总之，剧本中的故事情境是错综复杂的，人物的内心情感更不可一语概括，因此，相应的表达方案应格外地斟酌，任何草率的交代都有可能会给剧本的最终效果带来灾难。

左 拉

在行为和它们的原因之间有必要的联结，但是这个原因是什么呢？我们不能感觉这原因，也不能意识到这原因，而只有当这原因对我们自身产生作用时，我们才能意识到它；所以我们不得不从我们目睹的动作和耳闻的言语去解释它，去猜测它。[10]

新藤兼人

要在宁静中表现激烈——写富有戏剧性的戏，并不是作品中的人物激烈地争论，大声争吵。闪回镜头也不要重复太多，使人感到厌烦。剧情的高昂，自然在于描写人物，但是首先必须从画面的对立开始。电影尽管在同一画面中没有激烈的感情交锋，也能够有计划地积累场面，使感情进行充分的斗争。电影本来就是以此为武器的艺术。必须干脆冷静地解剖人物的心理，必须把人物放在解剖台上。[11]

塔可夫斯基

无论如何，剧作家所肩负的功能，需要拥有洞悉人心的文学天赋，这才是文学真正影响电影的地方，而此一影响既实际又必要，完全不会阻碍或扭曲电影。当今电影中最受忽略或者表达得最肤浅的便是内心描写。我所指的是了解并揭露人物的真实心理状态，这一点常常被忽略。然而，这正是阻止一个人当下凄惨死亡，或者使他从五楼窗口跳出的原因。[12]

一部电影的形式组合主要是靠角色在特定环境下的特定心理状态。[13]

导演在设计场面调度时一定要从人物的心理状态出发，把握这种内心状态在不断变化的情境氛围中的延伸和反映，通过这一切还原到仿佛直接看到的真实事实，再现出事实的独特质感。只有这样，场面调度才能既有真实事实的具体性，又有它的多义性。[14]

D. G. 温斯顿

首先,一个人物展现在观众面前时,必须和他的内在逻辑相一致。换句话说,人物的动作不应当"把观众抛入五里雾中",虽然这并不意味着人物所做的每一件事,都必须让观众预见得到;其次,观众一般都能比较容易识别富有动作性的人物,而对于那些被动的、懒散迟钝的或者完全是抱消极态度的人物,则不那么感兴趣;第三,人物刻画应当有一些现实根据,否则即使像詹姆斯·邦德这样超人的英雄,也会丧失新奇感。[15]

伟大的心灵戏剧并不是通过外部动作表现出来的,而是通过灵魂的运动表现出来的。[16]

仿佛为了表现人物内心的内在活动、犹豫不决的冲突,感情的爆发、理智的声音,快速或慢速的动作,为了标志这个或那个不同的节奏,为了和那几乎完全没有出现的外部动作形成对比:一场疯狂的内心斗争潜伏在那毫无表情的面罩的后面。[17]

斯坦尼斯拉夫斯基

现在我们要去接触一下那些不可捉摸的、看不见的……内心情感的逻辑与顺序。[18]

黑格尔

我们因此可以简略地说,在这第三阶段,艺术的对象就是自由的具体的心灵生活,它应该作为心灵生活的内在世界显现出来。从一方面来说,艺术要符合这种对象,就不能专为感性观照,就必须诉诸简直与对象契合成为一体的内心世界,诉诸主体的内心生活,诉诸情绪和情感,这些既然是心灵性的,所以就在本身上希求自由,只有在内在心灵里才能找到它的和解。就是这种内心世界组成了浪漫型艺术的内容,所以必须作为这种内心生活，而且通过这种内心生活的显现，才能得到表现。内在世界庆祝它对外在世界的胜利，而且就在这外在世界本身以内，并且借这外在世界作为媒介，来显现它的胜利，由于这种胜利，感性现象就沦为没有价值的东西了。[19]

鲁道夫·爱因汉姆

"表演"显然并不是电影中表现思想感情的唯一方法（我建议暂时抛开语言的表现价值，这特别是因为有关这方面的一切论点不仅适用于有声片，并且适用于舞台剧）。这一点极为重要，因为如果电影完全倚赖这样的表演来表现人的感情，那么形体的表情很快就会成为一种不怎么起作用的工具——观众能懂得它，但不会为它所感动。[20]

分析与阐述：外部动作和内部动作的关系

不妨以温斯顿的话作为内部动作与外部动作关系话题的开始：

伟大的心灵戏剧并不是通过外部动作表现出来的，而是通过灵魂的运动表现出来的。

"灵魂的运动"指的就是内部动作。温斯顿着重强调了内部动作的重大意义。他认为，心灵戏剧的主线应当是人物心灵的运动轨迹，是人物心路历程的舞台化体现。尽管温斯顿在这里引用了"心灵戏剧"的概念，但我们完全可以运用到电影中。电影中的戏剧性在这句话中被简化成了"戏剧"二字，我们也能从中更加直观地看到作者所指出的电影样式——他将电影类型中最注重意识表达的心理电影（其中也包含意识流电影）作为内部动作决定论的典型例证。

所谓"灵魂的运动"实际指的是人物的心理活动，或者称为心路历程。在以上所引用的论述中,都能体现出心理活动重大意义的相似观点,在这里暂不重复引述。对电影叙事的分析归根结底是对人物动作的分析。然而,动作的分析绝不仅仅停滞于外部行为。广义上的动作,包含了外部动作和内部动作(心理活动)。依据分析事物的逻辑过程,对分析对象进行本质的把握是必不可少的。对于动作来说,内部动作便是其本质,而外部动作则是表象。在认知过程中,不仅应当遵循由表象到本质的逻辑顺序,更要深刻而牢固地把握本质。任何外部动作之下,均包含着一个潜在的"内部动作",它是外部动作得以存在和发展的起点和支柱。不仅如此,内部动作还是变化发展的,伴随着人物的经历,内部动作形成了一条完整的线性流程,对于电影编剧来说,只有把握了这条潜在的线性流程,才算把握了故事的本质。

现实创作中,大多数情况下,事先拟定内部动作,确定其变化趋势或许更具有现实意义。它能令人格外清晰地看到具体情境,能更本质地把握事件发展的方向。这样做无异于为故事的发展设定了"导航",在路线明确的基础上再描绘沿途的风景,岂不更有把握?

关于这种"路线规划方式",无论创作心理电影,还是冲突强烈、场面宏大的商业大片,均能适用:《蜘蛛侠》(*Spider-Man*)系列、《蝙蝠侠》(*Batman*)系列、《007》系列、《速度与激情》(*The Fast and the Furious*)系列……种种"系列"电影已经表明它们在全球电影票房中占据的主力地位了。它们当之无愧地可以被称为商业电影的典范之作。无论是"侠"也好,"怪兽"也罢,还是闻名遐迩的詹姆斯·邦德(《007》中的英雄人物),他们都具有了普通人的人性特点,他们有情感,有内心的渴求,也有爱恨的情感判断。在影片中,他们都因为自己的某些特定原因而崛起(有的因为出身,有的因为特殊的经历),都为了内心深处的需求而战斗,都经历了心灵的挫折和喜悦,并采取了不同的行动。如果编剧不能深深地洞悉人物的心灵,不能明白他们的心灵经历了多少阶段的变化,恐怕再大的制作，再好的场面也会被搞砸。

如此看来，拟定人物的心路历程着实是确定人物外部动作的先决条件和先行工作，两者之间是决定与被决定的关系。

另一方面，是不是有了内部动作，剧本就能完美了呢？答案同样是否定的。内部动作同外部动作之间尽管存在着惺惺相惜的决定关系，但外部动作并不是内部动作的直接体现者。在很多情况下，内部动作所提供的动机并不能被外部动作全然地不加以转换地表达出来。它们之间的转换存在着一种妙不可言的"情愫"。而它的存在对于电影来说并不是偶然的表现，在通常情况下，微妙的情愫应当成为外部动作表达的常态。

我们知道，人物心路历程的变化过程或者说内心动作的施展过程，也是人物性格由表面到深层的开掘过程。很多人将其称为"人物的成长"。这样的说法似乎有一定的道理，却不完全正确。在电影中，时间的长度是有限的，它决定了人物在影片中所经历的现实时间也是有限的，我们能否在有限的人物经历中实现性格的成长呢？成长意味着发生变化，在现实生活中，要让一个人的性格变化尚且不易，更不用说在影像的短暂时间之中了。所以，人们所说的"成长"其实质并不是人物性格的真正发展，而是对人性的揭示。就好比将一个人放在手术台上，一点一点地将其剖开，不断发现身体中蕴藏的秘密一样。电影就好比这个手术台，编剧就是医生，他需要在有限的时间中，把主人公的心灵剖析给观众看。而作为观众，则相应地产生诸种发现。也许他们会发现人物内心深处不为人知的秘密，发现与其表象截然不同的特质，或者真实的想法和感受。比如说，一个寻仇的人同敌人狭路相逢，他并没有立即选择报复，而是看着对方，轻轻地笑。在这里，仇恨是内部动作，笑是外部动作，两者看上去是矛盾的，而在观众看来，矛盾的人物动作却带给了他们无限的思考空间。这也正是先前所谈到的"微妙的情愫"。

更多情况下，人物的外部动作并不是心灵的直接写照，却不过是特殊情形中的表达方式。人物如沉寂的矿山，编剧则是引导观众去"开山"的人。只有观众自行发现了宝贵的东西，才算是真正意义上的收获。要知道，没有人会为轻易获得的东西而感到兴奋。电影更是如此，观众享受的是发现的乐趣。

　　对于编剧来说，较为可行的创作方式是结合人物性格，为其内部动作找到合适的外部实现途径。最好的情形是所表达的动作行为能出人意料，能让观众在惊讶之余确信此种表达是合乎情理的。比如，一个人萌生了复仇的念头，最直接的办法是找来凶器，紧接着向目标人物寻仇。然而这同时也是最为常规化的处理方式，它毫无遗漏地把人物的内心愿望和盘托给观众，好比填鸭式地灌输那样，对方无法收获其中的乐趣。相反，如果观众知道了人物产生复仇的愿望，但接下来看到的却是他面对复仇对象似乎毫无反应，仿佛那人不存在，那么大多数观众便会产生好奇，他究竟是怎么想的？临时改变了主意还是另有所谋？当人们因此而产生好奇并有了发现真相的愿望时，复仇的戏才更有色彩，内部动作和外部动作才在一定程度上实现了统一。而统一的基础则是戏剧性效果的产生，是情节发展动力的产生。

注　释

1 《银幕的剧作》，弗雷里赫，中国电影出版社，1979年，第44页。
2 《戏剧理论史稿》，余秋雨，上海文艺出版社，1983年，第504页。
3 《离间效果》，布莱希特，《电影艺术译丛》，1979年第3期，第161页。
4 《马克思恩格斯全集》第十二卷，马克思、恩格斯等著，人民出版社，1974年，第263页。
5 《戏剧与电影的剧作理论与技巧》，约翰·霍华德·劳逊，中国电影出版社，1979年，第215页。
6 同上，第215页。
7 同上，第216页。
8 同上，第217页。
9 同上，第220页。
10 《西方文论史》（下），伍蠡甫编著，上海译文出版社，1979年，第250页。
11 《电影剧本的结构》，新藤兼人，中国电影出版社，1984年，第47页。
12 《雕刻时光》，塔可夫斯基，人民文学出版社，2004年，第77页。
13 同上，第77页。
14 《七部半——塔可夫斯基的电影世界》，塔可夫斯基，中国电影出版社，2002年，第276页。
15 《作为文学的电影剧本》，D.G.温斯顿，中国电影出版社，1983年，第20—21页。
16 同上，第61页。
17 同上，第99页。
18 《斯坦尼斯拉夫斯基全集》（第二卷），斯坦尼斯拉夫斯基，中国电影出版社，1959年，第109页。
19 《美学》，黑格尔，商务印书馆，2015年，第102页。
20 《电影作为艺术》，鲁道夫·爱因汉姆，中国电影出版社，1986年，第108—109页。

第九章

人物写作

一部糟糕的剧本莫过于其中描写了概念化的人物。所谓概念化的人物，是指人物既不具有典型的性格特点，又不立体和丰满。某种程度上，概念化的人物不过是从一切社会生活中的人物形象中所抽离出来的普遍的共性。也就是说，这些人要么是道德的化身，要么是某一职业的符号，要么是代作者立言的思想传声筒。人物的简单化和概念化导致的后果是使得情节变得生硬并且编造痕迹重，也会使立意肤浅化，失去自身的个性和风格。

　　因此，如果说情节是剧本的结构组成部分，那么人物就是剧本的支柱。对于两者来说，不必去进行孰轻孰重的探讨，而是应当将两者搁置于统一的框架之中去做综合考量。情节不可能脱离人物而存在，这一点是显而易见的。一切行动均由人物发出，行动乃是构成情节的要素。另外，同样重要的是，人物更不能脱离情节而存在。任何一种抛开故事情节而虚构人物的方式，都会导致人物同剧本故事的脱节。

歌　德

虽然一件优良的艺术作品能够而且也将会发生道德的后果，但向艺术家要求道德目的，等于是毁坏他的手艺。[1]

亚里士多德

既然模仿者表现的是行动中的人，而这些人必然不是好人便是卑俗低劣者（性格几乎脱不出这些特性，人的性格因善与恶相区别），他们描述的人物就要么比我们好，要么比我们差，要么是等同于我们这样的人。[2]

夏　衍

恩格斯说，写英雄人物要抓他的主要方面，只要主要方面是好的，细节问题可以忽略，这是说不必着重去写他的缺点，而不是说他一点缺点也没有。……英雄，的确是不大流眼泪的，但这并不是他没有眼泪。戏词里说"英雄有泪不轻弹"，他不过是"不轻弹"而已。写英雄人物可不可以写他们的苦闷、寂寞和流泪呢？我认为完全可以写，只不过要按具体的情况来写，而且要有分寸。[3]

约翰·霍华德·劳逊

我们已经详尽地分析过自觉意志和它在动作的结构中所起的实际作用，所以在这里我们就可以只是简短地谈一谈图解性动作中几种比较常见的形式，例如：（1）过多地使用自然主义的细节以求构成性格；（2）利用缺乏社会意义的历史色彩或地方色彩；（3）利用浮夸的或宣言式的文体来造成性格化；（4）把配角当作一批清客，利用他们来增强一个或几个主要角色的效果；（5）单独通过社会责任问题来说明性格，而忽略了别的情绪和环境因素；（6）企图利用图解性事件来引起观众的同情心。[4]

在《码头工人》⁵中找到的那种把性格过于简单化的缺点,也可以说是大多数工人题材的剧本的通病。问题的症结在于剧作者对自觉意志分析不够;虽然社会力量是被明确了、具体化了,但人物的真实活动只是被用来说明这些力量的存在,因为剧作者未能将个人和整个环境之间的关系戏剧化。⁶

高尔基

不要把"阶级特征"从外面贴到一个人脸上去,像我们这里所做的一样;阶级特征不是黑痣,而是一种非常内在的,深入神经和脑髓的生物学的东西。一个严肃的作家的任务,是要用具有艺术说服力的形象来写作剧本,努力达到那种能使观众深受感动并能改造观众的艺术的真实。⁷

老 舍

如何创造人物?人各一词,难求总结。从我的经验来看,首先是作者关心人。"目中无人",虽有情节,亦难臻上乘。我不能说我彻底熟悉曾经描绘过的人物,但是,只要我遇到一个可喜的人物,我就那么热爱他(或她),总设法把他写得比本人更可喜可爱,连他的缺点也是可爱的。作者对人物有深厚的感情,人物就会精神饱满,气象堂堂。对于可憎的人物,我也由他的可憎之处,找出他自己生活得也怪有滋味的理由,以便使他振振有词,并不觉得自己讨厌该死。我并不照抄人物,而是抓住人物的可爱或可憎之点,从新塑造,这就使想象得到活动的机会。我心中有了整个的一个人,才动笔写他。这样,他的举止言谈才会表里一致,不会自相矛盾。有时候,我的一出戏里用了许多角色,而大体上还都有个性格,其原因在此。大的小的人物都先在我心里成了形,所以不管他们有很多还是很少的台词,他们便一张嘴就差不多,虽三言两语也足以表现他们的性格。⁸

多米尼克·帕朗-阿尔捷

另一些人物特征尽管并不能够很明显地在银幕上表现出来，但也是十分重要的。比如说：人物他恐惧什么？他对什么会有所隐瞒？他如何看待死亡？他如何看待自己？他害怕做什么？他对于其他人的态度如何？对于祖国和政治的看法如何？这些背景都只有编剧才知道，但是这些人物的特质在编剧进行创作时会有很大的帮助，它们能够使编剧清楚容易地把握人物和情节的发展。[9]

回到英雄这一类人物上，我们会惊异地发现，当代戏剧中的英雄是先定的，是基于一种社会的普遍价值观而存在的。人物是"封存"于一定的社会价值之内的，他的受社会价值观所影响的心理状态和性格，又决定着他对事件的态度及其所作的决定。因此，可以揭示人物的行为能够在很大的层面上引起观众的共鸣。[10]

分析与阐述：应当构思怎样的人物

如果我们将中国电影在历代的创作状况加以分析，便不难发现，历史上的确存在那样的时期，人们在创作时曾任凭意识形态统领人物形象。

这种情形主要体现于以下两个方面。我们可以在这两者的阐述中，结合以上语录，找到相应的支撑。

首先，高尔基所提及的"不要将阶级特征贴到一个人脸上"，是较为典型的表现之一。曾经有那样一个时代，人们认为所有人的感情都是阶级的感情，没有超越阶级的情感和关系。相应在表现手法上，则用正面的近景的方式突出正面人物的形象，用灰暗的光色掩盖反面人物的形象。显然，以意识形态为立足点的人物定位，必然导致艺术作品成为"阶级思想的传声筒"也意味着艺术的教育特性跃居于审美性和娱乐性之上。这对于艺术来说，是有失公允的。

如今，给人物贴"阶级标签"的特殊年代已日渐远去。在追求崇尚个性自由的时代里，人们更加注重人与人之间的平等关系，更加注重人性之中的善与恶。

然而，另一种错误的人物塑造观念依然存在，且屡见不鲜。这种倾向便是以道德为核心准则来为人物做出界定。不可否认，道德确是人性结构的重要层面。精神分析学中，将人性中的道德成分归置于"超我"的层面。也就是说，若将人性的构成划分为"本我"和"超我"两部分，那么，本我指向人类的本能欲望，而超我则代表了后天习养中的诸要素，其中重要的一面便是道德。同样地，在剧作中，道德依旧是不能忽视的重要部分。只有具备了基本的道德立场，才能揭示出人性之善，才能对观众产生正面影响，实现艺术作品的"净化灵魂"的作用。不过，正如任何事物都不能以单纯的一个侧面来体现其全部内涵。对于人物塑造来说，同样不能以偏概全。在人性的构成中，道德因素尽管存在，但它不过是其中的一个部分，单凭道德立场不能决定人物性格，更不能以道德为出发点为人物设定行为。

那么，究竟应当写什么样的人物呢？回答这个问题并不难，只要写日常生活中的人，写自己身边的人就可以了。如果谁能做到山田洋次那样把一个小人物一生的喜乐感伤演绎得风生水起，那必定是伟大的剧作家。而且，写作平凡的人不必煞费苦心地如古典主义那般缔造英雄神话，只消忠实地加以几分生动地创作，便能勾勒出栩栩如生的人物来。因此，对人物的写作和把握无须过分地讲求规律和技巧，对待周遭人的关怀和忠诚是第一位的。人物不仅是作品质量的标杆，更是创作灵感的来源。一个优秀的剧作家，必然能从周围的生活中发掘生动的形象，继而运用到剧本中。

但常常也会遇到这样的问题：需要去创造的人物形象距离自己的生活比较远，编剧本人没有接触过这种类型的人，更不可能有机会接触到这样的人，比如封建社会的皇帝，再比如外星人。或许创作封建帝王还能从史料中找到相关的记载，那么写外星人呢，难道真去火星走一遭不成？

当然不必。亚里士多德认为，我们写的人物，"要么比我们好，要么比我们坏，要么等同于我们这样的人。"这句话极其深刻地警醒人们，无论面临着怎样远离现实的虚构，塑造的人物必然都与今天相关，必然同周围的你我他相关。也就是说，虚构的人物总是"我们这样的人"。无论我们写的是帝王、英雄，还是动物，或者外星人、机器人，它们从本质上说应当是同我们似曾相识的人，他们应当具有同我们一样的人性，一样的优点和缺点，一样的情感和思想道德。

除此之外，高尔基的话语在亚里士多德的基础上更有了发展。他认为，即便我们写一个英雄，也不能只抓住他坚韧不拔的英勇的那一面，或许人们所见的英雄不会流泪，不过作为一名作家，我们应当看到旁人看不见的东西——英雄有泪不轻弹背后的辛酸和脆弱。的确，人性的构成是内在情感和外在表现的有机结合。人类都有潜意识的动机，这种动机隐藏在内心深处，成为难以被发掘的成分。潜意识中有欲望和幻想、隐忧和缺憾，但这种潜意识往往不被表现出来，而是深藏在人们看不见的内心深处。所谓"人心隔肚皮"，根源于此。一切阶级和道德的因素均是人物外露于世的表象，而真正富有价值的部分，则是格外隐秘的内心情感。

随着对人性认识的不断深入，以及受着文学作品的影响，剧作家们对人的分析和发掘也走向全面和深入。在很多创造良好票房的影片中，也格外地注重于塑造丰满而立体的人物形象。比如，前些年热映的《人在囧途》(2010)和《泰囧》(2012)，也许有人会对该系列作品的思想性提出质疑，却不能否认影片中人物形象的真实性。电影《老炮儿》（2015）更是以塑造一个人物形象为核心而架构完整的影片。这些作品的成功都体现了剧作家对人物形象质感的把握，对人物认知的立体性和深入性。

威廉·阿契尔

离开人物而独立存在的故事（它可以利用几个现成的木偶叙述出来）是根本不足道的。有生命力的剧本和没有生命力的剧本的差别，就在于前者是人物支配着情节，而后者是情节支配着人物。[11]

行动应当为性格而存在，如果把这种关系倒转过来，那么剧本可能成为一个精巧的玩具，却很难成为一件有生命力的艺术作品。[12]

乔治·贝克

任何一部戏剧杰作要是压缩到只能说明它的情节，那么它的故事就会显得如此平凡，以致很不值得把它编成剧本。[13]

虽然一个富于戏剧性的情境无疑是戏剧的金银宝库，但这宝库是否能发展成新鲜的有意义的戏，要依赖对情境中人物的细致研究。要产生这样一个戏剧性情境，人物应该怎么样？不仅是人物单独应该怎么样，而且是在规定情境中人物应该怎么样。[14]

贝拉·巴拉兹

电影中演员的性格从第一分钟起就由其外表决定了。电影导演不是在找一个演员，而是在找性格，他选择形象的同时就进行着创作。观众把形象看成导演想象的那个样子，他们没有任何比较、监督的可能性。[15]

亚里士多德

事件的组合是成分中最重要的，因为悲剧模仿的不是人，而是行动和生活。[16]

悲剧中两个最能打动人心的成分是属于情节部分，即突转和发现。……因此，情节是悲剧的根本，用形象的话来说，是悲剧的灵魂。[17]

约翰·霍华德·劳逊

突出性格的唯一方法是：把人物投入一定的关系中去。仅仅是性格，等于没有性格，只是随意堆砌而已。我们也可以说，仅仅是动作，等于没有动作，只是随意堆砌而已。但性格是从属于动作的，因为无论动作本身具有何等的局限，它总是代表一些"特定的关系"的总和，这总和比任何个人的动作都广大，它决定个人的动作。[18]

马克·鲍姆贝克

剧作的第一目标就是：不管什么类型的电影，都要让人为故事中人物的命运感到揪心。我希望观众能够回答这个问题："为什么这件事必须发生在这个人身上？"在写作中，我自己会不断地回答这个问题。虽然人物弧光（the character arc）是电影剧作的重点，而我的问题只是一种不太靠谱的故事发展方法，但是对我来说，这才是电影成功的关键。[19]

制片厂的高管们在与编剧讨论时，焦点几乎永远都集中在人物的性格，以及故事是否已经做到了真实可信。[20]

我会将剧本修改为一个真正的关于人物心灵历程的故事，同时让影片最大的创意贯穿始终。[21]

弗雷里赫

故事不能提供人物性格的生活感，因为在故事里只包含着性格的种子，性格的可能性；在故事里性格对观众说来还不是清楚的（杜勃罗留波夫［Dubrovnik Puff］语）。不但如此，又是在这个阶段上，就连作者本人对人物典型还不是十分清楚的，然后在处理情节时，作者才既为自己也为读者把人物性格弄清楚。由此也就产生了文学上常见的那种趣事：人物忽然独断专行起来，做出了一些违反作者未来意图的事。[22]

> 多米尼克·帕朗-阿尔捷
>
> 事实上，人物和情节并不是两个不能相容的戏剧元素，选择了一个就必须要舍弃另一个。可以试图在它们之间建立力量的相互平衡，这样一来人物就可以在一个虽然严密但真实可信的情节当中来展现其自身的故事属性和心理特征。[23]

分析与阐述：人物塑造与情节设定

电影剧作先有人物还是先有情节，这已经是老生常谈了。如今，亚里士多德"情节至上"的看法已经几乎受到了全盘否定。凡是坚持电影艺术性的人们，无不认为电影应当将塑造人物放在首位，应当认真地向文学作品取经。

这是十分正确的。无论是什么题材样式的电影，人物的丰满决定了情节的丰富，人物的空洞造成的不仅是情节的套路化，更让整部影片失去了风格化的节奏和光影流变中蕴含的魅力。

以上道理即便是学习电影创作的年轻人也十分谙熟了。而人物塑造单一化、概念化的问题依旧在电影剧本中大量出现。基于以上问题，创作者们往往在写作故事之前先来构思人物，创作人物小传。尽管人物小传的先行创作已成为创作流程中不可动摇的环节，但剧本中人物形象单薄的问题却依旧无法解决。原因何在？

根源在于，在很多时候，作者在写作人物小传时没有谨慎地同故事情节相勾连，而是肆意地创造了一个人物志，赋予人物丰富的前史，到头来却形不成剧中情节。

首先，剧本在本质上是由人物和情节共同缔造的，两者无所谓先后，而是共生共长的关系。由人物写作便能展开一部电影的情形在电影创作中的确存在，但不是全部。很多时候，人物是不能够决定情节的。情节对人物形象能起到一定的引领作用，能大致地规定人物行动的方向，却不过是在一定程度上，而不是完全的决定。人物同情节之间应当存在的是对立统一的关系。在写作人物的时候，不可能完全孤立地、客观地去写这个人。正确的方法是将事先设定的人物性格放置于故事构思之中，充分考虑人物在虚拟情境下可能出现的行为，或可能萌生的念头。不少人在写作人物时将大量篇幅用于人物的前史创作。前史固然是人物写作至关重要的部分，但它所提供的不过是人物现在情形下的心理因素以及生活境况。所以，创作前史更直接的目的仍旧是构造现行时空的人物特质，是将诸种经历同现在的故事发生联系。比如说，是否让过去的恋爱经历影响现在的爱情观，从而导致他此时的行动呢？

除此之外，作为一名剧作者，更需要具备"预测"的能力，需要能够给人物"算"出其在具体情节中的行为。确切地说，明确他格外具体的表达方式——体态、话语、眼神……唯有编剧具备了"预见性"，才能营造真实的情境。

杜勃罗留波夫认为："故事不能提供人物性格的生活感，因为在故事里只包含着性格的种子，性格的可能性；在故事里性格对观众来说还不是清楚的……"

情节不过提供了性格可能性中的大致走向，真正的典型性格则需要鲜明的人物形象来提供。然而，若是脱离了情节，恐怕连得以发展性格的种子也失去了，人物岂不成了无根的浮萍？

人物和情节关联的要义就在于此，尤其在实际创作中，要把两者置于统一的时空中构思，两者的创作是同步而协调的。

贺拉斯

假如你把新的题材搬上舞台，假如你敢于创造新的人物，那么必须注意从头到尾要一致，不可自相矛盾。[24]

狄德罗

在戏剧里，人们要求一切性格始终如一。这是一个错误，只是被剧本的短促过程掩盖了罢了：因为在生活中，人们离开原有的性格的场合是多么多啊！[25]

莱 辛

诗人喜欢选择这个事件而不喜欢选择另外的事件，是由纯粹的事实、时间和地点决定的呢，还是由能使事实变得更真实的人物性格决定的呢？如果决定于人物性格，那么诗人究竟可以离开历史的真实多远这个问题就迎刃而解了？对那一切与人物性格无关的事实，他愿意离开多远就离开多远。只有性格对他说来是神圣不可侵犯的；他的职责就是加强这些性格，以最明确地表现这些性格。[26]

人物性格不能有自相矛盾之处，他们必须总是一贯的，总是与自己相似的；要看环境对他们的影响，有时他们的性格表现得强烈些，有时微弱些；但是没有什么环境可以有那么大的力量，把他们从黑的变成白的。[27]

歌 德

每一性格都有某种必然性、某种连贯性，尽管在一个性格的这个或那个主要特征上还有某些次要特征……我和任何人谈话十五分钟以后，我就可以写出他两小时的谈话来。[28]

黑格尔

第一，把性格作为具备各种属性的整体，即作为个别人物来看，也就是就性格本身的丰富内容来看；其次，这种整体同时要显现为某种特殊形式，因为性格应显现为得到定性的；第三，性格（作为本身整一的）跟这种定性（其实就是跟它本身）融会在它的主观的自为存在里，因而成为本身坚定的性格。[29]

多方面性才能使性格具有生动的兴趣。同时这种丰满性必须显得凝聚于一个主体，不能只是乱杂肤浅的东西，或是偶然心血来潮的激动——就像小孩子们把一切可拿到的东西都拿到手，就它们临时发出一些动作，但是见不出性格。性格，不能如此，它必须渗透到最复杂的人类心情里去，守在那里面，在那里面吸收营养来充实它自己，而同时却又不停滞在那里，而是要在这些旨趣、目的和性格特征的整体里保持住本身凝聚的稳固的主体性。[30]

人物性格必须把它的特殊性和主观性融会在一起，它必须是一个得到定性的形象，而在这种具有定性的状况里必须具有一种一贯忠实于它自己的情致所显现的力量和坚定性。如果一个人不是这样本身整一的，他的复杂性格的种种不同的方面就会是一盘散沙，毫无意义。[31]

一个真正的人物性格须根据自己的意志发出动作，不能让外人插进来替他作决定。[32]

亚里士多德

关于性格的刻画，诗人应做到以下四点。第一，也是最重要的一点是，性格应该好。我们说过，言论或行动若能显示人的抉择（无论何种），即能表现性格。所以，如果抉择是好的，也表明性格亦是好的。第二，性格应该适宜。人物可以有具男子汉气概的性格，但让女人表现男子般的勇敢或机敏却是不合适的。第三，性格应该相似。第四，性格应该一致。即使被摹仿的人物本身性格不一致，而诗人又想表现这种性格，他仍应做到寓一致于不一致之中。……刻画性格，就像组合事件一样，必须始终求其符合必然或可然的原则。这样，才能使某一类人按必然或可然的原则说某一类话或做某一类事，才能使事件的承继符合必然或可然的原则。[33]

今村昌平

你们的电影里有一个普通的毛病——人物思想感情转变缺乏过程。《大桥下面》中的母亲起初不同意儿子和那位姑娘结婚，后来经过别人的几句劝导，她的思想就转变了。这是不能令人信服的。因为，在实际生活中，人的思想转变是一个十分艰难的过程。[34]

分析与阐述：人物性格的一致性

人物性格一致性的问题向来争论不一。从以上语录中，我们清楚地看到，一些人认为性格应当前后保持一致，性格是人生来具有的，如果不能以一种主要性格贯穿体现于人物身上，无异于失去了这个人物。统一性是人物性格写作中的基本要义。但也有持反对观点的人认为，人物的心理本身就是复杂的，因此人物性格也具有不同的侧面，只有一面性格的人不能算是完整的人。另外，人物在剧情中的表现也伴随着时间和地点的转换而产生差异，规定了性格的统一性实质上限定了人物创作的自由。在很大程度上，一致意味着性格的单一化倾向。

关于这两种说法，我们需要看到谈话人所设定的前提是有所不同的。因而，我们不能断章取义地领会话语的内涵。性格的一致性是基于人性的主要方面而言。电影《八音盒》(*Music Box*, 1989)中,芝加哥律师安为父亲辩护,因父亲受到曾经是"二战"战犯的指控。作为女儿的安绝不能让父亲受到这样的对待。在她的眼里,父亲是一位十分仁慈而善良的父亲,他对女儿和外孙尽心尽责;在外孙的眼中,外公不仅是他所崇拜的家长,还是小孩子的好朋友。假若战犯的指控成立,老人将不再是后代的榜样,而那些曾经仰慕他的人,也不会再爱戴他,这意味着他毕生的声望都将毁之殆尽。尽管出现不利的证据显示老人极有可能就是当年纳粹的头目,但现实生活中,他的确是一个温和而慈祥的人。他格外耐心地教育外孙,他用自己的方式关怀着女儿的生活和情感。日常生活中,他是外孙的好伙伴,他们一起学习,一起游戏,他那样充满童心地陪小孩子做战争游戏。令人惊异的细节也出现在这儿。当他按照孩子的要求扮演指挥官时,他挥舞"长枪"指挥战争的情形却同真实的指挥官全然一致!

细节的展现同扑朔迷离的真相似乎产生了某种关联,作者于看似不经意间为观众注射了一剂预防针。伴随剧情进展,当安在陌生人家里无意间看到墙上挂着的照片,看到照片中纳粹的形象时,她猝不及防地望见了父亲的身影。这个身影她再熟悉不过了。此时,安的心灵承受了前所未有的撕裂和沉痛。她是那样深爱着父亲,她在过去的人生中,无时无刻不以有一位伟大的父亲而自豪。她默默地来到了父亲的居所,那里正进行着欢乐的派对。窗外,草地上,小男孩如活泼的骏马那般结实。安的父亲如往常那样陪外孙做着战争游戏,他手举长矛,神态肃穆,眼神中透出难以名状的复杂。

若没有游戏这一典型细节的反复渲染和铺垫,人物的真实情形该如何呈现给观众?从开始就渲染一个坏父亲的形象?那样并不是塑造人物的做法,而是宣讲主题的行为;先写老人是多么善良,再从证据调查开始,发掘他从前的罪孽?那样做不可信,至少没能忠实地写人物。要知道,人物由经历而形成的行为习惯,总有前后继承性,诸多烙印是隐藏在潜意识中无法抹去的。人们需要认识到的是，创作立体丰满的人物形象是一项繁复的工程，不仅需要明确外部行为，更要深谙其内心的真实境况才好。

另外，电影依据表现对象的不同而采取的创作方法也不尽相同。有的影片侧重写人类情感，这就需要格外认真地塑造丰满的人物形象。但有的影片则不然，它们侧重于视觉效果的体现，突出的是一个外部事件的进展。比如，写一个关于谋杀的悬疑案件、一项复仇的任务，或者一场利益之争……这些影片往往聚焦于事件的进程，人物行为的目的是推进事件进展。相对于前一种来说，这类题材便不必过分地追求人物的丰满而立体了，事件的描写会占据更大的比重。但人物性格中的主导因素却是很难改变的。比如，人生来所具的个性特点——那些来自于遗传中的特质；父母的教导和影响；童年生活为人物形成所带来的影响。第三章曾提及的关于血液同性格关联的说法，我们在这里不妨做一个简单的回顾。文章中认为，人的性格大致分为六种：第一，感受性，即个体对外界影响产生感觉的能力。第二，耐受性，即人在经受外界事物的刺激作用后，在事件和强度上的耐受强度。第三，敏捷性，即对外界影响（或刺激）的敏捷性。第四，可塑性，当外界环境要求变化时，一个人在顺应上的难易。产生情绪上的愉快或不愉快，采取行动的简捷或迟缓，态度上的果断或犹豫等。第五，兴奋性，指延续上的兴奋性和表现性。[35]

到现在为止，我们还不能肯定这种分类方式是否有可靠的科学依据，但它可以证明的一点是，人的确具有与生俱来的性格气质，一般情况下是难以改变的。在剧本创作中，也不能将人物性格的主导方面写成随风向而变化的船帆。想想《八音盒》中的父亲，尽管他历经了世事沧桑，希望变成一个全职外公，甚至希望用随便什么方法洗去过去的一切，然而战争的烙印、年轻时的经历早已成为他人性深处无法抹去的标志，在他的一举一动中，在无意识中，深深地透露出来。

在创作中，我们应当尽量找到人物性格的成因，随之看到具有独特气质的人，我们还应看到人物的内心，看到他内心的种种复杂性，他所在意的和期望的，这样塑造出来的人物才具有完整性，才能透露出现实生活中人物的真实感和生气。

山田洋次

对于一个创作者来说，深刻地、准确地认识自己生存着的这个社会中的现实是个很重要的问题。他们虽然在表面上笑逐颜开、谈笑风生，可每个人的内心深处装满痛苦、烦恼。我们必须充分了解人们到底有什么烦恼，并力求正确地认识这种烦恼、厌恶、冷酷的心情。[36]

我们在塑造这位现实生活中不可能存在的人物时，必须把他刻画得使观众感觉到他就在自己的身边，至少要做到没有丝毫不自然之感。[37]

歌 德

理会个别，描写个别是艺术的真正生命。并且，倘若你仅仅满足于描写一般，人人都能摹仿你；但是描写特殊事物，便无人能够模仿你——为什么呢？因为没有人会完全和你一样经验到同一的事物。……你也用不着担心个别的东西或许不能得到人们的同情。每一个无论多么特殊的性格，以及你所能再现的每一事物，从石头以至于人，总是具有一般性的，因为到处都有重复，世界上没有只出现过一次的东西。……到了描绘个别的这一阶段，我们所谓的"构思"也就同时开始了。[38]

分析与阐述：人物形象的生活质感

山田洋次用最朴实的话语道出了写作人物的方向和原则。别林斯基曾说过，艺术形象应当是"熟悉的陌生人"，也意在阐明这个道理。他认为，写作人物要达到共性和个性的统一，既要让人们感到熟悉，又要有自己的个性。在这里，我们依旧要强调山田洋次的观点，在共性和个性之间，作为一名编剧，需要集中精力处理人物的个性因素。事实证明，在很多情况下，人物的个性化的强度能够决定整部影片的成败。

我之所以要强调人物的个性化色彩，是因为人们创作中常常出现中庸化的倾向。"写日常生活中的人"这一创作宗旨，几乎成了人们的共识——不仅对于创作者，很多观众也将此作为检验一部电影是否合格的标准。然而，真正能让人们熟记的影片并不仅仅描摹生活中那些人物形象，而是有着张扬的性格特点的令人过目难忘的人物形象。诸如这样的例子并非罕见：《教父》（*The Godfather*，1972）中的柯里昂，《出租车司机》（*Taxi Driver*，1976）中的特拉维斯，《邦妮和克莱德》（*Bonnie and Clyde*，1967）中的两位江洋大盗，《老炮儿》中的六爷……他们无不以自身的特殊性博得了观众的青睐。在他们身上，人们看不到鲜明的阶级立场，看不到他们崇高的精神境界，甚至看不到他们的道德标准，他们只是为了生存，为了证明自身的存在，或为了寻求自己内心的公正而挣扎的人。

小人物的形象难道在我们的社会中少见吗？答案当然是否定的，在我们每个人的周围都不乏形形色色的人群，他们就像一台偌大机器上的螺丝钉那样，默默地履行着自己的职责，经营着各自的人生。他们默默无闻地工作、生活、恋爱。可如果我们把这些人的生活搬上银幕，是否就有了鲜明的人物形象了呢？显然不是。山田洋次用四十八年的时间拍摄了世界上最长的系列电影《寅次郎的故事》（*Tora-san*，1969—1995），他记录了寅次郎的一生，但这个人物却不是真实的，他充其量只有真实世界的影子。山田洋次把他夸张成了一个一事无成、无所事事、专门捣乱的喜剧味道的人物。在影片中，寅次郎的出格行为着实令人大跌眼镜。例如第一集中，寅次郎刚流浪回到家乡，就遇到自己亲妹妹的相亲仪式，作为哥哥的他，竟然在隆重的见面仪式上讲起了别人放屁的段子，结果搞砸了妹妹的终身大事。在现实生活中，这样的人物尽管存在，却并不一定如此出格。作者正是抓住了寅次郎的个性特征，并进行大肆渲染，才得以实现喜剧效果。

电影同生活之间存在着极大的差距，差距形成的原因应归于时间。在生活中，我们可以用一年、十年甚至几十年的时间去了解一个人，但在电影中，留给观众的时间却非常有限。这就意味着，观众要在最短的时间之内记住人物的性格特点，并且迅速地投入到对人物命运的关注之中。倘若一部影片中的人物失去了足以影响其命运起伏的性格因素，影片将不再有可能发展，若是让剧情硬要有所发展，付出的代价一定是电影真实性的丧失。原因是让性格得以开掘的基础已经动摇，剧情推进的逻辑链条定然崩塌。

因此，基于以上的要求，我们在处理人物性格的时候，应当尽量丰富而多方面地考虑人物的个性，应当紧紧抓住并尽量发挥人物个性，为接下来的命运起伏设置悬念，为人物形象的进一步开掘做好坚实的铺垫。

山田洋次

　　从道理上来说，《寅次郎的故事》中寅次郎的行为很多地方不合逻辑。例如，当寅次郎知道自己失恋时，便手提方形皮箱和阿樱道别，然后就不知去向了。如要一一交代他决定去何处、钱包里是否有钱、深更半夜动身去上野是否还有火车等，那就没完没了了，而且也不自然。然而，作为观众，他们倒是希望看到寅次郎在失恋后一阵轻风似地消失。而且，作者也煞费苦心地想使观众接受这种安排。例如，在寅次郎离开的第二天早晨，柴又村的人们议论纷纷："昨晚寅次郎不见了。""啊，是吗？昨晚风很大，是叫风给刮走了？"这种对白毫无牵强之处。所以，必须把寅次郎描写成这样的人物。[39]

塔可夫斯基

　　人和社会环境永远会有矛盾。但我的主人公多半都是弱者，他们的力量来自于他们的弱势。我喜欢描写这样的人物，他们生活在激烈动荡的现实环境中，因此不断会有冲突发生，我喜欢观察他们怎样解决这种冲突。是退让还是坚持自己的原则。[40]

分析与阐述：在情境中塑造人物

　　一个成熟的编剧常常会考虑这样的问题：他（笔下的人物）会说这样的话吗？冲突的情势下他会跟人拼个你死我活，还是保持沉默？他在向心爱的人表白时会有怎样的举动？可别小瞧了这些细节，若是处理不当，就会带给观众出离情境的错觉，会让人觉得不真实。其实，正如塔可夫斯基所言，人物不仅仅具有与生俱来的性格因素，同时还受着社会环境的左右。同一个人，在不同的处境中所采取的行动也迥然不同。对于人物的创作来说，了解他所处的情境甚至比了解他本人更加重要。

寅次郎因初中时期同父亲吵架而离家出走，许多年过去了，他做小本生意谋生，四处流浪。他的境遇决定了他从年少起便为了生活同现实的环境不断地发生冲突，不断地妥协。寅次郎人格的双重性矛盾便在这样的社会现实中形成。这种矛盾性中包含了悲喜的因素，一种流泪喜剧的因子。寅次郎的种种笑话均是在同他性格产生矛盾的境遇中闹出来的，而观众期待的正是充满矛盾性的人物在现实境遇中那些古怪的行为。

如此看来，人物塑造所依赖的乃是情境。这里不仅包含了事件发生的具体地点和环境，还包含了场景中事件参与者的具体定位，以及在特定社会背景之下人们的普遍价值观和社会心态。只有对这一切有了清晰的见地，才能"看到"主人公在特定情境中的举止，才能恰当地展现人物形象，才能产生"寅次郎被风刮走了"这般自然的对白，才能引起观众对于人物、时代和作品思想的深切探索。

佐藤忠男

在《姿三四郎》(*Sugata Sanshirô*, 1943)和《姿三四郎续集》(*Zoku Sugata Sanshirô*, 1945)里，黑泽明像爱野正五郎、姿三四郎那样，也爱反面角色凶暴无赖的桧垣弟。正是存在这种矛盾，所以才有黑泽明的魅力。为什么这么说呢？因为只有既努力否定它，又把它写得很有魅力，才恰好表现出了作者的欲望，而只有通过意志与欲望的斗争，才能使影片成为表现出强有力的人的声音。[41]

分析与阐述：对人充满爱

黑泽明对人物的态度成就了伟大的作品。如果不作为一名编剧，那么你可以去爱一个人，也可以去恨一个人；一旦成了编剧，在你的世界中只能有爱了。无论怎样题材的电影中，爱恨纠葛永远是人物关系的主题。主人公们在剧情中缠绵，在人际关系这张复杂的网中挣扎，他们用自己的态度和情绪上演人性中的不同侧面。

在电影创作中，人物的内心揭示是重要的课题。也许有的人物的内心是清澈纯洁的，正直善良的，也许有的人物的内心是阴暗龌龊的，甚至变态的，对于剧作家来说，都是难能可贵的，值得挖掘的财富。剧作家对自己笔下的人物早已有了态度和立场，这是毫无疑问的，不仅如此，在写作初期，往往已经明确了人物最终的命运走向。然而，人物价值的判断，以及作者态度立场的明确并不意味着他要不顾一切地为坏人制造悲剧性的结局，更不意味着把坏人投入观众的唾骂的深渊。事实上，一部优秀的作品往往对其中的人物角色都饱含了极大的深情。当我们写一个犯下滔天罪行的人，我们能让观众看到他犯罪背后的命运因素和内心深处的痛苦；当我们写一个英雄，我们能让观众看到他内心深处的软弱；当我们写一个不为人喜爱的人，我们却能让他身上保存某种善良……总之，若没有对人物深深的关爱和理解，是不可能让人物复杂化，让冲突激烈化，让剧情戏剧化的。不仅如此，正如佐藤忠男所言，更不能表达出影片中"强有力的人的声音"。

注 释

1 《西方文论史》(下),伍蠡甫主编,上海译文出版社,1979年,第447页。
2 《诗学》,亚里士多德,商务印书馆,1998年,第63页。
3 《电影论文集》,夏衍,中国电影出版社,1979年,第214页。
4 《戏剧与电影的剧作理论与技巧》,约翰·霍华德·劳逊,中国电影出版社,1978年,第351页。
5 P.彼得斯(P.Peters)和G.斯克拉(G.Scola)于1934年创作的戏剧作品。讲述了发生在美国南部地区的码头工人反抗雇主压迫的故事,也叫《码头装卸》,是美国工人戏剧的代表作品。
6 《戏剧与电影的剧作理论与技巧》,约翰·霍华德·劳逊,中国电影出版社,1978年,第353页。
7 《论剧本》,高尔基,江西文学艺术联合会,1954年,第103页。
8 《勤有功》,老舍,发表于《戏剧报》,1959年第18期。
9 《电影剧本的创作》,多米尼克·帕朗-阿尔捷,中国电影出版社,2006年,第38页。
10 同上,第41页。
11 《剧作法》,威廉·阿契尔,中国戏剧出版社,2004年,第320页。
12 同上,第321页。
13 《戏剧技巧》,乔治·贝克,中国戏剧出版社,2003年,第223页。
14 同上,第223页。
15 《可见的人 电影精神》,贝拉·巴拉兹,中国电影出版社,2000年,第32页。
16 《诗学》,亚里士多德,商务印书馆1998年,第64页。
17 同上,第64—65页。
18 《戏剧与电影的剧作理论与技巧》,约翰·霍华德·劳逊,中国电影出版社,1978年,第349页。
19 《顶级电影编剧大师访谈》,格里尔森,人民邮电出版社,2014年,第55页。
20 同上,第57页。
21 同上,第54页。
22 《银幕的剧作》,弗雷里赫,中国电影出版社,1979年,第65页。
23 《电影剧本的创作》,多米尼克·帕朗-阿尔捷,中国电影出版社,2006年,第36页。
24 《西方文论史》(上),伍蠡甫编著,上海译文出版社,1979年,第104页。
25 同上,第369页。
26 《汉堡剧评》,莱辛,上海译文出版社,2002年,第225页。
27 同上,第228页。

28　《歌德谈话录》，艾克曼辑录，人民文学出版社，1978年，第91页。
29　《西方文论史》（下），伍蠡甫编著，上海译文出版社，1979年，第295页。
30　《美学》，黑格尔，商务印书馆，2004年，第303页。
31　《西方文论史》（下），伍蠡甫编著，上海译文出版社，1979年，第303页。
32　同上，第301页。
33　《诗学》，亚里士多德，商务印书馆，1998年，第113页。
34　《世界电影动态》，1984年第9期，第26页。
35　参见《读者文摘》，1982年第8期，第10—11页。
36　《我是怎样拍电影的》，山田洋次，中国电影出版社，1987年，第60页。
37　同上，第57页。
38　《西方文论史》（上），伍蠡甫编著，上海译文出版社，1979年，第463—464页。
39　《我是怎样拍电影的》，山田洋次，中国电影出版社，1987年，第49页。
40　《七部半——塔可夫斯基的电影世界》，塔可夫斯基，中国电影出版社，2002年，第202页。
41　《黑泽明的世界》，佐藤忠男，中国电影出版社，1983年，第38页。

第十章

人物构思

高尔基曾言，文学即是人学。电影亦如此。如今，人物的重要性几乎成为电影编剧的共识，人们逐渐认识到以人物为基础，以人物关系纠葛为起点的情节构思原则。然而，如何创作一个丰满而立体的人物，如何让电影中的人物形象被观众长久地铭记，却是一个值得斟酌、推敲、钻研的过程。历史上，许多剧作理论家对剧作中的人物写作都提出了自己的观点和看法，其中包含了完整的人物形象在故事叙述中的重要意义以及人物塑造的原则和方法。他们的论述为创作者提供了很好的参考和借鉴。但是，对于电影编剧来说，人物创作是在漫长的创作生涯中不断研究和完善的，这项任务几乎没有止境。那么，对于人物形象的探索和研究究竟有没有章法可循呢？有没有可以借鉴的经验呢？本章节便将文艺理论家们关于人物的论述，依据有关人物创作的几个命题进行分类整理，分别阐释了人物塑造过程中应当把握的方向和值得借鉴的经验。

狄德罗

人物的性格要根据他们的处境来决定……如果人物的处境愈棘手愈不幸,他们的性格就愈容易决定。[1]

人物的处境要有力地激动人心,并使之与人物的性格成为对比,同时使人物的利益互相对立。[2]

巴尔扎克

动物是这样一种元素,它的外形,或者说得更恰当些,它的形式的种种差异,取决于它必须在那里长大的环境。动物的类别就是这些差异的结果。[3]

斯坦利·梭罗门

由于艺术的对象是人,而情节则是模仿生活,因此情节所起的主要作用,是确立一个需要人物做出主要抉择(即反应)的局面。无论是电影或是史诗,叙事艺术都要求画出某种困境,让我们观察人在困境中的潜力;只要困境要求人们采取某种行动,人物就在认识自己处境的过程中变成了真正的人。[4]

分析与阐述:性格与处境的关系

尽管电影常常从生活中获得题材,但并不意味着电影要一模一样地截取生活中的时间段落。当观众对某个电影题材发生了兴趣,多半是因为其中的戏剧性情境。亚里士多德认为,悲剧的本质是令人产生悲悯和同情,从而实现心灵的净化。怎样才能让观众唏嘘感叹甚至伤感落泪呢?毫无疑问，这种结果要依靠人物的塑造才能实现。也就是说，编剧塑造人物的终极目的是令主人公在特定的电影时间和空间之内，充分发挥自身潜能，完成一次自我的实现或救赎。

黑格尔、李渔、劳逊等文艺理论家对于人物以及故事环境之间的关系的看法，具有较为明显的一致性。他们认为，日常生活中，人的内在潜质以及性格成分中的潜在部分是难以被发觉的，它们被埋没于平淡而琐碎的程式化日常中，只有外部环境发生变化，并危及人的生存和情感时，人才能主动地发挥意志，从而激发潜能。而且，李渔等人将环境变化的定义范畴限定于富于激情的冲突时刻。由于周围环境对生命构成危机，人物才能展示才能，展现其性格成分中隐藏的那一部分。

充满困境的空间环境毫无疑问是营造这类戏剧情境较为合适的选择。无人区、危机四伏的大海、漫无边际的沙漠、硝烟弥漫的战场……我们不难发现，不少电影（比如灾难电影、战争电影等）都将空间环境选择在这样的地方。

不过，人物和环境的冲突不可能囿于以上情形。更多情况下，创作者于题材领域的不断拓展，让人物同现实情境之间的冲突开启了多元化的实现途径。

罗伯·莱纳（Rob Reiner）执导的《危情十日》可以在某种程度上阐释这个问题。影片讲述了作家保罗在科罗拉多山脉的银溪旅馆完成了他的新书《米泽丽》系列的写作，准备即刻回到纽约，将新作品交于出版社。不料，却赶上当地大雪覆盖，天气恶劣，保罗驾驶的汽车翻下了山，他本人也昏迷不醒。幸运的是，碰巧一个女人路过，从车里拖出了奄奄一息的保罗，把新书稿小心翼翼地揣好，背着保罗回了自己家。女人叫安妮，她的家里很温暖。她告诉保罗，这样的天气连通信设备都中断了，不能送保罗去医院。不过她是护士，可以照顾保罗康复。

影片开头，作者为保罗设置了第一个困境——暴风雪。保罗的命运轨迹因此而改变了。接下来，这个看似善良宽厚的护士不断地展现出她令人匪夷所思的行为。她强行为保罗安排了一系列生活流程，她任性地支配病榻上的作家，更因为不喜欢保罗书稿中人物的结局，就轻率地将其烧毁。之后，她为保罗买来打字机，强迫他按照自己的意图重新写《米泽丽》。顺便提一句，安妮是米泽丽的狂热粉丝。

显然，被解救的保罗陷入了艰难的境地。腿部受伤的他不能自由行动，他没法同外界进行任何联系，甚至连一通电话也不能打。渐渐地，保罗察觉到一个事实，那就是，安妮根本不希望保罗康复，她更乐意一辈子将他"拴"在自己身边。伴随安妮的企图逐渐暴露，这所疗养的小房子成了囚禁他的监狱，他开始了"越狱"的艰难过程。而安妮发现保罗的企图后，更不择手段地设置障碍，甚至打折了他即将康复的腿。这部电影中，普通的小房子成了人物发挥个人意志，展开戏剧冲突的环境，它所指涉的绝不是一间美式乡村的小木屋，更是绝境的本体性符号。人物形象在同环境的斗争中逐渐清晰地完成展现。保罗的出逃动作作为贯穿动作，也成为影片的情节主题。可见，一切能够促使人物进行自我救赎以及自我实现的空间环境，均可成为"培植"人物形象的土壤。

高尔基曾说过，有着鲜明人物性格的地方必定存在着戏剧冲突。人物和情境之间的相互关系就在于，一方面情境为主观意志的发挥提供了契机和空间，另一方面，人物性格也决定了情境的尖锐性和复杂性。在《危情十日》中，若没有安妮扭曲的心理状态和怪异的性格为基础，保罗意志的发挥便不会受到阻碍和刺激，小房子也无法成为具有典型符号特征的能指的戏剧性空间了。

在电影创作中，戏剧情境的构建是一项复杂综合的工程。从故事的构思开始，这一工作便应充分展开，它是电影创作贯穿始终的叙事主题之一。拟定主要人物同周围环境的相互关系，更是构建戏剧性因素的关键环节。

巴尔扎克

直到当代为止，最出名的讲故事的人也不过使用了他们的才华来塑造一两个典型人物，描绘生活的一个面貌。[5]

威廉·阿契尔

性格描写是对人类本性的表现，是从一般对人类本性所共同认识、理解和接受的方面来表现人类本性。心理分析似乎是对人物性格的探索，把从未探索的特点置于我们的认识和理解范围之内。换句话说，性格描写也是一种一般综合性的心理分析。[6]

贺拉斯

不要把青年写成个老人的性格，也不要把儿童写成成年人的性格——我们应该始终把不同的年龄和特性恰当地配合起来。[7]

富有经验的诗人，作为模仿艺术家，为了他的人物，他应该观察人类的生活和性格，从他们那里汲取语言，那是真正的生活。[8]

黑格尔

有人可能设想：画家应该在现实中的最好的形式中东挑一点，西挑一点，来把它们拼凑在一起，或是在铜盘或木刻上找些面貌姿势等作为表现他的内容的适当形式。但是艺术的要务并不止于这种搜集和挑选，艺术家必须是创造者，他必须在他的想象里把感发他的那种意蕴，对适当形式的知识，以及他的深刻的感觉和基本的情感都熔于一炉，从这里塑造他所要塑造的形象。[9]

每个人都是一个整体，本身就是一个世界，每个人都是一个完满的有生气的人，而不是某种孤立的性格特征的寓言式的抽象品。[10]

分析与阐述：什么是人物原型？

巴尔扎克一针见血地指出了电影创作的核心命题。实际上，一切艺术创作都应落脚于"人物"的根基上。

尽管亚里士多德充分肯定了情节第一的创作理念，然而，三百年后的古罗马文艺理论家贺拉斯格外态度鲜明地纠正了这一观念，并提出了人物是创作中占据首位的要素。他告诫当时的戏剧创作者们，要忠于生活，去观察我们周围的那些人，描摹他们的形态和样子。事实上，好比擅长绘画的人总要做到"胸有成竹"那样，作家在写作时，眼前必定要浮现出活动着的人的形象。

人物的原型为编剧提供了清晰的形象和必要的性格基础。人物原型本身所具有的强烈导向功能不仅让电影具备了真实的基础，更是完成叙事和表达情感以及思想主题的关键。对于电影编剧本人来说，描写真实可信的人物行动必定比捕风捉影地虚构更加自信，更得心应手。观众则更希望通过银幕"窥测"到他们所熟悉的性格化人物。在他们看来，人物性格的真实质感更能唤起他们对于生活的回顾和思考，更坚信电影故事所传达的情感。

黑格尔认为：每个人都是一个完满的有生气的人，而不是某种孤立的性格特征的寓言式的抽象品。人们不难把握叙事的进程以及叙事任务——它们早已在题材构思时便完整了；而创作剧本的目标是如何把好的构思写得更加生动自然，如何最大程度地让观众进入剧情。若不考虑人物性格以及心理特质，而匆匆地交代叙事，其结果必然是令人物成为传声筒，代作者立言。相反，一旦找到了对象化人物，便能格外自然地将叙事化于人物塑造之中，实现情感的投入，从而避免隔靴搔痒式的交代性的表述。

以上为树立人物原型的意义。尽管人物原型是剧本中典型形象的基础，但它绝不是构成电影人物的全部。贺拉斯认为，素材的确应当从生活中来，却不能从生活中东取一点，西摘一些，凑个大拼盘。人物素材在创作中应当成为虚构的源泉，成为开启故事的总闸。在把握生活的同时，更要结合着故事所提供的具体时空环境以及故事中特定社会的现实境况，了解人的内心的隐秘层面。事实上，古往今来，人的性格特质和心理共识并没有发生变化，变化的不过是人类创造出的社会形态。因此，即便不同时代的人会存在着种种差异，却总能找到性格中的相似因素来。比如，一个脾气急躁的人在任何社会环境或人生境况下，都不会一下子变成一言不发、迟缓麻木的外在形象。

电影中绝大多数的情境均是创作者的想象和虚构。这就意味着写作剧本的过程几乎彻头彻尾地变成了将现实人物原型"移植"到虚构情境的过程。对于一部优秀影片来说，"移植"无处不在。

电影《疯狂动物城》（*Zootopia*，2016）创造了票房奇迹，也实现了商业和艺术的双重收获。电影虚构了一个动物的乌托邦，但是在看似天下大同，所有动物种类都和睦相处的世界中，竟也隐藏着诸多不公平，更有光怪陆离的事件发生。虚拟的造型空间为影片舶来了不计其数的关注，但它的成功绝非因为优秀的视觉设计，而是对动物形象的人格化、人性化塑造。

影片里的动物有的为人狡猾，有的贪吃混日子，有的圆滑世故，有的外表爽朗却内心阴暗……作者把宏大的社会理念赋予一个完全虚拟的世界，一切人物原型被完美地虚拟成卡通形象。若不借助原型的力量，要将典型化的"动物社会角色"设计得惟妙惟肖，是不可能完成的任务。

因此，原型是人物创作的动力。对现实生活中原型人物形象的移植和整合，才是塑造人物的法宝！

黑格尔

一个性格之所以能引起兴趣，就在于它一方面显出上文所说的整体性，而同时在这种丰富中它却仍是它本身，仍是一种本身完备的主体。如果人物性格没有见出这样的完满性和主体性，而只是抽象的，任某一种情欲去支配的，它就会显得不是什么性格，或是乖戾反常、软弱无力的性格。[11]

性格的特殊性中应该有一个主要的方面作为统治的方面，但是尽管具有这个定性，性格同时仍须保持住生动性与完满性，使个别人物有余地可以向多方面流露他的性格，适应各种各样的情境，把一种本身发展完满的内心世界的丰富多彩性显现于丰富多彩的表现。[12]

人物性格必须把它的特殊性和它的主体性融会在一起，它必须是一个得到定性的形象，而在这种具有定性的状况里必须具有一种一贯忠实于它自己的情致所显现的力量和坚定性。如果一个人不是这样本身整一的，他的复杂性格的种种不同的方面就会是一盘散沙，毫无意义。[13]

真正艺术家用来作为理想性格的意蕴和情致所寄托的不是这些神奇鬼怪的东西（描写魔术、磁性催眠术、"通天眼"、睡行症等——引者注），而是性格所熟习的现实生活的旨趣。……为着要造成冲突或是要引起兴趣，而就用精神病来代替健全的性格，这种办法总是永远不能成功的。所以在艺术里写精神病态必须极端谨慎。[14]

人必须在周围世界里自由自在，就像在自己家里一样，他的个性必须能与自然和一切外在关系相安，才显得是自由的。所以一方面是人物性格的内在的主体的统一以及他的情况和动作，另一方面是外在的客观存在的客体的统一，这两方面不是彼此分立，漠不相关，而是显出协调一致和互相依存。[15]

阿·托尔斯泰

您设身处地地体会您所描写的人物的生活,把他们的内心感受通过形象描写出来;人物自己会按照他们的性格做出需要做的事情,也就是说,从人物的性格和处境所得出的结局,会自然而然地来到,出现。[16]

约翰·霍华德·劳逊

如果不把社会原因和社会影响作为个人感情的背景,那么对个人感情的划分必然会有局限性。[17]

分析与阐述:把握性格的与众不同

人们无法从世界上找出两片相同的树叶,人物更是如此。电影中的人物个性更应突出才好。如《律政俏佳人》(*Legally Blonde*, 2001)里的爱丽,《蜘蛛女之吻》(*Kiss of the Spider Woman*, 1985)里的莫利纳,《飞越疯人院》里的迈克·墨菲,《寅次郎的故事》中的寅次郎,《水果硬糖》里的海莉……在日常生活中,我们或许极少见到革命者中的同性恋(《蜘蛛女之吻》),也并不经常接触疯人院的"领袖"(《飞越疯人院》),更不会总看到"小红帽"报复具有恋童癖的"大灰狼"(《水果硬糖》),但这些人物却深深地俘获了观众的好奇心,并激起了人们刻骨铭心的同情和关注。

从以上的案例中,我们几乎可以归纳出人物创作的几种主要原则和方法。

首先,按照黑格尔的观点,人物需要有独立的人格。事实上,他更强调人的意志。意志是主观情感和理性思维的结合,他反对只依靠情绪和不可控的欲望而生存的人,那些人必定是乖戾的、软弱的,是对我们的生活和成长没有丝毫帮助的。黑格尔的观点正确地看待了人性中复杂成分之间的相互关系。人生而具有欲望，欲望对于人来说有着极大的不可控的成分。后天的成长中形成的信念和理想，对现实生活的种种感受，弥补了原始欲望的消极性，让人成为具有独立思考能力的人。在创作时，有时难免出现这样的倾向：人们为了追求性格的夸张和个性化，或者出于对人性的错误理解（欲望的宣泄是第一位的），便构想出非现实的人物，比如梦游者、臆想症、通天眼、吃人的人、没有情感的机器人……当然，我们并非全然反对具有特异性的人物塑造，但值得提醒的是，在关注人物特异性的同时，不要忘记人类生而具有的特性，更不必为了追求题材的新奇性而特地进行怪异的人物设置。

尽管电影编剧不必完全一致地如实写作现实中某个人物，但具体到人物形象塑造时，还应有现实的影子才好。至少要让笔下的人物需要具备真实的情感和感受。

其次，要充分考虑人物性格的形成对其生存的社会环境的依赖性。人物动机应同情境紧密结合，人物命运的形成应由特定现实情形所决定。简·坎皮恩（Jane Campion）导演的《钢琴课》（*The Piano*，1993）中，爱达的丈夫英年早逝，她的语言表达也存在障碍。一个秋天，她带着女儿远嫁到新西兰，嫁给殖民者斯图尔特。爱达唯一的爱好和表达情感的方式是弹钢琴，可斯图尔特却嫌钢琴笨重，搬运不方便，把它留在了海滩上。斯图尔特的邻居贝因从爱达的琴声里听到了她内心的情愫，他毅然搬运了钢琴，并以八十亩土地的代价为爱达换得了这架钢琴。爱达则在为贝因上钢琴课的过程中，与他产生了爱情。十九世纪的社会背景对爱达的形象塑造起到了决定作用。从内心深处，她是一个追求浪漫的少女，现实中却是另一番光景，似乎一切人都能支配她的命运，除了她自己。爱达偷偷地与贝因交往，却不敢表露意愿，不敢追求幸福。当她在贝因的要求下，同他再次远走他乡时，她竟然想到了同钢琴一道沉睡海底……爱达的选择或许透露出她的逃避,也在一定程度上表现出了她对命运的选择方式。尽管在那样的情境中,她无法实现女性的个体自由,但依旧可能以其他途径来完成自由意志的表达,尽管这个自由意志是死亡。

人总是被困于外在世界,却仍然坚定地发挥个人意志。只有这样,人的行动才是自然而合理的。正如黑格尔所言:"人必须在周围世界里自由自在,就像在自己家里一样,他的个性必须能与自然和一切外在关系相安,才显得是自由的。"然而,若不以社会环境为人物性格的成因,那么"对个人感情的划分必然会有局限性。"在这里,我们不妨引用恩格斯的一句名言揭示现实生活中人的个性的形成与社会环境的相互关联,来为我们今天的论断提供一项哲学上的依据:"思想、观念、意识的生产最初是直接与人们的物质活动,与人们的物质交往,与现实生活的语言交织在一起的。观念、思维、人们的精神交往在这里还是人们物质关系的直接产物。"[18]

亚里士多德

迄今还没有过那样的动物,其外表形象反映了一种动物的特征,其行为却反映了另一种陌生动物的特点;而只有形体和动作统一于自身的动物。因此一切形体必然决定着自身的本质。熟习它们的人也按它们的外形判断这些动物,驭手就这样判断马,猎手就这样判断狗。如果是这样的话(而这确实是永恒的真理)那么就有面相学。[19]

贝拉·巴拉兹

如果道德高尚的人物没有用外部特征表现其内心世界,那么我们就体会不到他们行动的意义。采取同一个行动可能出于好意,也可能出于恶意。从行动者的外表我们应该知道,他的意图是什么。电影演员的装束,即使比较简朴,其含义也与古老的哑剧中巴杰佐、潘泰洛内和可尔莱切诺[20]的服装,或者与更古老的日本或希腊舞台的面具一样。这些人早已用他们的穿着表现了性格。[21]

人的外表也意味着什么呢?实际上,它不仅意味着本人的赤裸裸的实际形象,也意味着显示自身内在力量及其影响的下意识动作!他的社会状况、习惯、利益、服装,所有这一切完全改变和掩盖了自己的真实形象。穿透这个保护层,直至人的心灵最深处,在众多陌生因素中寻找坚实的支撑点,发现个体本身的实质,这显然是相当困难的,甚至几乎是不可能的。但仍然必须穿透它!不仅是环境影响人,而人本身也影响环境。在外部世界影响下改造人的同时,人本身也在改造和塑造着周围的现存事物。从人的穿着和环境中我们可以断定他的性格。自然改造着人,人重新塑造自然,而改造仍然是自然的法则。诞生到这个广袤的大千世界的生灵用坚固的墙给自己圈了个特别的小世界,并且竭力按照自己的面貌改造它![22]

小津安二郎

然而真正战败时，那些叫嚣要切腹的军人认输姿态实在太鲜明，那么干脆地轻易认输。[23]

分析与阐述：人物塑造的反向原则

以上语录揭示了写作人物时应遵循的一个重要创作原则——反向原则。具体而言，反向原则主要包括以下含义：

第一，人物的外在形象同内心品质形成鲜明反差。换言之，人物内在的品质看上去同其外在性格特征背道而驰。

第二，写作人物时的下意识行为，即有意识地为人物找到独特的外部性格方案，通过对典型性格的剖析，实现内心揭示。

第三，人物心理因素同外部动作表达之间的反向性。

如果结合具体片例分析，就不难发现以上三点在电影人物塑造中的体现了。《中央车站》（Central do Brasil, 1998）里有一个打着为人写信寄信的旗号骗钱的老太太朵拉，她像模像样地在火车站里摆一张桌子，表现出认真的样子给来往的人写一些报平安的信件，实际上却在收过报酬之后把这些信统统扔掉。八岁男孩约书亚的母亲请求朵拉为孩子父亲写了一封信，却不幸在过马路时遭遇车祸去世，只留下约书亚在人潮涌动的车站附近徘徊。作为约书亚唯一认识的人，朵拉对他有几分同情，把他带回了自己家。但是，这个惯于坑蒙拐骗的老太太始终琢磨着怎么才能从约书亚那儿得到些好处。她先把约书亚卖给了一个儿童收养机构，却发现这个机构实际是贩卖儿童的团伙。朵拉受不住良心的谴责，冒险把约书亚救了回来。短暂的分别后，约书亚又成为朵拉家中的一员以及生活的负担。无奈之下，她只好带上约书亚踏上了寻找父亲的漫漫长路。他们经历了种种快乐和感伤，最终如愿以偿地找到了约书亚的父亲。此时，朵拉也到了同孩子分手的时候。晨曦中的朵拉，是那样地落寞和悲伤，又为着约书亚而高兴。她好像不再是火车站的骗子，而成了一个善良伟大的女性。

电影将一个女人的成长表达得合理而自然。不可否认，朵拉有着性格的缺陷，或者说在一定程度上也存在道德缺陷，但这些并不意味着她完全丧失了人性的善良。所以，当她知晓领养约书亚那些人的真实身份时，她义无反顾地冒险救出了他。当他们踏上寻亲的旅途时，朵拉更是生平第一次同小孩相处，约书亚的幼小和无助，他的单纯以及对外人的警惕，都唤起了朵拉人性中坚韧和无私的母性。

事实上，人物的表面性格是不可能直接反射内心的。就好像人们无法依据海洋中那些冰山的可见部分去判断其真正的高度和大小。更多的情形下，每个人都有着深藏不露的内心隐秘，这些东西同他们的外部性格看似关联不大，但隐秘的存在却促使了外部性格的形成，也促使了人物行为方式和情感表达方式的形成。现实生活中，大多数人由于对外界环境的防备和逃避，而下意识地遮掩自己的内心情感以及心理动机。这些行为方式便构成了人的复杂性和多面性。

《菊次郎的夏天》（*Kikujirô no natsu*，1999）中的菊次郎也是反向写作的人物典型。从表面性格上看，菊次郎游手好闲无所事事，迷恋赌博并总幻想着不劳而获。基于这个原因，他的太太希望为他找一些有意义的事情做，便派遣他陪同九岁的正男寻找亲生母亲。开始，菊次郎抵挡不住赛马场赌博的吸引，搜刮了正男身上所有的钱去赌马，结果输了个精光。俩人一路上历经了种种啼笑皆非的荒唐事，终于找到了正男的妈妈。然而，他们看到的却是妈妈有了新的家庭，有了孩子。为了让正男开心，菊次郎用尽了招数。当然，菊次郎在陪同正男的一路上也实现了人格的成长和心灵的净化。尽管菊次郎的性格上存在着诸种缺陷，但从本质上说，他必定是一个心地善良的人。

如何才能在写作人物时完成反向原则的内涵呢？大多数情况下，创作者只关注人物的表面性格是不够的，更需要把握人物的内在本质。在故事进程中，人们更多地看到了人物的成长和蜕变，却不知人物的成长是无法在有限的电影时间中完成的。一般来说，电影的叙事时间并不会格外漫长，而要在有限的时间里让人物脱胎换骨，显然有些牵强。所以，电影中人物变化的实质是对人物的剖析，是透过表层性格而发掘内心真实境况的渐进过程。

佩里耶夫

在文学剧本中不应当迷恋于人物众多。为了说明问题，我试图做出这样一个粗略的估计：如果一部影片有两千米和二十个人物，那么每个人物就平均占用一百米。如果有十个人物，那么每个人物就可以占二百米。但是要知道，胶片米数在这里是用来描写人物动作、举动和行为的，米数多些，就有更大的可能去详细刻画人物，米数少些，就会缩减这种描写的可能性。[24]

分析与阐述：人物的设置

电影的本性决定了它应当在一定的时间范围内讲述故事。通常情况下电影的放映时间不会超过一百二十分钟。这就意味着，在这个过程中，我们应当尽可能地将故事讲述得完整而清楚，更意味着对于讲述的对象应慎重挑选才好。显然，一般来说，观众是不可能在有限的时间里记住太多的情节，了解太多人物形象的，那样反倒让人感到眼花缭乱。从本质上说，电影只能讲述一个故事，这个故事中的参与者则需要较为集中地体现故事的精神和价值观。其实，电影的魅力在于让观众更多地发现人物身上那些有趣的行为。电影不是视觉性的人像展览，更不是什么明星的T台，它需要通过写作一个完整的故事来塑造人物。

佩里耶夫关于资源浪费一说格外切合实际。在实际操作中，蜻蜓点水似的拍摄人像不仅会影响情节的完整性，观众也无法从叙事中收获情感体验。毕竟把每个人物的行动都展开一点，当然不可能比集中讲述一至两个主要人物来得完整而深刻。浅尝辄止的观影体验对于观众来说不是一件愉快的事。

当然，在这里并不是强调一部影片中只可以出现极少的人物。现实情形是，一部规范长度的影片需要诸多不同的人物来完成生活的表达。不过人物需要分出个主次，主要人物是集中描写和渲染的人物形象，他们通常是立体的。次要人物就不同了，他们只需要有一个表面性格特征就好。所以，关于这个问题，应该强调的不是人物的多寡，而是如何在有限的时间范围内突出主要人物，并且让次要人物以及过场人物的设置富有特色。就好比鲜花总是少数的，但绿叶也需要有特色。泛泛地设置诸多人物，无疑否定了花的存在，但也不能只看到花，而剥光了绿叶，那样也不美。

注　释

1　《西方文论史》(上)，伍蠡甫编著，上海译文出版社，1979年，第363页。
2　同上，第363页。
3　同上，第164页。
4　《电影的观念》，斯坦利·梭罗门，中国电影出版社，1983年，第394—395页。
5　《西方文论史》(下)，伍蠡甫编著，上海译文出版社，1979年，第167页。
6　《剧作法》，威廉·阿契尔，中国电影出版社，2004年，第314页。
7　《诗学·诗艺》，亚里士多德/贺拉斯，九州出版社，2007年，第127页。
8　同上，第137页。
9　《美学》，黑格尔，商务印书馆，1979年，第222页。
10　同上，第303页。
11　同上，第302页。
12　同上，第304页。
13　同上，第306页。
14　同上，第310页。
15　同上，第322页。
16　《阿·托尔斯泰全集》第63卷，阿·托尔斯泰，上海译文出版社，1954年，第424页。
17　《电影的创作过程》，约翰·霍华德·劳逊，中国电影出版社，1982年，第324页。
18　参见《德意志意识形态》，节选自《马克思全集》第3卷，第29页。
19　《可见的人　电影精神》，贝拉·巴拉兹，中国电影出版社，2000年，第32页。
20　意大利喜剧中的三个著名丑角。——译者注
21　《可见的人　电影精神》，贝拉·巴拉兹，中国电影出版社，2000年，第34页。
22　同上，第35页。
23　《我是开豆腐店的，我只做豆腐》，小津安二郎，南海出版公司，2013年，第105页。
24　《电影中的导演》，佩里耶夫，节选自《世界电影译丛》，1962年第1期，第153页。

第十一章

电影对白

电影创作中最艰难的环节当数对白。相对于生活而言，它应当于表象中更加接近现实，却是现实生活中语言的高度凝练；相对于戏剧艺术而言，它却最大限度地接近自然，并如绿叶一般地陪衬画面。电影中，对白应当尽可能地含蓄而微妙，尽可能地生活化却不失情感分量。它如沉寂的富士山，肖然不动的姿态之下，却隐藏了丰富而富有激情的潜台词。

贺拉斯

神说话，英雄说话，经验丰富的老人说话，青春热情的少年说话，贵族妇女说话，好管闲事的乳媪说话，走四方的货郎说话，碧绿的田垄里耕地的农夫说话，柯尔库斯人说话，亚述人说话，生长在底比斯的人、生长在阿耳戈的人说话，其间都大不相同。[1]

词语必须放在正确的位置，处于正确的关系之间，才能发挥出力量。当它得到正确使用的时候，就能够使平常的事物变得优美高雅。如果你要把森林中的农牧神搬上舞台，我认为，你不可让他们说起话来好像他们是在城市中心长大的一样；在你赋予他们陈述的诗行里，也不要让他们太轻率无知，或讲些污言秽语的笑话。这样的语言，会引起骑士们、自由民阶层和非常务实的市民的反感；对那些大多数人喜欢的东西，那些买烤豆子、烤栗子吃的人赞许的东西，他们是不会喜欢的，也不会给它奖励。[2]

分析与阐述：对话与性格

以上语录揭示了一个显而易见的道理，也是我们写作对白需要遵守的第一项要求，即对白要从人物性格出发，同人物形象相吻合。常常有这样的现象，人们写一个菜场摆摊妇女的谈话，听起来却满腹经纶，写一个青春期的孩子说话，听上去却像尚未入学的孩童。

日常生活中，人们用语言来实现交流，表达愿望，宣泄情绪。语言的功能是多种多样的，不同背景下，人说话的目的也各不相同。有人抱着特定的目的而交谈，比如商业谈判，法庭陈述，签署各种形式的契约；有人为了达到目的而进行主动沟通，如晚辈希望从长辈那里得到一笔钱财，妻子要得知丈夫是否有外遇的真相，下属要向上级主动坦白以往的过失；还有的对话不过是日常生活中不怀有特定目的的交流，比如人们聚餐时闲谈的话题，家庭成员之间对某个现象发表意见，朋友之间对生活经验的交流，等等。生活中，对话是最直接的交流工具，人们之间的谈话可能怀有目的性，也可能没有。并且，人们有可能在脑海中对即将表达的内容进行一番构思，也有可能信口开河。总之，生活情形的复杂性决定了不同人的性格和表达方式也各不相同。正如我们本节开头所举的例子，以开门见山的方式直接表达主题思想的作者常常会忽略对话在日常生活中的表现形态，进一步说，他们并没有考虑主人公应当如何来进行对话，而是从自己的角度出发，把对话当成了作者思想的传声筒。

写作电影剧本最难的环节就是对白，对白是电影中最直观的表现因素。在创作中，对白更是关联了电影本性的各个方面。因此，没有根据人物的性格和环境经过仔细推敲就写出来的对白，很少能够充分地体现主人公的形象，这种对白仅仅是从创作者的心底直接发出，必然抱有强烈而直白的目的性。一旦如此，人物的魅力便会黯然失色。

梅特林克

在剧本中,至关重要的言辞正是那些初看起来似乎无用的言辞,因为精华就在这里。[3]

在日常习见的戏剧中,那不可缺少的对话确是并不符合真实的;却另有一些话语,靠近这个呆板的、貌似的真理,它们构成了最美的悲剧所具的最神秘的美,因为正是这些话语才符合了一个较为深刻内在的真理,这个真理在不可比拟的程度上,较为接近那不可得见的灵魂,而这灵魂就支持着诗。[4]

塔可夫斯基

我曾经录下一段家常对话,谈话的人并不知道被窃录。事后我重听那段对话,觉得"编剧"和"演技"都精彩无比,那些人物的韵律、情感及生命力全都如此真实。他们的声音是那么悦耳,停顿亦显得如此美妙!……连斯坦尼斯拉夫斯基都无法合理化这些停顿;和这些随意录下的对话结构相比,海明威的精雕细琢就要显得做作而且幼稚了。我心目中的理想影片是:作者去拍摄数百万英尺的底片,有系统地追踪、记录一个人从出生到死亡,每一分一秒、每一天、每一年的生活,然后从这些底片中剪出两千五百公尺的影片,或是一部一个半小时的电影。[5]

约翰·霍华德·劳逊

最缺乏色彩的就是那些言之无物的人所用的语言。和现实有直接的、多方面的接触的人,必须创造一种能表现这种接触的说话方式。由于语言来自生活,所以说话缺乏内容的人必然是对生活的印象十分淡薄和不具体的人。至于那种"强有力、不声不响的、有行动能力的"神话式英雄又是怎么回事呢?这种人(假如剧本中出现这种人的话)只是上层阶级的理想人物而已,他们对一切像是无动于衷的。[6]

分析与阐述：对话中的自然主义

只有真实的才是最美的，对白也是如此。电影是人们情感交流的工具，它忠实地反映生活，并且把真诚的情感传达给人们。正是在这个基础上，人们才对它产生了热爱和向往。观众走进电影院时，怀着心理期待去收获感动和快乐。他们需要的是影像中蕴含的情感所表达的真诚，而不是虚假的宣讲和说教。所以，只有充满了真挚情感的作品，才有可能同观众产生沟通，引发共鸣。

要实现真实，首先要营造生活的质感。梅特林克认为，生活中的那些看似漫不经心的话语，却是最为珍贵的。话语精确又质朴。在影像中，最忌讳的就是把所有的情节和事件真相说得清楚明白，把人物的真实想法透露得干净彻底。如果仔细回想生活，就会发现，生活中很多的现象是让人难以猜透的。现实情况下，大多数人因各自的实际情况而表现出一个自我，而内心深处却隐藏了很多属于自己的秘密。多数时候，人们往往隐藏自我，而不主动暴露内心。看似漫不经心的话语可能是内心的无意识折射，相反，义正词严的话语却可能有着虚伪性。生活便是无从擦亮的朦胧和难以猜测的内心情感共同构成的微妙。电影需要追求的正是微妙二字。

塔可夫斯基始终坚持电影应当创造真实。以上他的语录更是把这一观念完整地做出了表达。他认为，忠实地记录人们的生活，完整地展现人的一生，这样的作品一定是伟大的。山田洋次用几十年的经历拍摄寅次郎这个人物，直到扮演者渥美清（Kiyoshi Atsumi）去世。而《寅次郎》取得的轰动及其在电影史上的地位均是有目共睹的。寅次郎的假世故和偶尔冒点儿傻气的形象被塑造得十分鲜明可信，这使得他说的每一句话都出人意料又合乎情理，令人印象深刻。

对白是真实性的基础，也是电影真实性和微妙性的最直接的体现。电影表达生活的质感，毫无疑问应当在对白上实现生活化，应当尽可能地还原人们生活的真实状态，做到"生活犹在画中"。作为创作者应当避免在作品中用对白来实现教育的目的。电影的确应当以经典的台词来提升艺术价值，然而经典却并不等同于思想性和哲理性。并非一切人物开口均如康德、黑格尔那样，电影才有深度。实际上电影中那些经久不衰的经典台词大部分都是人物自然而然地在不经意间流露的心声。

波布克

伯格曼从选择题材开始,逐渐形成情节,塑造性格。他的每一部影片都结构严谨,就像一部室内乐作品。简朴是他的影片的主调。在他所有的影片中,事件和地点都是统一的。一部伯格曼影片只包含少量的元素(往往只有单一的情节和事件),不过在具有个人特色的细节方面却难以置信地丰富。在主题情节和性格之后,伯格曼才写出既雄辩又含义丰富的对话。[7]

弗雷里赫

对话只有在能够给我们揭示性格的时候,才是富有表现力的。运用正确的对话提供了刻画人物性格的新的可能性。它不仅不会使银幕失去动作性和吸引力,而且还丰富银幕的纯造型的表现力。[8]

皮埃尔·让

保罗·施拉德(Paul Schrader)认为,人物一旦处于一种强烈的局势中,片言只语都会有重大反响:"你把人物放到有意思的情形中,他说的每句话都变得有意义。"[9]

分析与阐述:对话的意义

伯格曼的创作方法揭示了对白写作的一个深刻道理——在情境中写作对话。创作时,全面而细致的人物设计是第一步,完整而丰富的人物形象是对白基本特征以及风格形成的基础。真正体现对白真实性和生活化的则是展开的情境。情境不仅仅指代对白展开的现实环境,还包含了参与者的地位、处境以及内心世界。

除了情境对对白的决定作用外，对白也能够衬托和渲染情境。在特定的情境里，一切空间造型以及拍摄方式均为对白的展开营造了空间的氛围。对白结合情节的进程以及人物的内心感受而流露，结合着银幕中造型的特点，同运动的镜头形成了相互补充的关系。

创作时，对白的写作并不是一项先行的工作，而是创作环节的最后一步，是思想情感以及影片的主题直接呈现于剧本中的完成环节。只有作者将故事情节中的元素琢磨清楚，并且最大限度地投入情境之中时，才能写出真实自然的对白。也只有这样的时候，对白才能揭示人物性格，揭示情节主题，透视人性，彰显艺术价值。

欧纳斯特·林格伦

　　电影主要是一个以画面为主的东西，即使加上了声音，这一点还是不变的，同时一般来说，也没有理由让对话占主要地位，即使在声带上，对话也不是唯我独尊的，它必须经常让位给其他自然音响、噪音以及音乐等。[10]

新藤兼人

　　电影剧本的台词要尽可能简洁、明确，节奏轻快的时候，应该俏皮些。……[11]

AH. 瓦尔坦诺夫

　　只有同时"看和听"电影对话，才能完成领会对话，才能充分展示出对话的艺术职责。[12]

　　有些人认为电影对话的特点是在于简短。为了反对近年来影片中说话过多的毛病，于是出现了言语"禁欲主义"理论，主张处处沉默，也不管是否有此必要。其实，对电影剧本中的对话来说，最重要的倒不是简短而是动作性。简短应说是戏剧艺术的主要特征。例如，意大利影片中对话是很多的，但都偏于电影性。[13]

克里斯蒂安·麦茨

　　能够将真正"电影化"的影片与一般影片区分开来，不是依据对话的数量，而是要重在全部结构元素的安排中话语的性状。[14]

　　让·米特里阐述了"舞台对话"和"行为对话"的区别。前者为戏剧所特有，是戏剧法则；它的作用是通过话语阐述戏剧的中心主题，因此对话总是围绕着核心内容。后者为电影所特有，也是为日常生活所特有：它既是表意语言，也是表情语言；它是能够超越话语的原意揭示更多内容的话语（甚至与原意相反），人物如果言不由衷，就会露出破绽；我们可以从这种话语中了解主人公，正像按照他的外貌、举止、服装、行动、生活环境了解他一样；这也是一种漫无边际的话语，可以谈天论地，说风道雨。总而言之，这是无定向的话语。人们常说，电影是"现象学"和"行为主义"的艺术。[15]

克拉考尔

几乎所有有见识的批评家都一致同意：只要减弱说话的语气和音量，使舞台式的对话变成自然的、近似生活的语言，其结果便能提高电影化的程度。这种主张是符合"基本要求"的，它的立论根据是：电影手段要求语言产生自画面现象的洪流，而不应由语言来决定画面的流向。因此，许多电影导演都把语言放在次要地位。[16]

只有当话语的含义是我们所捉摸不到的，只有当我们唯能从讲话者的形象来把握一切的时候，话语才是最电影化的。[17]

就跟演出哑剧时一样（指两个不同国度的人交谈——录者），对话显然只是作为声音而存在的，这必诱使观众加强注意这两个人物究竟表达什么意思，并跟他们内心和他们之间潜在的交流发生感应，而如果话语只是语义的承担者，观众也许就不会感受到这种交流了。全靠对话的舞台剧是排斥对话的，而电影为了衬托无言的动作，则是接受甚至偏爱对话的。[18]

霍辛·阿米尼

我希望把剧本中的对话尽可能地写得真实且口语化，反对过度地强调对话，让人物们说个不停。我自己最满意的，是那些能够引发演员最佳反应的对话。我喜欢让角色用最简单的方式说出某句台词，但是这句话在听者耳中却是寓意无穷，并引发出强烈的冲突。更多时候，我的台词和背景噪声没什么两样，说什么内容已经不重要，重要的是角色此时通过面部表情传达的无声情感。[19]

皮埃尔·让

把这个词（对话）只限制在说出的话可能减少了它的适用范围。电影人物的表达方式非常广泛。一个沉默，一个眼光，一个动作，一种态度都可以具有比一个对话更深的意思。[20]

分析与阐述：对话的电影性

常常出现这样的情形，一部电影剧本中绝大多数的篇幅都被对话所占据。我们从头开始读剧本，依据行间顺序读到的内容分别是：场号、地点、时间、人名、台词，一部剧本就是以这样"规整"的形式将台词罗列下来，好像主人公从开头一直"说"到结局。

显然，根据以上大师的观点，这样的创作方法是背离电影本性的，尽管其中的对白也可能写得比较生动，富有生活的气息，却依然无法以动态的画面来展示人物生存的特定环境。

对于电影艺术来说，对白是第二性的，画面是第一性的。也就是说，只有在具体画面中展开的对话才富有意义。显然，这类剧本由于对白过多而犯了喧宾夺主的毛病。

我们知道，电影首先是视觉艺术。从默片时代开始，人们学会了看动态的图画，并从字幕中读解画面无法表达的部分。当声音进入电影后，影片中不再需要解释剧情和表达人物意图的字幕，取而代之的是演员直接说出的那部分对白。然而，作为对白的声音却依旧是以画面的补充形式而存在，在任何时候都不可能超越画面的地位。

电影艺术发展到今天，技术手段和表达方式已格外成熟。蒙太奇在电影创作中已成为如同打字工具或书写工具一样重要的创作载体，其中最为突出的表现即是声音和画面之间的对立。在影片中，对白无法独立地表达具体含义，它需要同画面一道，表达出更为具体而微妙的内涵。我们常常看到这样的场景，对白所指示的场景同它发出的场景并不重合。《夏伯阳》中，夏伯阳用土豆来模拟战斗格局的一场戏就是对白和画面形成蒙太奇对比的经典实例。只听夏伯阳的讲话，想象中的画面应当是夏伯阳领袖一般的伟岸姿态，而实际画面中，夏伯阳却手中拿着土豆和苹果，这样的镜头显示了夏伯阳作为一名农民出身的军官特有的行为方式，通过对白和影像的相互补充，人们看到了富于特色的人物形象，也营造出喜剧性的场景氛围。电影对白并不是单纯地传达信息，它还肩负着表达思想内涵，渲染气氛以及营造风格化特征的"实现电影特性"的神圣职责。《蜘蛛女之吻》中，同性恋男子莫利纳向狱友瓦伦蒂讲述故事，伴随着莫利纳的讲述，画面中完整地呈现了故事发生的具体场面，莫利纳的讲述也在虚拟情境中成了画外音，两者相互结合，构成了玄幻而富于情欲的场面。一连串的故事不仅拓宽了影片场面，映射了牢狱中的人潜意识中的欲望，更以真实自然的沟通方式推动了两人的情感关系进程。

　　从对白的地位以及所承担的责任来看，它是影片现实性的直接体现，是还原生活状态的重要手段。因此，对白的写作不仅要逼近人物的心灵，更要注重分寸的拿捏。具体说来，朴实无华、自然亲切的对白是最接近于电影本性的。在这一点上，电影同戏剧存在着极大不同。戏剧由于舞台的假定性而不得不用对白来传达一切同剧情有关的信息——发生背景、氛围基调、人物性格、人物关系、人物内心情感，等等。不仅如此，在特定的观演空间内，演出活动同观赏活动是共时的，这就要求演员在表演过程中准确明晰地传达情感——只有这样，才能让即使坐在观众席最末排的人也同样地感受到真实的演出效果。为了达到这样的要求，演员不得不以超于日常生活状态的表达方式和强度说出对白。电影则不同。首先，电影是蒙太奇艺术，演出和观看的共时性在电影中并不存在，除了拍摄之外，影像的剪辑也是实现蒙太奇的重要途径。因此，在影像里，伴随着镜头视点的变换，演员尽可能做到最大限度的真实和还原生活，即便一言不发，摄影机依旧能够敏锐地捕捉人物表情中的毫厘之差。相反，若是在镜头前假模假式地夸夸其谈或刻意地夸大情感表现方式，便十分容易引起观众的不适和反感。所以，同戏剧艺术不同，电影恰恰要求的是最大限度地还原生活的质感，而人物的最佳对白正是那些看似漫不经心的只言片语。这些对白对于观众来说，只能结合着具体情境才产生特定含义，一旦脱离，就变成了具有多义性和模糊性的话语，缺乏指代性了。

因此，电影对白的最终要求是看，而不是听。易言之，电影中的对话是用来看的，而不是用来听的。不仅如此，电影对白还是多义性的，只有在具体的时空中，在具体的情境下，才能具有准确的含义。同时，电影对白也正是通过与画面相配合的效果，才能揭示超乎话语之上的微妙内涵。

威廉·阿契尔

　　由于独白越来越给人以累赘、拖沓的感觉，因而加强了那些促使独白被排斥于舞台上的物质条件。人们发现，即使最细致的心理分析也不必借助于独白。对于有自尊心的艺术家来说，是否接受下述条件乃是一件有关体面的事（这种条件虽然使得艺术家的题材难于处理，但却具有一种引人与之搏斗并战胜它的力量）：有独白和旁白的戏，就好像一幅绘画上贴上一些写着画中人物嘴里所说的字句的纸条。如果采用这种办法，任何一个笨拙的剧作者也可以揭示他的剧中人物的脑子里所想的东西。但是，现代剧作家的光荣任务是要让他的剧中人物揭示出自己灵魂深处的活动，而同时并不去说或者去做他们在真实世界中所不会说的话或者不会做的事。[21]

分析与阐述：关于独白

　　威廉·阿契尔的话戳中了创作现象背后的本质问题。大量的剧本实例皆存在一个问题，在开篇处运用旁白交代出一部分剧情，写作过程中又通过其中某个人物的口吻说出他此时此刻的想法和感受。不得不说，这是一个十分简便的方法，它能帮助创作者省去很多工夫。有了旁白和独白，人们再也不用担心故事讲不明白或者人物情感表达不明确了。只要找一个恰当的时机，让主人公出来说上一通，不就都解决了吗？因此，不少剧本中会出现这样的现象，要么在开头来一段旁白，故事一展开，旁白就不见了，要么干脆在剧本中间的某个地方忽然蹦出来一段内心独白，让观者倍感突兀。

　　事实上，存在以上意识的人并不少见。他们往往会受到电影大师的作品中的旁白和独白使用的启发，认为这是一招儿好办法。然而，他们却是知其然而不知其所以然，没能从本质上明确旁白和独白的特点及用途。

其实，旁白和独白不是不能用，而是要用得恰到好处。为图省事儿不假思索地使用旁白和独白是不可取的。若要准确地运用，首先需要弄明白两者的含义。所谓旁白，是指伴随故事发展而穿插的讲述行为，一般来说，旁白可以由事件中的参与者讲述也可以由事件的旁观者来讲述，因此，旁白可以是第一人称的，也可以是第三人称，但几乎不存在第二人称的旁白形式。所谓独白，是在特定的情境下，由参与者发出的对事物的具体看法以及当时的心境。现实中，旁白和独白往往结合为一体，由主人公发出，在一定情境下揭示人物的内心情感。比如，《城南旧事》中，旁白就是由主人公英子发出的，贯穿于全片之中，营造了一种怀旧而感伤的影片氛围。

所以，旁白和独白的运用首先应当在电影风格化要求的具体措施下运用，而不能不顾影像风格盲目地添枝加叶。另外，旁白和独白并不是对剧情的图解，而是对画面的补充。不少人希望完全依靠旁白和独白来交代剧情，这是不正确的观念。实际情况是，我们可以用旁白来告知人们故事发生的背景以及其中的人物关系，但这些讲述必定需要结合画面来进行，并且将主要意旨集中在强化影片风格上。从电影的本性来看，旁白和独白同画面之间所形成的是声画对位的关系，它们之间结合的目标应当是营造出影像独有的味道，揭示出人情感中的微妙因素。优秀的旁白应是值得回味的。当我们想起一部电影时，耳边仿佛能听到那些娓娓道来的声音，能够随之看到那个时代的景象。

如此看来，旁白和独白是影片风格的承载，是人物情感表达的外化。它们运用在电影中，同样应当从属于画面，应当成为第二性的揭示手段。任何创作者都不能先写作旁白和独白，再用画面来图解。相反，画面是旁白和独白赖以生存的基础，若失去这一基础，它们必定是重复的和累赘的。

斯坦尼斯拉夫斯基

请记住，观众到剧院来是为了潜台词，台词我们可以在家里读。[22]

贝拉·巴拉兹

语言的平庸使他们深邃的眼神黯然失色。因为，不幸的是，不是他们，而是影片剧作家在说话。这是向无以复加的赤裸裸表白的转化，这是破坏幻想。[23]

霍辛·阿米尼

台词最关键的地方不在于让演员说些什么，而是台词的弦外之音。这场戏很好写，也是因为里面有很多潜台词，整场戏从一开始就充满了张力，所以演员其实说任何台词都可以。我最喜欢这样的场景：如果人物塑造得到位，结构设置得巧妙，当情节发展到某一个关键点时，就连演员随口谈论天气都会变成世界上最动人的话。我对潜台词特别感兴趣，如果在一场戏中，人物们故意避而不谈的那件事才是戏里真正的核心，那么这场戏就写对路了。当然，不可能每场戏都能做到这样。不过，一旦写出戏来，那可是相当痛快的。因为这说明你没有被表面的台词、对话、语言、修辞这些东西羁绊住，也不再纠结于编织动作线那些事。你所做的，正是沉下心来，去追寻故事中真正的内在情感。[24]

皮埃尔·让

在《精神病患者》(*Psycho*，1960)一片中，当汤姆·卡西迪在马里翁·克拉娜眼前晃动四万美元时，我们完全可以想象马里翁的心情。她在想："如果我有这笔钱就好了！我可以帮助萨姆还债，剩下的钱足够让我们安顿好生活并过得幸福。"但马里翁没有说话。观众却能体会到她内心深处的话。如果人物以"对话文"的形式讲话，他们也要借助于内心独白表达思想，这被称为潜台词。一个写得好的剧情能让观众清楚地看出人物的思想活动，就像听到人物的话一样。潜台词是对话的第二层次。如使用得当，可以尽可能减少说话，从而使对话具有更强的力量。[25]

对话应尽可能简短，做到一字千金，非对话语言的意义是大家都能看得见的。电影对话的一个最大特点是：尽可能简明扼要，用最少的词说明问题。如果作者不留心把本应作为非对话语言的部分写成对话，那么对话就会显得多余冗长。[26]

分析与阐述：潜台词

艺术的魅力蕴含于未尽之言中。司空图认为，诗词要讲求一种意境，这种意境概括说来就是"韵外之致，味外之旨，象外之象，景外之景"。意思是，文章意境所揭示的不是内容中所蕴含的意象，而恰恰在于未尽之言。电影也是如此。蒙太奇为人们展示了连续画面的同时，也蕴含了"弦外之音"。正是富于节奏感的时间运动，为观众进行再创造提供了空间。可以说，影像即是意境的表达。影片中所包含的一切因素，都需要富于美的形式，都应当追求表面形态之下蕴含的审美意味。

对白自然也不例外，它在彰显电影意境时的作用十分显要。电影的时空性决定了其内涵应当在动态的过程中展现，富于时间性的对白艺术和极具空间感的造型形象，成为电影魅力的源泉。

于是，对白拥有了电影所包含的一切艺术性，它同样讲求"未尽之言"和"弦外之音"。具体情境下，不同人的情感表达方式是截然不同的。根据性格的差异，有的人外向，而有的人则内敛；有的人快人快语，而有的人则优柔寡断……即使性格迥然不同，作为社会生活中的人，却有着相似相通的心理。每个人都有着不能直接"宣讲"的真实感受，不可能轻易地将尘封已久的内心隐忧暴露于光天化日之下。也就是说，每一个人的言语都可以划分为两个部分，它们分别是口头表达的部分，我们将其称为台词或对白，而另一部分则是深深隐藏起来的，即潜台词。

根据内部动作和外部动作的关系，一切外部动作都需要以内部动作为依据，内部动作才是外在行动的发出者。台词中的内部动作毫无疑问就是潜台词，潜台词代表了人物的本质意图，它的复杂性和真实性构成了外在语言表达的特征。

人物的内在真实同外在之间的关系是写作台词的关键。从创作原则上说，台词写作的本质在于洞悉人物的未尽之言，即潜台词。唯有如此，创作出来的对白才符合人物内心世界与外在表达的真实逻辑。

注 释

1 《西方文论史》，伍蠡甫编著，上海译文出版社，1979年，第103页。
2 《诗学·诗艺》，亚里士多德、贺拉斯，九州出版社，2007年，第133页。
3 《西方文论史》（下），伍蠡甫编著，上海译文出版社，1979年，第482页。
4 同上，第482页。
5 《雕刻时光》，塔可夫斯基，人民文学出版社，2004年，第65页。
6 《戏剧与电影的剧作理论与技巧》，约翰·霍华德·劳逊，中国电影出版社，1978年，第363页。
7 《电影导演的技巧》，波布克，中国电影出版社，1954年，第66—67页。
8 《银幕的剧作》，弗雷里赫著，中国电影出版社，1979年，第145页。
9 《剧作技巧》，皮埃尔·让，中国电影出版社，2004年，第108页。
10 《论电影艺术》，欧纳斯特·林格伦，中国电影出版社，1979年，第102页。
11 《电影剧本的结构》，新藤兼人，中国电影出版社，1984年，第44页。
12 《电影剧本的本性》，AH.瓦尔坦诺夫，节选自《电影剧本本性问题》，科兹洛夫等著，中国电影出版社，1961年，第52页。
13 同上，第53页。
14 《当代电影理论问题》（《世界电影》1983年第4期），中国电影出版社，1983年，第20—21页。
15 同上，第21页。
16 《电影的本性》，克拉考尔，中国电影出版社，1981年，第135—136页。
17 同上，第136页。
18 同上，第136页。
19 《顶级电影编剧大师访谈》，格里尔森，人民邮电出版社，2014年，第16页。
20 《剧作技巧》，皮埃尔·让，中国电影出版社，2004年，第107—108页。
21 《剧作法》，威廉·阿契尔，中国电影出版社，2004年，第332页。
22 《斯坦尼斯拉夫斯基全集》，斯坦尼斯拉夫斯基，中国电影出版社，1963年，第155页。
23 《可见的人 电影精神》，贝拉·巴拉兹，中国电影出版社，2000年，第254页。
24 《顶级电影编剧大师访谈》，格里尔森，人民邮电出版社，2014年，第18页。
25 《剧作技巧》，皮埃尔·让，中国电影出版社，2004年，第109页。
26 同上，第109页。

第十二章

情感问题

马克思曾经说过，共产主义者根本不进行任何道德说教……共产主义者不向人们提出道德上的要求，例如你们应该彼此相爱呀，不要做利己主义者呀等；相反，他们清楚地知道，讨论利己主义还是自我牺牲，都是一定条件下个人自我实现的一种必要形式。[1]

电影创作中，最宝贵的莫过于写作真实。无论何种类型的题材，无论作品的风格怎样，真实永远是电影创作的灵魂。当然，创作中的一切人物和事件均有着生活的基础，都有着一定的真实感，这是毋庸置疑的。但这并不意味着照着一个真实的人物原型来塑造形象，或者依据了一桩真实事件来创作情节，作品就具有真实性了。真实的本质并不是外在事件以及情节的真实，而是情感的真实。马克思所提出的"自我实现"，在一定程度上揭示了人物对自身情感的尊重。而现实创作中，不少电影依旧存在着情感表达上的问题。有的缺少了对人物的真诚——正如马克思所言，而有些则在表达方式和分寸上明显失当。其中，后者占据了较大的比重。这说明，情感的表达并不是简单而直接的，相反，它需要建立在情境和人物的双重语境中，需要从审美的角度来审视人物的喜怒哀乐。在这一章节中，我们借助于美学家以及剧作家的观点和看法，对情感问题做出具体的阐释。

新藤兼人

虽然应该重视虚构,但是不能描写人物的虚假的思想感情。武打戏也罢,推理戏也罢,任何虚构中,溯本穷源,如能感觉到深处会触及真实,那么就能够认真地描写人的思想感情。无论怎样也抓不到真实思想感情的人物,还是从电影剧本中抹去为好。一切由虚构的思想感情组成的电影剧本,不管样式怎么好,也不是好的电影剧本。[2]

夏　衍

写作品一定要有真实的感情。作家塑造人物一定要描写得合情合理。把正面人物写成完美无缺,四平八稳,不苟言笑,对任何事情都无动于衷……是往往不能引起读者和观众的共鸣和好感的。[3]

列夫·托尔斯泰

人们用语言互相传达思想,而人们用艺术互相传达感情。[4]

在自己心里唤起曾一度体验过的感情,在唤起这种感情之后,用动作、线条、色彩、声音以及言词所表达的形象来传达出这种感情,使别人也能体验到这同样的感情——这就是艺术活动。艺术是这样的一项人类活动:一个人用某种外在的标志有意识地把自己体验过的感情传达给别人,而别人为这些感情所感染,也体验到这些感情。[5]

狄德罗

人物仍然可能是多样的、新奇的,而且作者还应该更有力地去刻画他们。是不是应该根据情绪呢?在这里,情绪会表现得激烈,剧本的兴趣就愈浓。是不是应该根据笔调呢?在这里,笔调应是更有力,更庄严,更高尚,更激烈,更具备我们叫作感情的东西,没有感情这个品质,任何笔调

都不可能打动人心。⁶

贺拉斯

一首诗仅仅具有美是不够的，还必须有魅力，必须能按作者愿望，左右读者的心灵。你自己先要笑，才能引起别人的笑容。同样，你自己得哭，才能在别人脸上引起哭的反应。你要我哭，首先你自己得感觉悲痛。⁷

朗加纳斯

我要满怀信心地宣称，没有任何东西像真情的流露得当那样能够导致崇高；这种真情如醉如狂，涌现出来，听来犹如神的声音。⁸

塔可夫斯基

艺术影响一个人的情感，而不是其理智。艺术的功能，自古以来，就是去启动和松弛人类的灵魂，使其更能接纳美好。每当你看一部好电影、品赏一幅画、聆听音乐（当然，设定那是合乎"你"的格调的艺术），当下你就全然松懈、神魂颠倒——但并非因此作品的理念或思想。无论如何，诚如我们方才所言，伟大作品的理念总是暧昧的，总是有着两个面貌，托马斯·曼（Thomas Mann）亦如是说。艺术和生命本身一样，多面向且无限度。所以，作者不能依照他对自己作品的理解，寄望观众以一种特定的方法了解其作品。他能够做的，无非是将他心目中世界的影像呈现出来，使人们得以透过他的双眼来观看，并且在心里盈满着他的感受、疑虑和思考。⁹

分析与阐述：情感的真实性

电影是情感的艺术。或许有人认为，电影是一场视觉的饕餮盛宴，是依靠悬念和叙事技巧来展现一系列惊奇场面的影像形式。当然，也有人对电影里人物的滑稽搞笑的行为着迷。然而，无论如何，以视觉效果及悬念设置为核心的电影特性，都无法真正地揭示电影作为艺术的本质内涵。事实上，古往今来，任何一种艺术形式所承载的均是特定时代的情感。它们所反映的必定同社会心理紧密关联。因此，车尔尼雪夫斯基认为，艺术应当是情感的宣泄。莱辛在写作《拉奥孔》时曾认为，雕塑所展示的高潮到来之前那一刻的状态，是最富于情感的。由此可以看出，一部作品中，人们为之动容的永远是饱含情感的瞬间。

作为一门叙事艺术，电影在故事的讲述中格外注重情节扑朔、曲折以及悬念的设置。作为一门时空艺术，它极大地突破了现实时空的限制，扩宽了虚构对象的时空领域。在电影中，一切悬而未知的事件都可以称之为悬念，它更是引领观众进入剧情的第一道坎儿。

显然，悬念在电影中占据着十分重要的地位，至少它决定了这部影片能否成为一部合格的叙事作品，决定了影片在上映后能否吸引观众走进影院，能否保证基本的票房收入。不过，这绝不意味着只要有了惊险离奇的故事，电影就算是成功的了。

事实上，电影的灵魂并不在于情节的新奇和巧妙，而在于影片传达的情感是否真诚，是否打动观众。

新藤兼人的话语一针见血地道出了电影剧本创作的本质：

在大多数情况下，情节经过不同程度的虚构和改造而形成，但虚构情节的基础应当是情感的真实，除去了这些，一切虚构的情节都不具有意义。

几乎可以完全肯定地说，新藤兼人的观点在当下电影创作中同样具有适用性和前瞻意义。当电影的拍摄技术以及播放终端技术不断发生革命性突破的时候，影像的功能完全能够为观众筑造不同样式的视觉奇观。与此同时，电影的视听化和娱乐化程度大大提升了，这意味着，观众不必费太多心思，只要去大银幕前消遣一把便足够了。于是，电影的情感性似乎显得并不重要了。既然观众想去找一些视觉刺激，寻几方欢歌笑语，还给他们那些个深沉的情感做什么？至少，我们可以将电影分成两类：一类表达情感，另一类表达欢乐。如此看来，情感性也不必一概而论地成为所有影片的本质。

倘若对剧本创作的过程与各个环节进行一番细致的研究，便会发现，以上所述的电影观念存在着明显的漏洞。

首先，情节创造的过程本身并不是肆意地虚构，而是立足于生活之中，并由人物发出的，这就意味着，编剧在编撰情节时不可能不投入情感——若真能做到不投入情感地写作情节，恐怕只有两种情形了：第一，情节并不来自于生活，而是来自于对其他作品的模仿和移植，并且移植的出发点仅仅停留在"有趣"的层面，并没有发掘原作情节中蕴含的真正魅力；第二，情节既不源自生活，也不来自他人作品，而是作者凭空臆造的事件。若果真是后者，恐怕就比较麻烦了。这种情况下，写出来的情节要么是隔靴搔痒，要么早已被大多数人熟知，本身已无悬念可言。可见，情节并不是信手拈来的，而是渗透着作者的思考和情感，并依据特定的人物性格和心理创作而成。不同的人物性格发出不同的行为，不同的行为动作便形成了情节，实际创作中，这几乎成为写作情节的共识。

生活中，人们每天都经历着喜、怒、忧、思、悲、恐、惊，就好比经历阴晴云雨、四季变换。作为剧作家来说，只有从生活中收获了真正的感动，才能将情感赋予影像之中。有的人将情感赋予爱情电影中，有的人将情感赋予武打电影中，更有的人将情感赋予灾难或者恐怖电影中……无论是何种题材的电影，无论电影的拍摄和放映技术能够达到怎样逼真的水平，如果没有了情感，再清晰的图景也会变成谎言和伪饰。相反，有了情感的真实，哪怕是一部微电影，也同样能打动观众。这就好比我们的生活，很多令人感动的时刻不都是一瞬间发生的吗？

  自人类诞生以来，当人们还在为着生存和繁衍而同自然界不断斗争时，生存于地球各个角落的人们便有了共同的感受和认识，有了几乎一致的表达情感的方式。他们因为丰收而喜悦欢庆，他们因为离散而痛苦，他们为了生存而为自己、为他人加油鼓舞。到今天为止，地球上依旧存在着人类无法轻易到达的地方，依旧有无法翻译和交流的语言，然而，人们的心灵却是相通的，人们对于情感的反应是格外灵敏和相似的。无论何种生活条件下的人，无论他们喜好何种样式的故事，他们所期待的，以及他们心中衡量电影好坏的标准，都无外乎是作品是否真诚，讲述的故事是否能让他们同自己周遭的现实形成共鸣，能否让他们在情感上得到一份收获。因此，完全可以这样说，因为情感表达的方式不断丰富，微妙性表达的要求不断提升，才得以让电影这门艺术在历史的长河中不断地发展，观念不断地更新和演进，从而也带来了其手段和设备的不断进步。可以完全肯定地说，电影是迄今为止在情感表达领域最为细腻而微妙的艺术。

莱　辛

在一种选了又选的考究而且夸大其词的语言中，是不能有任何情感的。它不表现任何情感，也不能激起任何情感。而情感则只适于最简单、最普通而又平凡的话语和说话方式。[10]

新藤兼人

如果作品中人物表现出满不在意的态度，或者若无其事而现微笑的时候，观众却泪流不止，那才是好的悲剧电影，电影剧本作者的笔才算是到家了。故事中，悲痛的部分，描写的笔触要轻，斯文些好。需要表现强烈感情的时候，应尽量减少台词；演员动作和环境的描写，则应该充分写出来。台词成为表现的结果才好。主人公的悲痛心情，不是用嘴说出来的，所以才是悲痛的，如果把悲痛的心情都说出来，那就完了。[11]

黑格尔

笑一般是爆裂的表现，如果艺术理想不应丧失，这爆裂就不应表现出缺乏镇定。韦伯的《奥伯雍仙王》曲里一段二部合唱里的那样的笑声就是这种抽象化的例子，它叫听众为歌唱家的喉咙和胸膛担忧。《荷马史诗》中那种不可磨灭的出自神仙似的笑声所产生的效果就完全不同，那是从神仙的和悦静穆的心境中发出来的，只表现明朗的心情，没有什么片面的放肆。另一方面，啼哭在理想的艺术作品里也不应是毫无节制的哀号……[12]

情致是艺术的真正中心和适当领域，对于作品和对于观众来说，情致的表现都是效果的主要的来源。情致所打动的是一根在每个人心里都回响着的弦子，每个人都知道一种真正的情致所含的意蕴的价值和理性，而且容易把它认识出来。情致能感动人，因为它自在自为地是人类生存中的强大的力量。就这一方面来说，外在事物，自然环境以及它的景致都只应看作次要的附庸的东西，其目的在于帮助发挥情致。因此，自然主要地应该用来起象征的作用，使真正要表现的那种情致可以透过自然而引起回响。¹³

鲁道夫·爱因汉姆

演员也能通过他的行为来表现心理状态，而几乎完全不用"表情性质的"表演。西席·地米尔（Cecil B. De Mille）的影片《芝加哥》（*Chicago*, 1928）中，有若干表现法院旁听席的镜头：庭上正在开审一件轰动社会的巨案。特写中出现一群姑娘挤在一张长凳上，正睁大了眼睛，专心一致地注视着审讯的过程，同时嘴里还嚼着口香糖——她们的嘴像机器一样地动着。接着，审讯过程中出现了一段刺激性的问题，镜头又回到姑娘们的特写：她们像是接到了命令似的突然停止了咀嚼，这样就表现了她们的心理状态——激动到屏住了呼吸。激动固然也可以纯粹用面部表情来表现，但是用这样一种独创性的动作元素来反映心理状态则是更为动人的。直瞪瞪的眼睛和起伏的胸脯在观众看来已经成为陈腔滥调，观众熟而能详，反倒不再能让他们真正感觉到这是"激动"了。但是这种间接的表现方法却很新鲜，因此就有助于最明显地说明心理状态。它的妙处在于外在事件同内在心情之间不仅有着观念上和主题上的关联，并且这两者在结构上的相似也突出了这种关联。可见的事件——节奏鲜明的活动突然完全停顿，也含有心理过程中最突出的特征：姑娘们在旁听过程中一直保持着的那种平静的心情突然被打断了。而这个突变则被巧妙地译成了可见的形象。¹⁴

贝拉·巴拉兹

优秀的电影演员从不故作惊人之举。电影不可能对所发生的事情进行心理分析，因此从这一开始就应能从演员脸上看出下一步剧情的心理变化。注意演员嘴角上一个隐现的特点，并且跟踪观察：变化了的特点怎样从上述的萌发状态展现到整个面孔。这对观众来说是特别饶有兴味的感受。"人已具备了其所能具备的特性。"黑格尔的这一论断会成为面相学现实,优秀影片中上述的一切正成为面相学实践。[15]

小津安二郎

随着摄影技术的进步,特写也开始用于捕捉表情的微妙变化,在表现激动的感情时使用特写也成了一种"文法"。但我觉得在悲伤时用特写强调未必有效果,会不会因为显得太过悲伤而造成反效果?我在拍摄悲伤场面时反而使用远景,不强调悲伤——不作说明,只是表现。[16]

依我看,她不是用夸张的表情,而是用细微的动作自然表现强烈的喜怒哀乐的类型。换言之,她即使不大声呵斥,也能够表现出极度愤怒的感情。原节子(Setsuko Hara)这样的表演能轻松展现细腻的感情。反而是有些被誉为"戏精"的演员,该怎么拿捏分量都要我一一说明,实在困扰。例如演个老人,就会模仿得过头。[17]

就算是要观众掉泪,我也不愿意使用催泪的方式,而是希望观众自然地感伤。[18]

重要的是性格。我认为应该是能掌握性格,掌握了性格之后,自然会释放出感情。若是不能掌握性格徒然释放感情,只是很会做表情的演员。如果只要悲伤就哭、高兴就笑,不必是电影演员,任何人都做得到。我觉得哭和笑的感情表现,最多占演技的三四成就够了。导演要的不是演员释放感情,而是如何压抑感情。[19]

性格是什么?就是人。人没有塑造出来就不行。我认为这是所有艺术的宿命。即使感情出来了,人没有塑造出来就不行。哪怕表情做到百分之百,也无法将性格表现出来。极端地说,表情甚至会妨碍性格表现。[20]

以感情表现一个戏剧很容易,哭哭笑笑就能将悲喜之情传达给观众。

但这只是说明而已，再怎么诉诸感情，也无法展现角色的性格和风格。必须拿掉全部的戏剧性，以悲而不泣的风格表演。我不描写戏剧性的起伏，只想让观众感受人生，试着全面性地拍这样的戏。[21]

高兴就又跑又跳，悲伤就又哭又喊，那是上野动物园猴子干的事。笑在脸上，哭在心里，说出心里相反的言语，做出心里相反的脸色，这就是人，看不透。[22]

我不如黑泽明，没有他的音高那么高，其实，人不用痛苦也能表达悲哀，不用狂喜也能表达欢乐！[23]

电影是以余味定输赢。[24]

老 舍

自然，有许多人以为文艺中感情比理智更重要，可是感情不会给人以远见；它能使人落泪，眼泪可有时候是非常不值钱的。故意引人落泪只会招人讨厌。凭着一点浮浅的感情而大发议论，和醉鬼借着点酒力瞎叨叨大概差不很多。[25]

分析与阐述：情感的表达

人们不难看到，在一些电影作品中，人物面临离别时，会表现出格外的伤感和痛苦。这种内心情感的表达自然是人之常情，谁也不可能认为离别是一件格外开心的事儿——除非对方是有深仇大恨的敌人。问题在于，在电影中，这种痛苦的味道却常常被表达得有些"走了样"。观众看着总感到别扭，好像是哪个环节出了问题，又似人物的表演有几分不自然。总之，影片表达情感的本意同观众的感受和领悟之间出现了裂缝和隔阂。

这种现象在当今的电影中并不少见，尤其是一些国产电影的创作中。比如，国产动画电影《大鱼海棠》（2016），影片讲述了一个女孩冒着生命危险救下了一只海豚，并用自己的寿命换得了海豚的寿命。而一个爱慕女孩的男孩子眼见着女孩的生命在逐渐走向尽头，毅然用自己的生命换了女孩的生命。毫无疑问，这是一个格外感人而纯真的爱情题材，更是"生命诚可贵，爱情价更高"的写照。

不过，在影片的上映过程中，观众却在一些煽情的场面中出现了笑点。不能否认，这种情形对于一部主打情感牌的电影来说，是比较糟糕的。问题究竟出在哪里？究竟是观众的问题还是电影的问题？是创作过程中的某个环节出了偏差？类似于这样的情形并不是个案，情感表达的问题在许多影片中都存在。

通常情况下，电影情感表达中的问题在于表达的方式以及分寸把握得不够准确。其中，用力过猛，过度煽情，渲染力度过大，是情感表达中最常见的失当。

早在两千多年前，亚里士多德就曾针对诗的长度问题提出了审美中的适度原则。无论长度或者比例，过大或者过小都不合适。这一适度原则同样可以用在情感表达中。情感对于人类来说，是格外美好而脆弱的事物，它需要人们格外地慎重和呵护才行。任何激烈过猛的宣泄和渲染，都足以在瞬间破坏它的美。不仅如此，我国古代的"中和"思想也阐述了相似的观点。可见，无论东方还是西方，对于审美的看法有着极大的一致性。在情感的表达中，"中和之美"再恰当不过了。黑格尔将这种思想完美地运用在情感表达中，他指出：（"把痛苦和欢乐尽量叫喊出来并不是音乐，在音乐里纵然是表现痛苦，也要有一种甜蜜的声调渗透到怨诉里，使它明朗化，使人觉得能听到这种甜蜜的怨诉，就是忍受它所表现的那痛苦也是值得的。这就是在一切艺术里都听得到的那种甜蜜和谐的歌调。"）

对于电影剧作家来说，在追求影片的美学理想之外，也需要立足于电影的本性之上进行创作，需要探索电影艺术天生所具有的微妙性表达。

以上所列举的论述，分别从不同侧面总结了情感表达的方式以及分寸问题，大致归纳如下：

首先，以小津安二郎为代表的观点认为，情感表达不是释放，而是压抑。这一点，应当从剧本创作中着力，而非留给演员去解决。只有电影剧本中体现了情感的含蓄和内敛，演员才能做出正确的理解。韩国电影《密阳》(2007) 不失为一部情感表达格外成功的电影。影片讲述了失去丈夫的申爱带着儿子回到丈夫的故乡密阳生活。初到密阳，申爱遇到了重重的困难：被视为异乡人而遭受排斥，被追求，被欺骗钱财……最后，她的儿子被杀害，她失去了整个世界。在儿子的葬礼上，面对被伤痛打击得歇斯底里的婆婆，面对自己残酷的命运和空荡的心灵，申爱却表现出出人意料的冷静，她面容僵硬地看着周遭的人，眼神空洞地回应着婆婆的咒骂，她仿佛一具被掏空灵魂的行尸走肉。

或许人们能够为此刻的申爱赋予这样一些表达内心情感的词语：痛苦、绝望、天崩地裂……但任何一个都概括不了申爱此时的心境。或许申爱的表情给予了观众最大限度的体验、感知和解读的空间，她的无言让观众潸然泪下。悲痛中的沉默成了永驻人们心灵中的一抹悲凉。

若换一种处理方法，任凭她肆意地哭泣，尽情地宣泄命运的残酷，留给观众的将是什么？观众可能反而不会被她的举动震撼，不会走进她的心灵，更不能静下心来体味人生的苍凉。

通常情况下，现实生活中，人们也不见得悲伤就哭，开心就笑。每一个人都会因为各自的性格和经历不同，而用不同的方式掩盖自己真实的悲伤或喜悦。一个开朗的人也会趁人不注意偷偷抹眼泪，一个处于快乐之中的人也会佯装镇定，面无表情。弗洛伊德（Sigmund Freud）在精神分析学中将人性的成分做出了划分，他认为人的意识分为潜意识和意识，前者由欲望而决定心理动机，后者则是表现形式。意识的表象同潜意识的动机经常无法一致。

其次,由电影本性所决定的情感表达方式是多样的。这一点,电影同其他叙事艺术有所不同。小说中,情感表达依靠文字的描写,戏剧里,情感表达大多依靠台词的处理,而在电影中,则主要依靠造型。我们知道,摄影机能格外真实细腻地捕捉细节,它不仅能拍摄到主人公脸上划过的那一丝难以捕捉的表情,还能敏锐地聚焦于他眼神的变化。因此,影像中的人物只需要如生活一般自然就好,塑造的任务完全可以交予镜头来完成。不仅如此,利用空间造型来渲染情绪也是电影中的常用手段,我们可以看到不少作品中用下雨来映射阴郁的心情或压抑的生活,用阳光、绿树来映衬人们的重逢或爱情的到来,用昏暗的色调以及带有紧张感的音效来营造恐怖的氛围。比较典型的例子是安东尼奥尼的《红色沙漠》(The Red Desert,1964)中,殷红的色调表达出工业社会造成的人类心灵和欲望的压抑。

在这里,还需要强调一点,无论是细节的表现还是环境造型的渲染,都应当尽可能地体现在剧本中,也就是说,电影剧本应当是最接近于影片的形式。

因此,电影的情感表达永远是创作的核心问题,它关乎的绝不仅仅是情感的宣泄,而是同电影相关的一系列问题。如果情感表达是真实的,那么首先人物一定会给人以真实的感觉,哪怕这个人物并不是真正的"人",而是动物或者外星人。其次,情感表达关乎电影艺术的本性,它是考量剧作家能否驾轻就熟地操作电影语言的首要标准。最后,它是对观众负责的最重要的表现,只有剧作者的态度真诚了,观众才能在影片所营造的真实的情境中进行再创造,我们拍电影的目的,不正是留给观众再创造的空间吗?

注 释

1　《马克思全集》第3卷，第275页。
2　《电影剧本的结构》，新藤兼人，中国电影出版社，1984年，第51—52页。
3　《电影论文集》，夏衍，中国电影出版社，1979年，第215页。
4　《西方文论史》（下），伍蠡甫编著，上海译文出版社，1979年，第432页。
5　同上，第433页。
6　《西方文论史》（上），伍蠡甫编著，上海译文出版社，1979年，第349页。
7　同上，第103页。
8　同上，第125页。
9　《雕刻时光》，塔可夫斯基，人民文学出版社，2004年，第184页。
10　《汉堡剧评》，莱辛，上海译文出版社，2002年，第131页。
11　《电影剧本的结构》，新藤兼人，中国电影出版社，1984年，第53页。
12　《美学》，黑格尔，商务印书馆，1979年，第204—205页。
13　同上，第296页。
14　《电影作为艺术》，鲁道夫·爱因汉姆，中国电影出版社，2003年，第110页。
15　《可见的人　电影精神》，贝拉·巴拉兹，中国电影出版社，2000年，第44页。
16　《我是开豆腐店的，我只做豆腐》，小津安二郎，南海出版公司，2013年，第3页。
17　同上，第18页。
18　同上，第20页。
19　同上，第69页。
20　同上，第70页。
21　同上，第198页。
22　同上，第167页。
23　同上，第170页。
24　同上，第157页。
25　《老舍论创作》，老舍，上海文艺出版社，1980年，第5页。

第十三章

关于戏剧性

如今，关于戏剧性的探讨已是电影剧作领域中举足轻重的话题。它不仅关乎剧本的生命，也关乎未来影像的风格和灵魂。在实际创作中，人们也往往对这一问题的理解存在差异。不可否认，在好莱坞电影文化的影响下，我国正不断地翻译引进好莱坞编剧的书籍。这些书籍的确在创作的规律和技巧方面给了创作者以指导。因此，很多人将这些书籍视作电影剧本创作的法宝。然而，正如我们当下所面对的多元化世界一样，在电影创作领域，谁也不能说一种创作模式便能统领整个电影行业。尤其电影作为一门艺术，更是代表了作者风格和意志的个性化创作。因此，作为电影的创作者，站在历史的纵横坐标上，客观地看待作为剧作核心问题的戏剧性观念的流变，通览和熟知全球范围内的电影创作现状，不仅是提升剧本质量的重要举措，更是使得电影艺术不断开辟新的创作领域，不断提升艺术价值的必行之路。百年前，电影从戏剧的衣钵中脱胎而出，作为一种年轻的艺术形式，它承载了叙事艺术的古老传统，也具有自身的叙事特色。因此，在谈论电影戏剧性话题时，不可避免地需要从戏剧艺术中的戏剧性观念的演变谈起。

黑格尔

充满冲突的情境特别适宜于用作剧艺的对象。[1]

（戏剧）以目的和人物性格的冲突以及这种斗争的必然解决为中心。[2]

人类情感和活动的本质意蕴如果要成为戏剧性的，它（本质意蕴）就必须分化成为一些不同的对立的目的，这样，某一个别人物的动作就会从其他发出动作的个别人物方向受到阻力，因而就要碰到纠纷和矛盾，矛盾的各方面就要互相斗争，各求实现自己的目的。[3]

别林斯基

戏剧性是生活中富有诗意的因素，包含在表现为激情、热情的那些相互对立和敌意的思想的冲突和矛盾之中。[4]

戏剧冲突是艺术中体现戏剧性最高的、最尖锐的和集中的形式。[5]

山田洋次

确实，这个故事（《幸福的黄手帕》）里并没有纯粹编造的情节，也没有使情节发展到一定的程度来个意外变化，更没有戏剧性的结局。但我始终认为，即使没有曲折的情节也能拍成电影，《寅次郎的故事》就是这么拍成的，还有其他的影片也是这样拍成的。[6]

威廉·阿契尔

戏剧性的激变总是通过——或者可以设法使它很自然地通过一连串较小的激变而发展，并且在发展过程中或多或少地含有能激动人的情绪的东西，如果可能的话，还含有生动的性格表现在内。[7]

久已被观众所期待和预见的东西，赋有了一种突如其来的新奇和意外之感。这才是富于戏剧地处理问题的办法。[8]

罗西里尼

我发现，人的身上令人惊讶的、异乎寻常的或者令人激动的地方，就在于他们不论对伟大的壮举还是日常生活中的小事，都是采取同样的态度和做出同样的反应。⁹

萧伯纳

莎士比亚把我们自己搬上舞台，可是没有把我们自己的处境搬上舞台。例如，我们的叔叔轻易不会谋杀我们的父亲，也不能跟我们的母亲合法结婚；我们不会遇见女巫；我们的国王并不经常被人刺死而由刺客继承了王位；我们立券借钱时，也不会预约割肉还账。易卜生（Henrik Johan Ibsen）做到了莎士比亚没做的事。易卜生不仅把我们搬上舞台，并且把在我们自己处境中的我们搬上舞台。剧中人物的遭遇就是我们的遭遇。一个结果是，在我们看来，易卜生的戏比莎士比亚的戏重要得多。¹⁰

左拉

我们无需想象出一切冒险事件，把它复杂化，并给它安排一系列戏剧效果，从而导致一个最后的结局，我们只需取材于生活中一个人或一群人的故事，忠实地记载他们的行为。¹¹

契诃夫

一切都那么复杂，同时又那么简单，正如在生活里一样。人们吃饭，就是在吃饭，然而就在这当儿，有人走运了，有人倒霉了。¹²

小津安二郎

很多人认为动不动就杀人、刺激性强的才是戏剧，但那种东西不是戏剧，只是意外事故。¹³

电影是戏，不能把它拍成偶发的事件。[14]

我想减少戏剧性，想在内容表现中不落痕迹地积累余韵，成为一种物哀之情，让观众在看完电影后感到余味无穷。[15]

威廉·阿契尔

关于戏剧性的唯一真正确切的定义是：任何能够使聚集在剧场中的普通观众感兴趣的虚构人物的表演。[16]

分析与阐述：冲突不是唯一法宝

从以上论述中人们不难发现，在叙事艺术发展历程中，曾经出现了两股思潮，其一是黑格尔所论述的，以古典主义为集中体现的冲突论。该理论的坚持者认为，戏剧性要体现于冲突之中，唯有将人物置于激烈的冲突或残酷的绝境中，才能激发人的意志，戏剧性就孕育于这些典型的冲突情境之中。契诃夫、萧伯纳以及山田洋次等人对于戏剧性则做出了截然不同的解释。尽管他们处于截然不同的时代和社会环境中，但对于戏剧性的理解却惊人地相似。他们一致认为，并非富于激情的时刻才称得上富于戏剧性的时刻，相反，戏剧性在人们的生活中无处不在。它存在于普遍的社会关系之下，存在于人们的日常行为之中，更存在于人们的心灵深处。

由此看来，以上观点的排列顺序不仅体现了不同时期人们对戏剧性的差异性理解，更加彰显了黑格尔时期至近代为止的文艺美学以及叙事观念的演变。直至目前为止，全球范围内的电影创作中，对戏剧性以及情节的处理无外乎以上两种态度和方法。

一种倾向是以冲突为核心的戏剧性电影。在这里，不妨将其称为"冲突电影"。这类影片比较具有代表性的当数好莱坞电影。

与此同时,在好莱坞编剧教科书中,几乎无例外地将冲突作为把握故事主线的基本原则和方向。他们认为:在开头应当构建完整的冲突双方,接下来,冲突在发展中展开和推进,最后,冲突得以解决。也就是说,在一部影片之中,需要有完整的冲突贯穿在整个事件之中,否则,影片的结构就是不完整的。那么,如何构建冲突呢?首先,他们规定,需要有冲突的双方,而且,这双方必须是立场截然对立的;其次,双方应当有着相互较量的几个回合,并且这几个回合的斗争需要连连升级,最终争出个胜负。

如果将这类书籍看作电影创作的宝典,那么,相当一部分人都会成为冲突美学的坚守者。

在这里,首先需要强调的是,冲突是戏剧性必不可少的原则和环节,这一点毋庸置疑。继黑格尔之后,法国文艺理论家布伦退尔(Ferdinand Brunetiere)也明确提出:没有冲突就没有戏剧。剧作理论家约翰·霍华德·劳逊也提出富于激情时刻的高潮场面是剧本的核心。这些观点充分证明了冲突是剧本的安身立命之本。若没有冲突,怎来得富于激情的高潮场面?剧本的核心又从何谈起呢?可见,劳逊认定冲突是剧本之根本特性,已成为他理论体系中所"默认"的成分了。无独有偶,与劳逊相隔上百年之久的生活于清代中国的戏剧理论家李渔,也提出了类似的观点。他认为,戏剧应讲究"新"和"奇",在取材中要选择人闻所未闻、见所未见的题材,要将人物置于险境之中,才能充分发展人物性格。尽管李渔的理论针对的是戏剧创作,但对于电影这门脱胎于戏剧的艺术形式而言,戏剧的叙事法则同样适用。

然而在今天,经历了百年的光阴流逝和时代变迁,无论社会形态还是人们的生活方式都发生了翻天覆地的变化,人们的审美观念也随之而发生着变化。因此,以变化的视角探究历史坐标系中每一种思潮出现背后的动因，用兼容并蓄的态度不断完善戏剧性的内涵，显得格外重要。

当下，人们正迎来影像创作的多元化时代，既能够看到场面华丽、鸿篇巨制的商业大片，也能看到直面现实的社会问题电影，还能领略富于情感和诗意的诗化电影。其中很多影片中所体现的戏剧性均超出了以冲突为核心的戏剧性概念。事实上，要谈论这个问题，还须从戏剧创作领域中戏剧性观念的演变谈起。电影脱胎于戏剧，本已成为共识。

古希腊戏剧的创作从形式和内容上奠定了冲突的核心地位。亚里士多德认为，一部戏剧只能讲一个故事，故事应当有头、身、尾；情节过多或过少，都无法吸引观众。除此之外，古希腊戏剧多取材于神话、英雄传说和史诗，题材本身便包含了冲突的内核。比如，《阿伽门农》讲述了克吕泰墨斯特拉同情人一道杀害征战归来的丈夫阿伽门农的故事。其间，国家民族利益交织之下引发的个人恩怨是筑造冲突的根源，也是引发人物悲剧的宿命因素。

正如萧伯纳所言，自古希腊时期直至文艺复兴后的古典主义时期，以冲突为核心，以宿命论为冲突背景的创作是戏剧创作的主流思潮。莎士比亚是古典主义的集大成者，他的作品无不在富于想象力的新奇事件中包含着激烈的冲突。

可以说，冲突是戏剧艺术最古老的命题。当然，它也顺理成章地成为电影创作中的原则。打破冲突枷锁的人出现在十九世纪后期的法国，他是一位叫左拉的作家。他提出的自然主义在当时曾被不少人所诟病。然而，谁也没预料到，自然主义的提出在叙事艺术创作领域有如一根导火线，它以富于挑战性的理论冲击了以冲突为核心的模式相对固定的创作方式。自然主义的最大功绩在于，它引发了现实主义以及后来的内心现实主义的创作，也就是说，是左拉的自然主义的提出，才有了我们后来看到的那些所谓社会问题电影，以及诗意现实主义的影像创作。左拉认为，观众需要的不是那些编造出来的远离人们生活的"戏"，他们希望看到的恰恰是那些发生在身边的事,剧作家只要怀着真正的心来客观地写一个人,描摹一段生活就够了。或许直到今天,左拉的观点依旧受到大多数人的否定,但他却是戏剧理论中破天荒的勇士和大家。正是他提出的振聋发聩的质疑,动摇了统治千年的叙事观念,为新的创作形式的诞生开辟了道路。契诃夫、萧伯纳、阿瑟·米勒（Arthur Miller）等剧作家将创作的对象聚焦于人们日常生活中的琐碎,深深地揭示了平凡人物心灵中的顾虑和忧伤。

一切戏剧观念的诞生与发展都同社会变革是分不开的。黑格尔可以称得上冲突论的缔造者。在他的《美学》中,明确地提出事物在冲突中发展,一切处于冲突中的事物才显现出它本身的美。别林斯基认为,诗意的表达要依靠强烈的情感,而强烈的情感只有在冲突中才能产生。布伦退尔认为人们为了保持自己的意志,就需要同他人的意志进行斗争。只有具备了一系列推动意志发展的行动,冲突才能实现,戏剧性才能完成。

恩格斯曾指出:"黑格尔的思维方式有巨大的历史感作基础。"[17]黑格尔自己也坦言:每个人都是他那个时代的产儿。黑格尔生活于十八、十九世纪的德国。在那样的年代里,英国推翻了封建王朝,美国也获得了独立,唯有德国尚处于四分五裂的状态。从经济来看,资产阶级缺少了为自身利益而斗争的勇气,经济得不到自由发展,国内形势萧条;从军事上看,德国的军事力量较为强大,但权力掌握于地主阶级手中。面对激烈的社会矛盾,黑格尔和康德等哲学大家不甘于人后,提出了惊世骇俗的哲学观点。我们也能够比较容易地想到,在动荡的社会中诞生的思想必定是激烈的,冲突论正是在这样的历史背景中诞生的。事实上,黑格尔将冲突划分为五类,他认为最高级的冲突应当是人的意志的冲突,这种冲突源自人物的内心。

在这里,我们着重论述了黑格尔学说产生的社会背景,其他冲突论的代表人物还有别林斯基和布伦退尔。其中,别林斯基认为:如果艺术作品只是为描写生活而描写生活,如果它没有任何基于时代的主要思想的强烈主观激情，如果它不是痛苦的哭泣或欣喜的歌颂，如果它没有提出问题或回答问题，那么，它就是死亡的。他们与黑格尔所处的社会环境亦有相似之处，在这里就不赘述了。

电影叙事的发展同戏剧叙事演变的规律保持了高度的一致性。新现实主义打破了传统好莱坞的梦幻泡沫，直至今天，电影的叙事观点早已同二十世纪初的情形大相径庭。E. M. 福斯特（Edward Morgan Forster）在《小说面面观》中认为，情节较故事是低一等的，他用"国王死了，王后也死了"的例子向人们证明，人们不断地问"然后呢"的是情节，而听了故事后，人们不断问"为什么"则是比较高级的了。他的说法不无道理，当一部影片触及主人公的心灵轨迹时，观众往往会思考"这个人为什么这样做"的问题，易言之，便是观众对人物动机的思考和探索。

如今，我们既能目睹好莱坞大片里的生死搏杀，也能看到许多艺术电影中娓娓道来的情感故事，正如我们接下来看到的这段话，其中蕴含着新的电影观念的诞生与发展。

> 这种结构形式不追求人为的戏剧性，用苏联电影评论家别洛娃的形象化语言来说，就是在这种影片中"不存在直接的、直观的戏剧冲突""不局限于用一个唯一的、主导的冲突来表现生活的复杂性，而是把具有同等重要意义的许多现象与问题综合成一个总体去表现生活的复杂性，这时候，戏剧性不是浓缩在一起，不是被引入一个河道，而是分流成许多小溪与沟渠。"这种手法就是尽量避免把情节"集中在几个主要事件上"，而是用许多并不起决定性作用的事件去组成"情节"，从而避免虚假和造作。换句话说，也就是使情节结构"散文化"，采用分散、冲淡戏剧性的手法。在这里，戏剧冲突不是表面的、直观的，而是隐蔽的、潜在的，有时甚至是被掩盖起来的。[18]

的确，我们不能以固有的艺术创作规律为戏剧性设立充足的假定性，随着时代的变化，同样，我们也可以用这样的一段论述来揭示戏剧性的中心议题：

> 电影是以生活本来的面目来反映生活的。这就要求电影编剧在提炼生活和表现生活时要具备生活的实感和生活的形态……力求以生活本身的逻辑来构筑情节，来叙述影片。整部影片像生活在流动，看不出编剧的痕迹，看不出戏剧的痕迹。它不像传统的戏剧结构式的影片，选择的不单是生活中的转折点，或某一个关键时刻，决定性的事件（诸如生死攸关、生离死别等）和非常巧合的情节，而要求编剧深入到生活中去寻找生活中经常发生的、平淡的矛盾和冲突与人们经常能遇到的问题来构筑情节。不像传统电影那样去追求戏剧性很强的冲突、悬念等。往往将"平淡的生活"作为艺术探索的对象。注意发掘日常生活本身所蕴含的戏剧性，而不是去编造、人为地构置"戏剧性"。[19]

事实上，任何一种艺术的发展终归是走向内心的过程。电影更应成为艺术家的心灵之作。无论我们如今怎样阐释和更正戏剧性的内涵，真正的目的却是强调电影表现领域的丰富和多样化。在这里，或许人们应当强调的不是戏剧性的定义以及时代性，而是将目光放宽，用兼容并蓄的态度去适应不同题材的创作。毕竟，影像的虚构性是跨越时空的，这一点早已成为电影的优势和长处。在面对不同的题材类型时，人们可以采用的方法也应随情势而决定。

因此，关于戏剧性，我们应当做出如下论断：冲突不是万能的，没有冲突也完全可能。或许引用下面一段话，能更直观地呈现问题的真实求解：

现代电影的另一个发展趋势即：走向内心。发挥电影"微观世界"的艺术魅力，它不追求外在的戏剧冲突，而是追求内在的心理刻画，着力于表现人的精神世界和心理感受。即通过日常的生活细节去发现、去概括，暗示出内在的最隐秘的内心活动和最微妙的心理状态……现在电影从偏重外在动作的戏剧结构转而偏重内在动作的文学心理结构。"情节结构的逻辑也就是按时间顺序叙述的主人公经历的事件，不是主人公与其他人物遇合的经过，而是他的思想发展的逻辑本身，主人公思想的复杂运动，也就成了组织情节发展的逻辑。"[20]

梅杰希

我认为,卢米埃尔兄弟已很恰当地规定了电影的真正领域。小说、戏剧已足以表达人类心灵,至于电影,它所表现的乃是生活的动态,自然界和它的现象,人群和人们的变动。凡是运动的东西都在电影机的拍摄范围之内。电影机是向世界开放的。[21]

贝拉·巴拉兹

俄国人吉加·维尔托夫(Dziga Vertov)曾有这么一个想法:拍摄一些不是引导人们走向陌生的远方,而是引导人们进入陌生的近处的旅游影片,用"电影眼睛"摄影机镜头观察,我们日常生活的场景也会令人吃惊不已,最细微的场景也需要我们全部的注意力,由于它们是从连续中分离出来的,因而,这些场景就变得意味深长,具有典型性。象征性描写:"生活就是这样"。一个孩子在玩,一对恋人在凳子上亲吻,一位司机正与他的旅客吵架。从某种程度上说,我们的眼睛像是通过钥匙孔窥视到令人惊讶的隐私,因为我们看到了不是为我们安排的事情。[22]

小津安二郎

电影感觉的基础,应该是自己先这么想,再去想如何让这个想法唤起观众生理上的共鸣,一切从这里出发。[23]

面对摄影机时,我想的最根本的东西是通过它深入思考,找回人类原本丰富的爱,以及如何把这种爱完美地表现在画面上。[24]

我认为电影没有文法,没有非此不可的类型。只要拍出优秀的电影,就是创作出独特的文法。我认为即使不用这些技术,一样能如实传达情感。[25]

分析与阐述：电影的真正领域

归根结底，电影同戏剧不同。在戏剧中，无论是哈姆雷特的复仇，还是娜拉的出走，尽管有的关乎生死，有的只是情感危机，但观众最终希望看到的是主人公接下来的命运究竟会发生怎样的转折和变化。即便是在荒诞派戏剧中，观众也深深地关注于主人公接下来会迎来命运怎样的转变。而在电影中，戏剧性的表现领域却伴随着影像的特性而丰富化，多样化了。影像表现空间的拓展，令戏剧性有了更大的空间。我们可以只伴随着影像流转去关注主人公心灵的变化，甚至是意识的变化，我们能够通过人物的一个眼神，一个微表情直射他们的心灵。这便是影像的特性带来的魅力，正如威廉·阿契尔所言："一个人置身变幻无穷的环境中，让他与数不尽或远或近的人物错身而过，让他与整个世界发生关系：这就是电影的意义。"[26]

狄德罗

布局就是按照戏剧体裁的规则而分布在剧中的一段令人惊奇的历史。[27]

亚里士多德

一个完整的事物由起始、中段和结尾组成。[28]

作品的长度要以能容纳可表现人物从败逆之境转入顺达之境或从顺达之境转入败逆之境的一系列按可然或必然的原则依次组织起来的事件为宜。长度若能以此为限，也就足够了。[29]

李 渔

作乐府亦有法，曰凤头、猪肚、豹尾是也。大概起要美丽，中要浩荡，结要响亮，尤贵在首尾贯穿，意思清新。苟能若是，斯可以言乐府矣。[30]

贺拉斯

如果你希望你的戏叫座，观众看了还要求再演，那么你的戏最好是分五幕，不多也不少。[31]

约翰·霍华德·劳逊

（亚里士多德）把悲剧表述为"对一个完整的、具有某种分量的动作的全部的模仿"。所谓"分量"曾引起不少的争论，但是亚里士多德自己的阐释已经是够清楚的了："尽管完整，却可能缺乏分量。所谓完整的动作，即指有起、中、讫的动作。"结构完整的戏剧"必须不偶为起讫。"他认为分量是一种尺度，它不应小得使人不能分辨各个部分，也不应大得令人无法领会整个动作。假如对象太小了，"就会看不清楚，看的时候也必然极为短促……所以，悲剧的情节必须具有一定的长度，并且是一种记忆力易于接受的长度。"因此"分量"的意义就是结构上的比例。"美来自分量和条理。"他认为"各个部分在结构上必须统一""假如其中有任何一部分摆错了或移换了地方，整体就将因之而脱节和混乱。因为假如某一部分是可有可无的话，它就不能算作整体的一个有机部分。"[32]

亚里士多德创立了两条总的原则：动作是命运的转变；结构的统一性是为了使动作完整并规定动作的界限。[33]

分析与阐述：传统戏剧结构

现如今，对于叙事艺术中的结构问题，人们仍旧坚持三幕剧的立场。这是对亚里士多德的戏剧结构论的承袭，同时，也深刻地证明了三幕剧是在历史的考量下，历经了文化变革以及社会思潮而被反复验证的结构原则。

贺拉斯对三幕剧进行扩充，在此基础上发展而成五幕剧，这是对三幕剧结构形式进行的进一步划分。由此可以看出，剧作理论是在大的框架之下逐渐细化出来的，人们后来的努力是不断地对其进行细化和补充。

纵观以上语录，我们能发现，历代剧作家和理论家对结构都有着极为明确的要求。如今，电影表现手段的创新更多地体现在对结构形式的新探索中，那么，我们又该以怎样的态度对待传统戏剧结构呢？

必须承认的一个事实是，无论电影的创作手段如何丰富，结构方式怎样多变，它始终立足于传统戏剧结构的土壤之上。所谓传统戏剧结构，就是应具备完整的头、身、尾三部分，也就是根据事件的发展规律，具有鲜明的开端，完整而逻辑严密的中间过程，以及耐人寻味的结局。在贺拉斯提出五幕剧的基础上，电影结构完全能够较为清晰地分为四个部分：开端、发展、高潮、结局。而亚里士多德不过是把发展和高潮归结在一起，构成了"身"的部分，贺拉斯不过把发展拆开，形成了相互关联的情节阶段。

注　释

1　《美学》第1卷，黑格尔，商务印书馆，1979年，第260页。
2　《美学》第3卷，黑格尔，商务印书馆，1979年，第283页。
3　《美学》第3卷（下），黑格尔，商务印书馆，1979年，第247页。
4　《简明美学辞典》，奥夫相尼柯夫·拉祖姆内依主编，知识出版社，1981年，第305页。
5　同上，1981年，第308页。
6　《我是怎样拍电影的》，山田洋次，中国电影出版社，1987年，第82页。
7　《剧作法》，威廉·阿契尔，中国电影出版社，2004年，第36页。
8　同上，第43页。
9　《罗西里尼论电影》，罗西里尼，节选自《电影艺术丛刊》，1952年，第29页。
10　《易卜生戏剧的新技巧》，萧伯纳，节选自《欧美古典作家论现实主义与浪漫主义》，中国社会科学出版社，1980年，第323页。
11　《戏剧上的自然主义》，左拉，中国社会科学出版社，1980年，第248页。
12　《契诃夫与艺术剧院》，史达尼斯拉夫斯基，时代出版社，1950年，第10页。
13　《我是开豆腐店的，我只做豆腐》，小津安二郎，南海出版公司，2013年，第157页。
14　同上，第161页。
15　同上，第158页。
16　《剧作法》，威廉·阿契尔，中国电影出版社，2004年，第44页。
17　《马克思恩格斯选集》第2卷，第121页。
18　《苏联现代电影中风格流派和表现手段的多样化》，伍菡卿，节选自《世界电影译丛》，1983年4月，第45页。
19　《结构塑造性格》，瓦·佛明，节选自《电影译丛》1979年2月。《结构、手段和风格的多样化》，林洪桐，节选自《电影创作》1983年11月，第45页。
20　同上，第47页。
21　《电影的本性》，克拉考尔，中国电影出版社，1981年，第38页。
22　《可见的人　电影精神》，贝拉·巴拉兹，中国电影出版社，2000年，第192页。
23　《我是开豆腐店的，我只做豆腐》，小津安二郎，南海出版公司，2013年，第69页。
24　同上，第85页。
25　同上，第98页。
26　《剧作法》，威廉·阿契尔，中国电影出版社，2004年，第66页。
27　《西方文论史》（上），伍蠡甫编著，上海译文出版社，1979年，第353页。
28　《诗学》，亚里士多德，商务印书馆，1998年，第74页。
29　《诗学》，亚里士多德，商务印书馆，1998年，第75页。

30 《李笠翁曲话》,李渔,湖南人民出版社,1980年,第8页。
31 《诗学·诗艺》,亚里士多德·贺拉斯,九州出版社,2007年,第129页。
32 《戏剧与电影的剧作理论与技巧》,约翰·霍华德·劳逊,中国电影出版社,1978年,第13—14页。
33 同上,第203页。

第十四章

电影的结构问题

电影的结构总在经验的继承和形式的更迭中发展。自叙事艺术产生之时起,创作者的结构观念便随之产生并逐步完善,结构在本质上成为艺术作品本身审美特性的重要体现。结构不仅外在地表现为故事发展的样式以及情节各部分的比例,更是一定时期电影艺术创作倾向、创作心理乃至社会心理的承载。结构主义作为一种历久弥新的研究对象,在不同时代均出现了不同的观点主张。在一定程度上,结构是某一具体时代的人的心理结构的外化性表现。人们能够较为容易地关注到因为某一特定结构方式的突破而形成的学术界以及创作领域的争论和激荡。戏剧领域中对"三一律"的历次突破所带来的劫难与反思就是典型的表现。电影是近代兴起的光影艺术,它的技术特性决定了表现方式的多样化。结构观念也反映出结构方式的灵活性和多样性。在这种情形下,无论是创作者、理论家还是普通观众,都不会以固守成规的心态来恪守单一的结构方式,他们能够接受电影中的倒叙、时空交错以及非线性叙事。但同样需要指出的是,在诸多不同的结构形式中,却存在着特定时期内以某一种结构方式为创作主流的创作现象。比如,倒叙或者时空交错均有其盛行的年代,非线性叙事也曾一度流行。这说明,无论社会历史和技术手段如何发展进步,结构均承载着丰厚而复杂的内涵。

新藤兼人

所谓结构,似乎像跳舞名家或像剑术高手摆出的静止架势。架势这种东西,若内容好形式就漂亮。近代剧是在结构匀称美的基础上构筑而成。即便到了现代剧,对于如何组合结构仍然是雕心镂骨、煞费苦心。在传统技艺的"能"的世界里流传着"序破急",这在戏剧创作中被称作"起承转合",在近代剧编剧法中被分成开始、展开、冲突,高潮、结尾。然而,无论分成三段、四段或五段,都是实际进行戏剧创作的人们在实际经验和成果中掌握、削减或巩固的。莎士比亚永远保持戏剧创作的新鲜,其原因也是在积累由实地挖掘出来的戏剧创作经验的基础上完成的。[1]

吉安乃蒂

这里也应指出"结构"和"情节"的不同含义。一部艺术作品的结构是指把若干互有关联的单元组成一个复合的单一整体时采用的任何安排方式。一部影片的结构是指它的结合原则——部分如何同整体相结合。所以一部影片的情节只是一种结构——一种强调事件和各事件之间因果关系的结构。[2]

爱森斯坦

很难找到一个戏剧艺术作品既具有真正的感染力,而同时又不遵守一般结构方面的这一基本规则。[3]

对问题的研究是按阶段的:画格——镜头——蒙太奇——声画对位,同样地,在那里(戏剧中)研究也将是按下列阶段的:形体运动(表情运动)——心灵运动(体验)——意识的运动(形象与性格)——动作的运动(戏剧)。所有这些都是试图论证其中的每一项以及它们合在一起是怎样体现社会冲突的反映和整个现实矛盾的运动的。[4]

作品结构乃是人类意识在一个独特的形式结构中的反映。这是作品形式上的反映，正如真正有生命力的作品内容的首要条件总是对人的反映一样。[5]

乔治·S·塞姆赛尔

中国电影的基本美学原则更多的是凭借文学的手段，而不是电影技巧来实现的。大多数新的激进的电影创作者常在摒弃这种美学原则。例如闪回，人们只需稍加考虑便不难发现，闪回在中国电影中的大量运用即是文学影响电影的一个明证。然而，尽管闪回能够简单地解决叙事的问题，并可以通过时空的变化，使叙述本身富于节奏感，但事实上，它却限制了一部影片的想象空间。即使不如此，它至少限制了行为动作的有效空间，从而使我们强烈地感觉到我们所目及的一切都是固定的和有时间限制的。这点，正像这些青年导演已经认识到的，是与电影潜在的开放性相悖的。从这个特点定义来讲，在许多中国影片中运用闪回，不论它有多少正当的存在理由，都表明有些导演还没有认识电影的基本美学原则。鉴于此，近期的优秀的影片都避免使用闪回方法，自然是没有什么可奇怪的了。[6]

分析与阐述：结构的形态

现代电影创作中，结构方式主要有以下几种：顺叙、倒叙、插叙以及环形结构。

顺叙的结构严格地遵循了传统的结构观念，它以娓娓道来的形式向人们讲述故事。这种结构方式是最为常见的，其中的阐述和要求我们可以参考以上亚里士多德等人的语录，在这里不重复赘述。

关于倒叙，人们能十分容易地找出一大批优秀电影作品：《日瓦戈医生》（*Doctor Zhivago*，1965）、《泰坦尼克号》（*Titanic*，1997）、《彗星美人》（*All About Eve*，1950）、《相见恨晚》（*Brief Encounter*，1945）、《末代皇帝》（*The Last Emperor*，1987）、《茱莉亚》（*Julia*，1977）、《魂断蓝桥》（*Waterloo Bridge*，1940）等。这种结构的特点是，在完整的故事之前安装一个回忆的框架。通常表现为，主人公站在人生的赛末点上，回看一段往事。在开头的讲述中，往往蕴含着对回忆的态度，也显示出在此刻的人生阶段中对于过往的感悟。

插叙的方式在影像表达中被称为"闪回"。在叙事空间内，不断有代表人物内心和想象的画面插入叙事段落中，引导人们跟随人物走进另一段故事。比较典型的是《那山那人那狗》（1999）。谈到插叙时，我们不得不提到一点，那就是插叙作为一种结构方式，它不仅应当使得影像的闪回成为贯穿影片的主要讲述方式，更要突出影片的风格味道。需要避免的是在叙事中迫于"交代"性信息的需要而插入闪回。比如，为了交代人物前史而插入闪回，这样导致的后果是使得原本完整的叙事被闪回切碎，影响了整体感观效果。电影史上有不少利用闪回镜头而构成巧妙叙事的范例：《砂之器》（*Suna no utsuwa*，1974）、《远山的呼唤》、《德州巴黎》（*Paris, Texas*，1984）等。它们抒写了人物内心中最柔软、最隐秘的角落，通过独特的声画结构，强烈地渲染了人物的情绪。

除此之外，还有把故事讲成了无休止的"轮回"的环形叙事，这种叙事结构仿佛寺院里的转经筒，永远围绕着一个核心转动，没有结束，周而复始。《罗拉快跑》（*Lola rennt*，1998）、《低俗小说》（*Pulp Fiction*，1994）、《薄荷糖》（*Peppermint Candy*，1999）、《记忆碎片》（*Memento*，2000）等，均是环形叙事结构的代表作品。这种结构还常常被称为"非线性叙事结构"，也就是说，它们没有遵循传统叙事结构上的从开头讲起，层层递进地走向结局的线性讲述方式。环状结构在一定程度上表达了人物内心世界中对生命的眷恋和惋惜，是人类潜意识中"死亡意识"的深刻折射。

影像重组的自由的确为突破结构模式开辟了道路。然而，我们必须承认一点，无论何种结构方式，讲述故事的方向和原则永远立足于传统叙事结构之上。采用了倒叙结构的影片在倒叙之外的部分依然会严格地遵循头、身、尾的结构。插叙的道理也是如此，谋篇布局的大方向必定是事件的走向，不过在适当的地方插入了强调表达的内容。至于环形叙事，我们也可以将其称为"分段叙事"，其中的每一段均有着完整的起承转合。

无论何种形式的叙事艺术，基本的结构原则是不可能突破的，我们能做的，不过是在完成叙事的基础上多一些表达方式的自由。

要让电影看上去富于节奏感，结构布局上的用心不可或缺。不幸的是，大多数人却容易忽略结构的安排。事实上，影片的结构方式以及具体的方案，一定是在创作之前展开的，而不是创作过程中的任务。通常，在构思剧本的同时，便应该连同它的结构方式一并考虑。这是人们在创作前的惯常思维，作者对未来影片的期待往往首先体现于结构方式之中。关键问题出在提纲写作之前。正确的创作方式应当先严格地规定好每一部分所占据的比例以及这一部分包括多少情节点。这样，在创作时才不至于头重脚轻，并且可以避免情节进展缓慢甚至停滞的状况。

歌 德

我没有踌躇过一刹那，去放弃那遵循格律的戏剧。地点的一致对我犹同牢狱般地可怕，情节的统一和时间的一致是我们想象力的沉重桎梏。我跳进了自由的空气里，这才感到自己（生长了）手和脚。现在，当我认识到那些讲究规格的先生们从他们的巢穴里给我硬加上了多少障碍时，以及看到有多少自由的心还被围困在里面时，如果我再不向他们宣战，再不每天寻找机会以击碎他们的堡垒的话，那么我的心就会愤怒得碎裂。[7]

分析与阐述：三一律的突破

高乃依（Pierre Corneille）以一部《熙德》深深地挑战了三一律的权威。在那样的时代，三一律是戏剧创作的金科玉律，人们对它的认可就好比对地心说的认可一样牢固不可撼动。然而，高乃依终究不是布鲁诺，他并没有选择为了坚持真理而葬身于火海。最终他妥协了，他后来的作品都是按照普世的公理进行创作，规规矩矩地恪守了"时间、地点和情节一致性"的老规矩。可悲的是，在《熙德》之后，他再也没有写出伟大的作品。他的后半生就在凄凄惨惨戚戚的消沉中走向了终结。

如今，人们仍旧怀念高乃依敢于突破三一律的勇气。事实上，高乃依的行为代表的绝不仅仅是他个人的意志，而是时代的进步和艺术观念的自由。古希腊时期的演出条件并不能容许频繁的地点更换，而且囿于当时社会发展的制约，人类的视野并没能延伸于超乎自己生活之外的地域。歌德的说法指涉的并不仅是三一律的有关问题，而是借此来告诉人们，艺术创作理论必定伴随着时代而交替更迭，几乎没有一项原理是静止不变的。从事创作的人要忠实于时代，忠实于观众，忠实于心灵。唯有真诚的出自内心感受的作品才称得上佳作，相反，那些恪守戒律的规规矩矩的东西，尽管表面上看挑不出任何毛病，却缺乏作品最可贵的灵魂。

黑格尔

冲突一般都需要解决，作为两对立面斗争的结果，所以充满冲突的情境特别适宜于用作剧艺的对象，剧艺本是可以把美的最完满最深刻的发展表现出来的。至于建筑却不能充分表现出可以显示伟大心灵力量的分裂与和解的那种动作，就连图画，尽管它的范围是广阔的，也永远只能把动作的某一顷刻呈现到眼前。[8]

第一，物理的或自然的情况所产生的冲突，这些情况本身是消极的、邪恶的，因而是有危害性的；第二，由自然条件产生的心灵冲突，这些自然条件虽然本身是积极的，但是对于心灵，却带有差异对立的可能性；第三，由心灵性的差异而产生的分裂，这才是真正重要的矛盾，因为它起于人所特有的行动。关于第一种冲突，它们只能作为单纯的原因而发生作用，因为这里所涉及的只是外在的自然，以及自然所带来的疾病、罪孽和灾害，这些东西破坏了原来的生活的和谐，结果造成差异对立。单就它们本身来看，这一类冲突是没有什么意义的，其所以采为艺术的题材，只是因为自然灾害可以发展出心灵性的分裂，作为它的结果。……艺术对于灾祸，并不是把它只作为一种偶然事件来表现，而是把它作为一种阻碍和不幸事件来表现，这种阻碍和不幸事件按其必然性只能取这种形象而不能取另一种形象。其次，外在的自然力量，单就它是外在的自然力量来说，在心灵的旨趣和矛盾中既然不是本质的东西，所以在它和心灵的关系紧密结合时，它只是一种基础（或背景），使真正冲突导致破坏和分裂。凡是以自然的家庭出身为基础的冲突都属于这一类。这类约略可分为三种：第一，与自然密切联系的权利……这方面最主要的例子是王位继承权。这冲突的第二种情境是和上述第一种相反的，其中出身的差别——这本身就是一种不公平的事——由于习俗和法律的影响变成了一种不可克服的界限，好像它已是一种习惯成自然的不公平的事，因此成为冲突的原因。奴隶地位，农奴地位，等级的差别，在许多国家里犹太人的处境，以及在某种意义上贵族出身与市民出身的矛盾都属于这一种。这种冲突在于按照人的概念，人有人应有的权利、关系、欲望、目的和要求，而由于上述的出身差别中某一种关系，它们仿佛受到一种自然力量的阻碍和危害。……如果一个人按照他的精神方面的能力和活动本有资格属于某一阶级，而他的出身地位却成为一种不可克服的障碍，使他不能属于那个阶级，这对于我们现代人来说，不只是一种不幸，而且在本质上还是一种冤屈，他就算遭到了冤屈……进一步估计这种冲突，我们可以看到以下三个主要的方面：第一，个人必须凭他的心灵方面的优点就已经可以跳越过这种自然界限，使自然界限的力量屈服于他的愿望和目的，否则他的要求就还是愚蠢的（例如超越阶级的爱情）。……第二种情形就是出身地位的依存性成为一种法定的起妨碍作用的枷锁，套在本身自由的心灵以及它的正当的目标上面。这种冲突也还是违反审美性的，与艺术理想的概念相矛盾的，尽管它是人们爱采用的而且用起来也是很容易的。……第三种情况与第二种情形是密切相关的，也还是一样不符合真正的艺术理想。在这种情形下，有关的个人从出身地位的关系、宗教条文、国家法律和社会习惯得到某种特权，他就要求享受这特权。……这种冲突只有一种真正的出路，那就是这种不正当的权利得不到实现。……根于自然性的冲突最后还有一种，就是天生性情所造成的主体情欲。最显著的例子是奥赛罗的妒忌。野心、贪婪乃至于爱情都属于这一类。[9]

约翰·霍华德·劳逊

由于戏剧是处理社会关系的，一次戏剧性冲突必须是一次社会性冲突。我们能够想象人和人之间的或者人和他的环境——包括社会力量或自然力量——之间的戏剧性斗争。但我们要设想一出只有各种自然力量互相对抗的戏，可就很困难了。戏剧性冲突也是以自觉意志的运用为根据的，没有自觉意志的冲突一定是完全主观，或者完全客观的冲突；由于这样一种冲突不会牵涉到人与人或人与环境发生关系时的行为，它就不会是一种社会性冲突。[10]

分析与阐述：认识冲突

  黑格尔从现象上阐述了冲突的几种表现形式。其中透露出的本质环节并不是冲突种类的划分，也不是各种冲突之间的等级高低。从表象的陈列中，我们看到了黑格尔的美学观念中根深蒂固的泛冲突学说。他将冲突视为剧艺表现的最佳方式，并认为，冲突是事物动态发展的最好的美学表现。今天我们重提黑格尔的主张是因为，在电影创作中，泛冲突论一直左右着编剧们对题材的设定，操控着对故事类型和样式的选择。如果我们不能放开视野，站在历史的高度客观地看待黑格尔的学说，我们也不能以公正的态度对待冲突，更不能形成电影创作以及理论研究的宽泛视野。所以，在电影商业化突飞猛进的今天，重提冲突学说是十分有必要的。

  冲突学说不仅是黑格尔美学思想的体现，也是其哲学理论的核心内容。要真正地理解黑格尔的冲突论，我们首先应当了解理论背后深刻的社会历史原因。

  （1）十八至十九世纪之间德国的分裂状态。

  黑格尔生活于十八世纪末至十九世纪初期，在他所经历的并不漫长的半个多世纪中，德国并没有形成统一的国家。十九世纪以前，德国被称为"神圣罗马帝国"，到了十九世纪初，这个有名无实的称号才被取消。尽管如此，德国始终未能实现统一，这也意味着分裂地区之间存在着长期的冲突和斗争。直到黑格尔去世之后的半个世纪，德国才实现统一。

（2）法国大革命的影响。

黑格尔在担任家庭教师期间，阅读了大量的社会理论书籍，从书中他了解了法国大革命的全部历程。不仅如此，黑格尔所生活的时代也恰好为法国大革命从爆发到结束的完整历程。在启蒙思想的影响下，这一时期的法国充斥着激烈的工人运动，反对旧制度的起义和斗争。这一切，均在黑格尔年轻的思想中形成了关于意志和生命的冲突理论。阶级之间激烈的交锋意味着要实现自我的价值和权力就需要最大限度地发挥自己的意志，采用抗争的甚至暴力的手段。当这一切反映到哲学的思想和世界观中，便包含了冲突的味道。

（3）启蒙思想所带来的争取自由和平等的斗争，比如女权运动和工人运动。

启蒙思想所带来的不仅是法国大革命的影响，更是欧洲范围内关于个人权力和意志的斗争，是实现个人价值的有力的理论支撑。原本处于社会弱势地位的工人以及女性开始了自由意志的觉醒，争取独立的斗争不断上演。

这些便是黑格尔所生活的时代背景，它们构成了他对世界的看法，成为他哲学思想的渊源。

然而，我们对于黑格尔冲突说进行背景分析的目的并不局限于简单的认知和了解，我们的主要目的是通过原因的揭示而明确冲突的真正内涵。正因为冲突的学说产生于动荡的年代，透过对历史的还原，人们仿佛看到了工人运动和女权运动频频发生的街头，看到了联邦之间的频繁战争，看到了国家之间的征服和侵夺。种种原因所形成的现象，不正揭示了冲突的内涵吗？

因此，根据黑格尔对于冲突的定义以及划分所论述的内容，结合世界近代的哲学思想，可以得出关于冲突的具体内涵。在特定的时代背景中，发生矛盾的人群之间本身就存在着对立性。在同样的社会背景之下，他们之间获得的资源和利益存在着极大差异，有了生存环境之间的落差，才为冲突的发生提供了契机。冲突是为了实现某一阶级或者个体的利益而进行的激烈交锋。在进程中，意志的力量得到最大限度的发挥，它往往使参与者付出沉重的代价，更不惜献出生命。从结果的意义上说，冲突必定会破坏原有的状态，形成新的社会关系和新的平衡。这是冲突在产生之初就希望实现的目标，也是在冲突过程中，各个环节进展中所瞄准的目标。最大的悬念在于通过冲突所期待达到的局面能否实现。

黑格尔哲学理论体系的建立，为后世诸种思想和主义的提出奠定了理论基础。二十世纪初，在德国掀起了存在主义浪潮，并波及欧洲大陆。海德格尔、萨特、尼采等人分别从不同的角度对个人价值的实现做出了具有相似性的阐释。他们的共识在于，强调了个人同社会环境以及其他个体之间的对立关系，以及个人生存中"非此即彼"的斗争性和复仇性。

黑格尔

冲突要有一种破坏作为它的基础,这种破坏不能始终是破坏,而是要被否定掉。它是对本来和谐的情况的一种改变,而这改变本身也要被改变掉。尽管如此,冲突还不是动作,它只是包含着一种动作的开端和前提,所以它对情境中的人物,只不过是动作的原因,尽管冲突所揭开的矛盾可能是前一个动作的结果。例如古希腊悲剧三部曲的次第就是如此,从头一部剧本的终局产生出第二部的冲突,而这个冲突又要在第三部里要求解决。因为冲突一般都需要解决,作为两对立面斗争的结果,所以充满冲突的情境特别适宜于用作剧艺的对象,剧艺本是可以把美的最完满最深刻的发展表现出来的。[11]

人不自觉地无意地做了某一件事,后来他才认识到那件事在本质上破坏了某种应受尊重的道德力量,这种情况就还是属于"自然"的范畴。……这冲突的根源就在于行动发生时的意识与意图和后来对这行动本身的性质的认识之间的矛盾。[12]

艺术的要务不在事迹的外在的经过和变化,这些东西作为事迹和故事并不足以道尽艺术作品的内容;艺术的要务在于它的伦理的心灵性的表现,以及通过这种表现过程而揭露出来的心情和性格的巨大波动。[13]

斐迪南·布吕吉耶

戏剧是表现那些与限制和贬低我们的自然力量或神秘力量发生冲突的人的意志的;是我们中间的某一个被放到舞台上去生活,并且在那里进行斗争,以反抗命运,反抗社会法律,反抗他的某一个同类,反抗他自己——如果需要的话,反抗野心、盘算、偏见、愚蠢,反抗他周围的恶意。[14]

威廉·阿契尔

看来简单的真理是：冲突乃是生活中最富于戏剧性的成分之一，因而许多剧本——也许大多数剧本——事实上的确都以某一种冲突为对象。但如果把冲突说成是戏剧必不可少的东西，尤其是像某些布吕吉耶的信徒那样，坚持冲突必须发生在意志与意志之间，那显然是一种错误。[15]

D. G. 温斯顿

冲突是敌对人物、敌对势力或敌对意志的相对作用。它一般被认为是构成戏剧的"要素"，但是我们也往往看到，某些影片或电影剧本中，它可能占一定分量，也可能不占什么分量。[16]

查希里扬

我们也不应忘记戏剧斗争——这永远都是性格的冲突，这种冲突在银幕上并不像在舞台上那样必不可少。在电影中，也像在文学中一样，作品既可以是戏剧性的，也可以是史诗性的……电影的许多领域既没有戏剧斗争的成分，也没有史诗斗争的成分，而我们却没有理由不承认它们是艺术。许许多多给我们留下强烈印象的风景片、纪录片就是这样的。动画片又是多么吸引人啊！难道动画片的艺术价值就在于画出来的形体的伪戏剧斗争吗？[17]

约翰·霍华德·劳逊

由于他（亚却）否认意志冲突的观念，他建议说危机这个词更符合戏剧表现的一般特征。他说："戏剧可以称之为危机的艺术，正如小说是逐渐发展的艺术。"这虽然不是一条很全面的定义，但"危机"理论无疑是丰富了我们关于戏剧性冲突的概念。[18]

一场不能达到危机程度的斗争是没有戏剧性的。[19]

意志的发挥必须强烈得足以将冲突维持到并发展到爆发点。一场不能到达危机的冲突是一场软弱的意志的冲突。在希腊和伊丽莎白时代的悲剧中，最大限度的紧张点一般出现在英雄死亡的时刻：他被反对他的力量毁灭了，或者他自认失败而自杀了。[20]

分析与阐述：冲突的形态

只有明确冲突的具体所指，才能在创作中避免泛冲突论的误区。现在的问题是，冲突是否应当以形式主义的态度渗入剧本创作的种种环节？

或许，在电影的取材方式以及表达形式多样化的今天，冲突的形式化已渐渐地从特定题材中淡出。举一简单例子而言，新现实主义以及新德国电影运动的部分代表作品并没有贯穿始终的冲突，日本电影先驱小津安二郎及其后来的电影人山田洋次等的影片也找不到冲突的痕迹。要证明关于冲突律电影的特性，还需从冲突的概念以及表现形态上加以明确化。

依据黑格尔关于冲突的划分，冲突主要分为以下几种情形：第一，以自然界和物理情况带来的冲突，主要包括难以抗拒的自然原因，比如自然灾害，人类同宇宙中客观存在的其他种类和生物之间的斗争；第二，由物理存在而形成的心灵的对立，主要指由遗传或生活背景等无法选择的自然因素带来的不同人群之间的斗争；第三，也是冲突的最高级形式，是心灵差异面的冲突。比如，不同人之间由于所处某一事件或某一人生阶段的具体环境和情感经历的不同，而导致在对待某一情形时所形成的立场的冲突。结合标准，第一种情形的代表作品以好莱坞电影中的灾难电影为典型:《后天》(*The Day After Tomorrow*, 2004)、《大白鲨》(*Jaws*, 1975)、《龙卷风》(*Twister*, 1996)、《2012》(*2012*, 2009),这些影片均以不可抗拒的自然灾害为前提,在人与自然的冲突较量中描写人的情感,展现人的意志。后面两种情形皆在展示不同立场之间人的冲突和较量。其中,第二种类型最先成为古典主义戏剧创作的题材基础,当电影艺术产生以后,又比较广泛地存在于电影之中。国产电影中,武侠片或者战争电影,均是此种冲突的直接体现者。第三种冲突成为最富有戏剧情境的冲突。在戏剧发展史上,内心现实主义的戏剧正是心灵冲突的最佳表现。易卜生的《娜拉》、奥尼尔的《推销员之死》以及曹禺的《日出》以及《雷雨》,均是特定情境之下,由于人物之间产生了心灵上的隔阂和观念的失衡,而产生的冲突。在电影中,这种例子也是常见的,它们不仅具有富于张力的戏剧节奏、紧张的较量,也揭示了深刻的主题:《飞越疯人院》、《危情十日》、《教父》、《水果硬糖》等,均属于这类冲突的类型。这些故事发生在特殊的情境下,由于人性的裂变而形成了双方的较量。片中展开的冲突不仅是行为上的,更加透视出人性深处的善与恶,阴暗与光明。

从以上陈列的几种情形中,我们看到了冲突的表现形态,那就是,以摆脱危机为目的而进行的个人意志的斗争,斗争的结果往往导致主人公在身体或心灵上遭受一定程度的摧残,并以此为摆脱危机的代价。

然而,生活中并不尽然充满了危机,人类所面临的诸种境遇也并不一定全然决定着生命的危机或精神世界的崩溃。这就决定了电影所涉猎的范围也并不总是冲突。在电影史上,表达温情的影片比比皆是,它们对观众的吸引力甚至超过了表现冲突的影片。伊朗电影《小鞋子》,写了兄妹二人为了赢得一双鞋子而做出的努力,你能说这部戏是靠冲突的吗?这部影片从头至尾都没有发生激烈的戏剧性冲突。同样是伊朗影片,《樱桃的滋味》也没有一场激烈的冲突戏,只是平静地表达了人物的情感和思想;韩国电影《八月照相馆》(*Christmas in August*, 1998)、《我脑中的橡皮擦》(*Eraser in My Head*, 2004)、《假如爱有天意》(*The Classic*, 2003)、《建筑学概论》(*Architecture 101*, 2012)、《诗》(*Poetry*, 2010)、《密阳》；日本电影如小津安二郎的《东京物语》(*Tokyo Story*, 1953)，山田洋次的《远山的呼唤》《幸福的黄手帕》《母亲》以及风行日本数十年之久的《寅次郎的故事》，均描绘了人生中可能经历的境遇或与他人之间的纠葛，它们期望带给观众的并不是生死较量的瞬间，而恰恰是那些容易被人忽略的，却格外令人向往和珍视的生活情趣以及值得回味的情感。

狄德罗

戏剧情境要强有力，要使情境和人物性格发生冲突，让人物的利益相冲突。不要让任何人物企图达到他的意图而不与其他人物的意图发生冲突，让剧中所有的人物都同时关心一件事，但每个人各有他的利害打算。[21]

维·萨赫诺夫斯基、潘凯耶夫

冲突标志着各戏剧性矛盾的出现达到了最高阶段，它是在戏剧性抵触形成之后才产生的。……抵触产生于各种情况（事件）的汇合。各种情况的汇合迫使剧中人物必须做出意志上的冲突，也就是面临着选择道路的关键时刻。如果这种选择符合当时情境，那么，人物与现实相安无事，跟现实可能发生的冲突也就随之消除。如果人物对当时情境持反抗的态度，开始了戏剧性的斗争，这时抵触也就转化为冲突。……抵触因事件的运动而产生，冲突则由于主人公的决定而出现。[22]

D. G. 温斯顿

仔细研究一下好莱坞黄金时代由小说改编而成的电影剧本，可以充分看到这样一种倾向：即把小说原著中往往只是暗示出来的冲突加以拔高和突出，从而形成往往具有内在性质的冲突。例如，主人公必须在两个互相冲突的目的、价值或女人之间进行选择。[23]

约翰·霍华德·劳逊

布伦退尔在这个基础上，把黑格尔提示过的冲突律加以发展，并把它应用到戏剧的实践工作上去："我们要求于戏剧的是表现意志为争取达到目标而自觉地运用着它的手段的情景……戏剧所表现的是人的意志与神秘力量或自然力量（它们使我们变得有限和渺小）之间的冲突，它将我们之中的一位放在舞台上，在那里，他反抗命运，反抗社会规律，反抗他的同类之一，反抗自己（假如需要的话），反抗他周围人等的野心、兴趣、偏见、蠢行和恶意。"[24]

戏剧的基本特征是社会性冲突——人与人之间、个人与集体之间、集体与集体之间、个人或集体与社会或自然力量之间的冲突；在冲突中自觉意志被运用来实现某些特定的、可以理解的目标，它所具有的强度应足以导致冲突到达危机的顶点。[25]

分析与阐述：冲突律的结构

以上观点论述对冲突类影片的显性特征做了概括。在人物的性格和意志上的对立，整个剧本的目标应当具有整一性，表现单一的情节等，这些问题均涉及冲突律结构的特性。明确其特性对于一个冲突律剧本的构建来说是至关重要的第一步。只有在完整的冲突叙事框架下，意志的较量才能充分展开。冲突律电影中所展现的是人类面对绝境时透出的坚毅和软弱，这种特殊的品格在日常生活中是难以被察觉的。唯有在灾难之下才显示出人类强烈的求生欲望，在艰难的抉择中才掂得出情感的分量。关于人的情感和意志的一切，都是在对冲突框架的预先勾勒中描绘出来的，也是在对冲突性人物意志的建构中充分表达的。《飞越疯人院》《水果硬糖》《危情十日》这些电影关于人物意志的构建都是格外完整而坚实的，人物强烈的求生意志在困境中逐渐迸发，冲突正是在人物欲望和意志不断深化和加剧的过程中愈演愈烈。

除此之外，人物同环境之间的搏斗成为冲突展开的另外情形。布伦退尔认为，戏剧所表现的就是人的力量和意志同自然力量或其他神秘力量的斗争。展现冲突的最好方式是把一个性格上具有软弱性的人放在复杂的环境中，让他同周围的一切抗争。布伦退尔的话语揭示了一项十分重要的创作原则，那就是，我们如何为人物"建造"充满危机的环境。比如，《飞越疯人院》中，作者为并不存在精神问题的墨菲设置了疯人院的情境，且一并带来了对待患病人群的一系列压抑人性的酷刑和摧残。《大白鲨》中，人们时刻面临着大白鲨的袭击，每一个活跃在海上以及附近的人都可能随时毙命。

以上语录为我们揭示了冲突的本质所引发的创作的关键环节。但仅仅明确这些要素是远远不够的。作为外部动作极具冲突性的电影样式，冲突律电影更注重节奏的表达，富于激情的动作性是影片情节起伏的最显著表征。

黑格尔

对在具体情境下的个别人物的内心世界的描绘和表达还不算尽了戏剧的能事，戏剧应该突出不同的目的冲突自己挣扎着向前发展。在史诗里人物性格的广度和多方面性以及环境，偶然事故和遭遇都可以尽量描绘出来，而戏剧却应尽量集中在具体冲突和斗争上。[26]

戏剧动作在本质上须是引起冲突的，而真正的动作整一性只能以完整的动作过程为基础。[27]

合适的起点就应该在导致冲突的那一个情境里，这个冲突尽管还没有爆发，但是在进一步发展中却必须要暴露出来。结尾则要等到冲突纠纷都已解决才能达到。落在头尾之间的中间部分则是不同的目的和互相冲突的人物之间的斗争。[28]

真正戏剧的进展是奔向最后结局的不断前进。简单的理由就在冲突形成了突飞猛进的转折点。所以一方面一切进展都奔赴冲突的爆发里，另一方面互相对立的心情、目的和活动的决裂和矛盾也亟须达到一种和解，亟须达到最后结局。[29]

分析与阐述：冲突律的结构原则

一部完整的冲突律电影会按照事件发展的顺序，把冲突性事件分成开端、发展、高潮和结局几个部分。在具体写作过程中，又会依据冲突的进展而进一步划分发展环节的冲突点。发展过程中一般包含了几个比较重要的冲突进展的关键，我们把这几个关键部分分成三次关键进程，于是，在发展的部分，就有了三个比较重要的阶段。这样一来，结构段落就被划分成了完整的六个段落。一般来说，分成六个冲突点的情形比较常见。在冲突层层递进的环节中,若情节点铺设不够,则容易让剧情进展显得仓促。

在冲突开始的段落,要完成表述故事情境和传达人物形象的功能。在不少剧作理论书中,都格外强调这一部分的重要性。麦基和悉德·菲尔德等人的剧作法中,将剧本开头的部分称为冲突的"建置",意思是构建冲突得以展开的完整情境。他们同时还规定,这一部分的时间原则上不能超过十五分钟,超过了就会影响观众进入影片的心理节奏。毫无疑问,故事发展的中间段落占据的比例最大,一般来说,每一次冲突并不会持续过久——不仅外部行动的回合较量在短暂时间内容易分出高低胜负,观众的情绪也无法保持长时间的紧张。冲突律电影绝不会只有一条线索,它往往是由两条互相交织的线索共同完成的,在冲突发生时,往往同时体现出冲突背后的情感关系。这样,在冲突与情感的交织中,电影的节奏以时快时慢,高低起伏的形态表达出来。

冲突律电影的代表性作品数量诸多,尤以好莱坞电影最为突出。《王牌特工》(*Kingsman: The Secret Service*,2014)、《蜘蛛侠》系列、《超人》(*Superman*)系列等影片均恪守了这样的创作方式。这些电影无一例外地树立了超级英雄的观念,并规定正面人物最终必将以胜利而结局,以此带给观众一次心灵的告慰。然而,也有一些影片突破了叙事传统,以悲剧性的结局重新唤起古典主义式的对英雄人物的悲悯和同情。《飞越疯人院》是平民英雄主义悲剧的代表作品。主人公墨菲和他的同伴们不断反抗着疯人院束缚人性的体制并最终付出了生命的代价,却剧烈地撼动了地狱一般的牢笼。除此之外,丹尼斯·甘塞尔(Dennis Gansel)导演的《浪潮》(*Die Welle*,2008)也是意志胜利的典范。影片中,高中教师文格尔模拟国家体制的独裁实验,让被"统治"的学生逐渐地滑入了法西斯伦理的深渊,他们因此而形成的赞成体制和推翻体制之间的斗争浪潮也以生命的代价而告终。

因此,冲突律电影的结构形态在一定程度上是较为恒定的。它所营造的情节激烈性和外部动作的张力使其成为最适应大众娱乐需求的商业类型。但这并不意味着商业电影就是冲突律电影。并且，以上所举的例子也显示了在冲突律的固有模式下，叙事观念也应当不断地拓展和演进。

威廉·阿契尔

结构的艺术可以归结为：第一，给予观众某种伸展其精神的目标；第二，不要使观众感到这种精神的伸展是无用的。德莱顿（John Dryden）说："当你被领入那结构的迷宫时，你一定会感到兴味无穷，在那里你只能看到你前面的一段路程，但却看不到终点，除非你已走到了终点。"[30]

戏剧"兴趣"与单纯的"好奇"是完全不同的，当好奇已经消失时，兴趣仍能存在。尽管一个安排得很巧妙的故事本身并不足以为剧本赢得长久的生命力，但它却能经常而显著地提高一个具有其他更有力的盛行不衰条件的剧本的吸引力。人物性格、诗意、哲学、气氛，各自说来都是很好的东西，但它们在安排得当的情节的帮助下，却会更能显出自己的优点。我以为，在一幅画中，绘画技术并不是一切，但它却永远非常重要。[31]

一个戏一开始运动以后，它的运动就应当不断地以逐渐聚积的动力向前推进；如果它要停顿一段时间，这个停顿必须是经过深思熟虑的，有目的的。要是剧作者认为戏是在运动，而实际上戏只是在围绕着它的轴心旋转，那就是一个悲惨的失败。[32]

斯坦利·梭罗门

任何叙事都是组织人们经验的一种方式，亦即安排人类活动模式的一种方式，其目的是诗人的生活能在一段很短的时间（例如看一部电影所需要的两个小时）之内成为可以理解的东西。[33]

爱森斯坦

如果作品所遵循的规律不是依据于决定作品内容的现实生活的一般规律，那么这种作品就总会被看作是凭空臆造的、风格化的和形式主义的作品。我想着重指出，主题的重复、主题的结构变化等，绝不是完全从"脑袋里想出来的",不是"凭空臆造的",因为结构进程中的任何一个细致变化都不是出于形式上的需要,而是从表现出主题和作者对主题的态度的那种概念中产生的。[34]

结构上处理任何场面的出发点,任何时候都应当是以其内容和独特性而使人感动的地方。同时应当指出,通常感染力最大的是这种地方,它不仅有一眼就看得出来的直接效果,而且能含蓄地、深刻有力地体现出主题来。[35]

处理材料的过程中,逐渐地理解并体会到作品的思想,从而决定作品的结构规律。沿着这条途径,我们所说的有关作品的结构发展,有关确定作品的内在联系的规律的一切,就都会根据你们对任何主题或材料所持的明确观点而自然产生出来。[36]

我们的任务是要使这些材料具有富于电影表现力的形式,并研究怎样才能在结构上紧凑有力地安排这些材料。[37]

因此在处理结构问题时,不要一味抓住"有表面效果的材料",而要找寻使你深受感动的、"感人肺腑"的东西。[38]

李　渔

传中紧要处,须重著精神,极力发挥使透。如《浣纱》遗了越王尝胆及夫人采葛事,红拂私奔、如姬窃符,皆本传大头脑,如何草草放过。[39]

山田洋次

写剧本当然需要技巧,但只要主题明确,技巧所占的地位就是微乎其微的了。有无主题乃是首要的,技巧的问题既不是第二,也不是第三,不妨列到第四吧。[40]

分析与阐述：结构的重要意义

以上语录向人们揭示了结构的本质。结构不单是一种技巧，也不仅局限于故事的表现形式，结构是承载故事的容器。就好像我们用不同质地的容器容纳不同性质的液体一样。如果是水，可以用木质的或者塑料的水桶，装油类液体应当用密封性好的油桶，装硫酸等腐蚀性强的液体就要用耐腐蚀的容器。对于结构来说，表达温情的故事不适合用冲突律的结构来承载，同时，冲突性强烈的题材也不适于用娓娓道来的方式讲述。

既然如此，结构方案的制定有没有统一的标准和原则呢？各种类型题材与不同种类的结构样式之间是否存在一一对应的关系呢？就好比世界上没有两片相同的树叶一样，天底下的故事也没有完全相同的。尽管题材类型可能一样，比如，随着电影产业化的发展，人们把电影贴上了有代表性的题材标签：青春、悬疑、恐怖、爱情等。然而，谁也不能规定出每一种类型的创作套路，否则就违背了艺术的独创性特征，更否定了艺术家在创作中才能的发挥。任何电影都有独到的表现方式和撩动观众心弦的特别"招数"。只不过有的招数比较高明，让观众投入地跟着主人公的命运历程走了一遭，而有的招数却不那么好，观众不过是走马灯似的看了一些连续不断的画面。

威廉·阿契尔认为："要是剧作者认为戏是在运动，而实际上戏只是在围绕着它的轴心旋转，那就是一个悲惨的失败。"剧本情节的发展是"继往开来"的，每一个新的场景出现都意味着情节向前发展了一步，人物的命运发生了新的变化。否则，剧本展现的便不过是人物肢体的物理运动罢了。

在设置结构方案的时候，人们往往最先拟定方针原则——用顺叙、倒叙还是闪回？是否采用时空交错？是否用戏中戏？不过，除了这些宏观结构方案之外，还需细致地考虑每一部分，每一情节桥段，甚至每一场戏如何安排布置。什么场面在前,什么场面在后?哪个情节点应当事先透露,哪个应当向后搁置?开端应该怎样快速入戏?中间展开如何布置曲折?对于每一个写作的人来说,故事情节绝不是一边写剧本一边构思的。相反,人们一定是在写作故事梗概或者人物小传的同时,已经完成了大量情节和场面的积累。而结构安排的任务就在于如何将大量的情节进行合理剪裁和重组。

不过,归根结底,要做到引人入胜关键还需要编剧自身对剧本的投入。编剧不仅要看到未来的画面,更要对人物的命运显出深深的同情。很多时候,一场投入的创作甚至把编剧变成了剧中人,他随着剧中人的视角而看待世界,他对剧中可能发生的一切产生好奇和关注,甚至仿佛自己变成了主人公。

爱森斯坦认为:"主题的重复、主题的结构变化等,绝不是'完全从脑袋里想出来的',不是'凭空臆造的',因为结构进程中的任何一个细致变化都不是出于形式上的需要,而是从表现出主题和作者对主题的态度的那种概念中产生的。"这段话对于结构本质的论述具有深刻性,但也存在不足之处。结构是为了更好地表现主题,这一点不假,不过作者对于主题的态度不能完全决定结构样式。决定结构安排必须依靠作者对情境的"可见性",还要依靠作者对观众心理的熟知和把握。

威廉·阿契尔

一个剧本包含或者应当包含一个大的激变，而这个大激变又是通过一连串小的激变而完成的。因此，一幕戏应当或者包含一个被导向暂时性解决的小激变，或者包含轮廓分明的这样一组小激变。至于在某一主题的发展中应当出现多少这样的激变，这是不可能有一定的规则的。[41]

每一幕戏，说得简略一些，应当经得起回顾——每一幕戏在一个戏的总的设计中应当占适当的比例，而不应当使人感到它是空泛的、无关的或令人失望的——这一点非常重要。对紧张加以悬置，有时会产生正面的效果；但是不应当悬置过久，如果悬置一整幕，就等于是松弛——这无疑是紧张规律的一个朴素的必然结论。[42]

分析与阐述：电影桥段

完整的电影剧本总是由彼此关联的情节段落构成。一般来说，每一个情节桥段都能够成为独立事件。这不仅是桥段的特点，也揭示了对桥段写作的要求。根据结构原则，电影具备头、身、尾三个部分，根据事件的进展又分为开端、发展、高潮、结局，人们也将这四个部分概括为起、承、转、合。

其实，具体到每一个桥段的创作中，也应当注意结构上的完整性，应该将每一个桥段都清晰地划分出四个部分。我们知道，电影在时间上是连续不断地展现变化的过程的。一个完整的变化需要有明确的进展阶段，而不同的阶段又构成了完整的电影。在每一个阶段上，都应包含具体的事件，只有由一系列具体事件组成的变化，才能构成情节曲折的电影。既然是一连串的事件，其中的每一个组成部分必定是完整的，必定包含事件发展所必须经历的那些过程。只不过有些事件重大，构成逆转性的情节点，而有些只起到推波助澜的作用。

所以，在完整事件的基础上，作者应该对不同意义和分量的情节进行有侧重的篇幅分配，以实现情节的张弛有度。具体情节桥段的设计则应该依据桥段中特有的悬念而进行渲染和铺垫，并把握好段落中的节奏。

事实上，对于情节段落的安排同影片的情节安排在原则上是一致的，创作态度和所依据的原则也是一致的。只有在剧本中扎扎实实地构建起完整的情节桥段，才能实现整体布局的张弛有力；只有在情节段落内部巧妙地完成了悬念的设置和解决，才能推动影片悬念的解决。在剧本写作中，不可忽视任何一个情节段落，甚至不可忽视任何一场过场戏。

威廉·阿契尔

剧作家在第一幕里的主要目的应当是引起观众的兴趣并使其继续扩大。[43]

戏剧建筑的秘密的最大部分在于一个词——"紧张"。而剧作家技巧的主要内容就是在于产生、维持、悬置、加剧和解除紧张。[44]

小仲马说:"戏剧艺术是准备的艺术。"[45]

真正的艺术在于懂得要在多长的时间内保持沉默,又要在什么恰当的时候才开始说话。[46]

威·路特

只要安全一受到威胁,悬念就开始。在电影史上最卖座的十部影片中就有六部用死亡的危险作为戏剧动力。[47]

悬念以突进和停顿的方式发展。它并不停留在同一水平上,不管这个水平的紧张感有多么强。原因是,观众的神经有一定的忍受限度,如果你把他们拧得太紧张,就把弦绷得太紧,一直保持这种紧张程度,他们的神经就会吃不消。你的剧情会让他们觉得不舒服,他们会开始讨厌它。[48]

福斯特

好奇心是人类最原始的能力。在日常生活中你可以发现当人们最好问的时候差不多也就是他记性和惯力特差的时候。见面开口先问你有多少兄弟姊妹的人绝不是对你真心关怀,如果你在一年后又遇见他,他可能还是问你有多少兄弟姊妹,他的嘴巴和眼睛仍然是张得大大的。和这样的一个人交朋友很不容易,两个同样好问的人做朋友更是不可能。好奇心在日常生活中并不一定能带给我们什么结果,在小说中亦同——除了让我们找到故事。如果你要了解情节,还得加上智慧和记忆。[49]

分析与阐述：设置戏剧悬念

如何最快地让观众记住故事？如何让观众尽可能多地了解人物？如何让观众对每一个情节甚至细节过目不忘？以上问题考验的绝不是观众的智慧和记忆力，而是剧本对观众的吸引力。作为编剧，不能将电影上映效果不佳的问题归咎于观众。比如，剧情没看懂是观众的理解力不够，对剧情记忆不深是因为观众观看的时候不用心，放映一半时离场是因为观众心情浮躁，坐不住……编剧应当追求的真相是，剧本设计中的哪些环节出了问题？问题出现在哪个部分？是开端部分还是高潮部分？只有找到了剧本中存在的问题，才能避免观众的遗忘。福斯特认为，在小说中，好奇心并不是驱使人们读下去的唯一力量，要了解和记住剧情，需要有智慧和记忆。然而，好奇心却是驱使人们读下去的原初动力，只有好奇心被激起时，才能产生记住剧情的记忆和智慧。

引发好奇心的先行者叫悬念。戏剧中的铺垫和准备，开端部分的"破题"，事件进展过程中时刻的节奏变化——紧张的和有待解决的疑问，均是悬念的表现。在近代剧作理论研究者的研究中，对于悬念的设定格外重视。好莱坞电影剧作模式的研究者麦基和悉德·菲尔德等人，在其著作的开端部分便着重讲述了影片的开头如何设置悬念。

那么，究竟什么是悬念呢？或许不少人对这个词耳熟能详，却一时无法解释它的具体含义。在叙事学中，悬念的定义是："悬而未决的事件"。显然，剧情中被悬置的迟迟未能知晓结果的事件和命运，都可以被称为悬念。

悬念是情节发展的最直接动力。

悬念是故事核心的重要体现，抓住了这一核心，就应当在剧本开端部分迅速地建立起剧本中的人物关联，让人物的命运落入具体的事件中，引向未知的结局。

另外,悬念的设置还渗透到每一个具体的情节段落之中。情节段落的根本任务是揭示发展过程中每一个阶段的变化。变化的结果便意味着悬念。具体的情节处理中,也需要围绕一个目标去进行准备、铺垫、悬置、维持和突转。不过,在加剧悬念和解决的过程中,还需要把握一定的节奏,在"抑制""延缓"和"加剧""突变"之中保持适当的节奏进程,不要超乎观众可承受的心理节奏。

可以说,任何题材的写作都是围绕着悬念而来。根据题材类型的不同,悬念可以划分为不同的类型:爱情悬念、案件悬念、人生历程的悬念……无论做出如何细致的划分,悬念终归同当事人的命运休戚相关。因此,一切悬念的根本均是人物命运的悬念。

克里斯蒂安·麦茨

（让·米特里认为）即使摄影机得到了充分"自由"，已经按现代的移动方式进行拍摄，它仍然可能照旧表现构思上未脱离戏剧窠臼的故事。当然，经过电影的多年实践，动作的地点和事件可以千变万化，在这一点上，大多数舞台剧是望尘莫及的；但是，一部影片仍然要分为一定数量的自成起讫的彼此截然分离的时刻，每一个"时刻"便是"一场戏"。所谓影片，长期以来就是前后衔接的各个时刻和连续出现或平行展现的空间。这种情况相当广泛地持续存在于有声电影中，如今远远未见绝迹。[50]

威廉·阿契尔

必需场面是观众（多少清楚地和有意识地）预见和要求的一个场面，设若没有这个场面，就会引起观众完全合理的不快。如果做一粗浅的分析，我想，我们就可以发现有五种方式可以使一个场面变成为具有这种含义的必需场面：（1）它是主题所固有的逻辑所必需的。（2）它是特殊戏剧效果的明显需要所要求的。（3）作者用似乎是由必然发展而形成的方法把一个场面处理成为必需场面的。（4）它可能是为了证实极其重要而不能忽视的性格发展或意志改变所必需的。（5）它可能是由历史或传说所提供的。这五种必需场面可以分别简称为：逻辑性的必需场面；戏剧性的必需场面；结构性的必需场面；心理性的必需场面；历史性的必需场面。[51]

加布里洛维奇

一场戏不只是整个电影剧本情节中的一个环节，而且还应当有它自己的情节。处理每一场戏的情节，是一件最重要的、最必需的工作。每一场戏，不管整个影片的总的情节如何，都应当有它本身的情节发展，应当有它本身的突然的"变化"。[52]

编剧应当随时利用电影中在选择一场戏的地点方面的广阔的可能性——这对导演非常重要，也能丰富演员的表演，并使观众感兴趣。[53]

分析与阐述：如何写好一场戏

以上观点陈述了写好一场戏的重要性。首先，我们借用威廉·阿契尔的论述来明确本段落所阐述的"一场戏"的内涵。通常，人们讨论的"一场戏"的写作，所针对的是"必需场面"的一场戏。这并不包含过场戏，也不等同于由场景地点所决定的一场戏。这里的一场戏，包含了具有完整起承转合的有具体事件的相对完整的段落。它通常有一个主要的场景来支撑，承担了情节的转折和表达思想的任务。

针对以上语录，需要强调的并不仅局限于写好一场戏的重要性——明确其重要性不过是在观念上引起重视，对于编剧来说，比明确意义更加重要的是掌握写好一场戏的原则方法。

由于"一场戏"仍具备完整情节的结构要素，所以，在写作时同样要设置完整的发展过程。然而，"一场戏"的核心内容和作用在于揭示情节的变化。一场戏写作完成时，若没有变化，就不成为一场戏，然而，若变化不能扣人心弦，引发观众的惊奇，同样不能算是成功的创作。问题的关键在于，如何在结构上安排好一场戏。

人们常常以抛砖引玉的方法来体现"玉"的重要性。对于一场戏来说，"玉"便是戏核，是情节变化的关键节点。写好关键变化的"法宝"并不是怎样把变化写得生动有趣，恰恰相反，关键在于如何把前面那些"砖"铺设好。铺垫和准备是突显变化的关键因素。

不过，为"玉"抛"砖"并不是靠极力地渲染——那样做只会更早地暴露变化的迹象。实际情况中，猝不及防的变化最能令当事人和观看者刻骨铭心。所以,这里的铺垫并不是渲染,而是反向铺垫和反向渲染。也就是说,希望产生怎样的变化,就朝着截然相反的发展轨迹做反向描写。

施隆多夫(Volker Schlöndorff)导演的电影《铁皮鼓》中有一场重要的戏,是奥斯卡目睹母亲和叔叔的婚外情后下定决心让自己不再长大。作为影片的第一个突转,作为最具有交代意义和态度倾向的情节点,这场戏需要具备富于戏剧张力的表达形式。若按照常规的处理方法,奥斯卡在平静的氛围中安静地完成荒诞的人生转折,恐怕不会达到令人震惊的效果。作者在表达这一段情节时,设计了家庭聚会的气氛。在奥斯卡四岁生日的当天,他的家里聚满了亲朋好友,到场的还有母亲的情人,奥斯卡的叔叔,查理·扬。在这一场景中,作者以大量的篇幅写了大家唱歌跳舞,吃喝打牌,将成人世界的游戏表达得丰富多彩,当然还有奥斯卡的母亲同叔叔扬之间的暧昧举止。外在氛围的热闹同小奥斯卡的神态和行为形成对比。在这一场景即将落幕时,在所有人毫无意识的情况下,只听得奥斯卡一声尖叫——他从四米高的楼梯上摔了下来。前景氛围的热闹同悲剧发生后的死寂和母亲的哭喊形成了极端的对比。前景的热闹下意识地将观众的心情带入轻快的氛围中,渐渐地,在欢乐中浸入奥斯卡的独白,不祥的预兆扭转了观众的态度,让人做好期待的准备,直至剧情突转。若没有前端的反向铺垫,场景开始就引入奥斯卡的荒诞计划,就不能带给人深刻的情绪变化,惊奇效果的产生也不会那么显著了。

要突出一场戏的重要性,就需要采用特定的方法。反向原则是场景设计中的方法和技巧,它可以造成观众的心理变化,引导人们记住剧情,并且引发好奇心。因此,场景写作的反向原则不只是一项技巧,更是符合自然和心理真实的创作原理。

威廉·阿契尔

如果他没有一个用笔写出来的剧本提纲也能对付，那只可能是因为他的头脑是那么清晰，而且对他的一些构思是记得那么牢，因此他能够在自己那随时可以查询的脑海里保存着一个相当详细的大纲的缘故。信笔所至的写作方法，对于写小说的人也许可以，或许甚至对于写独幕剧（因为它是一篇对话）的人也可以，然而在一个有相当规模的戏剧结构中，由于各部分间的比例、平衡和相互联系是那么重要，因此一个剧本提纲对于剧作者来说，几乎跟一套设计图对于建筑师那样必不可少。[54]

亚里士多德

至于故事，无论是利用现成的，还是自己编制，诗人都应先立下一个一般性大纲，然后再加入穿插，以扩充篇幅。[55]

分析与阐述：分场提纲的重要性

鉴于以上两位论述者所认定的提纲创作的重要性，我们在这里要强调写作分场提纲的各类问题。

创作中最显著的表现就是同以上观点相反的拒绝分场提纲的态度。持有这种观点的人认为创作是一项自由和即兴的活动，任何不利于天才发挥的条框均应当避免。从大量的创作实例中，也能够十分容易地看到一个现象，那就是，凡是坚持写作剧本是激情的迸发和天才般的性灵自由的人，最终往往是半途而废的。我们绝不否认天赋在创作中的重要地位，不过，天赋更加集中地体现在对题材的分析以及构思完整故事的环节。我们谈到过，这个环节包含了对未来影像的感知以及风格样式和结构方案的设定。而一旦具体方案落实，开始进入创作时，则要扎实地按照预先的结构方案来，这就意味着亟须拟定分场提纲了。

看来分场提纲不仅与创作的自由是并行不悖的，更是保证剧本质量与提高写作效率的关键。具体说来，分场提纲并没有严格的格式标准，它是编剧为理清故事脉络而设定的情节规划。所以，分场提纲的写作应尽量简要，要本着明白易懂、节约时间的原则而进行。在实际创作中，不少人容易流于两种倾向，从而影响了创作效率。

第一种是提纲写作过于细致。很多人在写作提纲时，生怕遗漏一些信息，于是便把当时能够想到的事无巨细地统统写上，于是，他的提纲里就包含了整个桥段的起承转合，人物的行动，甚至是台词和细微的面部表情。其实，这是大可不必的。创作过程总是伴随着突发的想法，有些可以选择，而有些并不一定恰当，需要仔细斟酌才可确定。若是把所有的思维过程都细致地写在提纲里，日后的创作就容易受到既成细节的制约，这是不利于真正的创作自由的。

另一种情形是"喧宾夺主"。这是什么意思呢？若通览一些作者尤其是初学者的分场提纲，就会发现一个显著现象，大家按照电影中的分场要求认真地写明了场号、地点和时间，接着写了一系列人物的行动和对白，洋洋洒洒理顺下来，几乎接近完成剧本的场数了，却达不到剧本应具备的情节量。这种情况就是以不具备情节性的过场戏充斥了提纲，反而忽略了情节点的体现。通常情况下，一部电影的情节点应当在七十至八十之间，这意味着分场提纲中应当体现的数量是比较固定的。事实上，分场提纲并不需要针对每一个情节点展开表现，只要规定了情节点的数量以及在结构中所处的位置就够了。

综上所述，分场提纲的创作尽管是自由的，却也具有限定性。这种限定性来源于它为剧本写作服务的目的和功用。我们在创作中，既不能忽略它，更不能在提纲上做无用功，不必写成详细的剧本，更不必讲究格式的标准和华丽。总之，它只要成为作者能一目了然的未来图景，就已足够。

注 释

1. 《电影制作经验谈》，新藤兼人，中国电影出版社，1991年，第35页。
2. 《无情节电影的传统》，吉安乃蒂，节选自《世界电影》，1983年第3期，第59页。
3. 《爱森斯坦论文选集》，爱森斯坦，中国电影出版社，1982年，第458页。
4. 《蒙太奇论》，爱森斯坦，中国电影出版社，2003年，第76页。
5. 同上，第103页。
6. 《近期中国电影中的空间美学》，乔治·S·塞姆赛尔，节选自《电影艺术》，1986年1月，第50页。
7. 《西方文论史》(上)，伍蠡甫编著，上海译文出版社，1979年，第454页。
8. 同上，第292页。
9. 《美学》，黑格尔，商务印书馆，1979年，第266—270页。
10. 《戏剧与电影的剧作理论与技巧》，约翰·霍华德·劳逊，中国电影出版社，1978年，第207页。
11. 《美学》，黑格尔，商务印书馆，1979年，第260页。
12. 同上，第271页。
13. 同上，第275页。
14. 《剧作法》，威廉·阿契尔，中国电影出版社，2004年，第26页。
15. 同上，第29页。
16. 《作为文学的电影剧本》，D.G.温斯顿，中国电影出版社，1983年，第19页。
17. 《银幕的造型世界》，查希里扬，中国电影出版社，1983年，第223—224页。
18. 《戏剧与电影的剧作理论与技巧》，约翰·霍华德·劳逊，中国电影出版社，1978年，第211页。
19. 同上，第211页。
20. 同上，第212页。
21. 《论戏剧艺术》，狄德罗，节选自《当代戏剧》，1980年第5期，第16页。
22. 《现代影片中的抵触》，勒·别洛娃，节选自《电影艺术译丛》，1979年3月，第279—280页。
23. 《作为文学的电影剧本》，D.G.温斯顿，中国电影出版社，1983年，第36—37页。
24. 《戏剧与电影的剧作理论与技巧》，约翰·霍华德·劳逊，中国电影出版社，1978年，第80页。
25. 同上，第213页。
26. 《戏剧理论史稿》，余秋雨，上海文艺出版社，1983年，第470页。
27. 同上，第477页。

28 同上，第478页。
29 同上，第478页。
30 《剧作法》，威廉·阿契尔，中国电影出版社，2004年，第171页。
31 同上，第139页。
32 同上，第170页。
33 《电影的观念》，斯坦利·梭罗门，中国电影出版社，1983年，第395页。
34 《爱森斯坦论文选集》，爱森斯坦，中国电影出版社，1982年，第458页。
35 同上，第477—478页。
36 同上，第463页。
37 同上，第469页。
38 同上，第471页。
39 《李笠翁曲话》，李渔，湖南人民出版社，1980年，第9页。
40 《电影的创作》，山田洋次，节选自《世界电影》，1982年2月，第43页。
41 《剧作法》，威廉·阿契尔，中国电影出版社，2004年，第118页。
42 同上，第170页。
43 同上，第149页。
44 同上，第164页。
45 同上，第171页。
46 同上，第267页。
47 《论悬念》，威·路特，节选自《世界电影》，1984年第5期，第171页。
48 同上页。
49 《小说面面观》，福斯特，花城出版社，1984年，第23页。
50 《当代电影理论问题》（下），克里斯蒂安·麦茨。
51 《剧作法》，威廉·阿契尔，中国电影出版社，2004年，第194页。
52 《怎样写一场戏》，加布里洛维奇，节选自《电影艺术译丛》，1956年第5期，第14—15页。
53 同上，第17页。
54 《剧作法》，威廉·阿契尔，中国电影出版社，2004年，第49页。
55 《诗学》，亚里士多德，商务印书馆，1998年，第125页。

第十五章

情节观念

《简明不列颠百科全书》中，对情节下了比较系统而直接的定义：

> 在小说中，作者有意识地挑选和安排的相互有关的行动的结构。情节仅仅是一个故事或寓言中正常发生的过程有一个层次高得多的叙事体系。据E. M. 福斯特在《小说面面观》（1927）中所说，故事对事件的叙述是按照事件顺序排列的，而情节是沿着因果关系的方向去组织事件的。在文艺批评史上，对情节有过形形色色的解说。亚里士多德在《诗学》中把情节（mythos）看作首要问题，认为它是悲剧的"灵魂"。后来的批评家趋向于把情节变成一种较为机械的功能。到浪漫主义时期，"情节"这个在理论上已降低为仅仅是小说内容的一个轮廓。一般认为，这种轮廓可以离开任何具体作品而存在，而且能重复使用和相互交换，因具体的作者通过对人物、对话或其他因素的发展而获得生命。"基本情节"之类书籍的出版，使情节遭到了极度的轻蔑。在20世纪，许多人把情节解释为作品内容曲折的变化。有些评论家甚至回到了亚里士多德的立场，赋予情节在小说中的首要地位。[1]

作为剧本结构的主体，情节向来是创作者以及理论家们观念阐释的对象。然而，情节果真在剧本中占有那样重要的地位吗？或许在电影艺术发展的今天，已经到了重新审视这个问题的时候了。可以完全肯定地说，情节写作绝不是电影剧本创作最重要的任务，相反，它却存在于视听艺术的诸种关联之中，存在于具体的画面中，依附于特定的人物形象而生。易言之，电影剧本创作中，情节的构建首先是可视的，继而是可信的。这两种特性合二为一，便使得情节具有了真实性。或许在电影类型样式多元化的今天，情节的真实能够替代情节冲突的激烈程度而成为检验电影真诚度的试金石。因为情节的真实绝不仅仅同情节本身相关联，而是关系到电影这项复杂而综合性的创作工程。

狄德罗

在自然界中我们往往不能发觉事件之间的联系,由于我们不认识事物的整体,我们只在事实中看到命定的相随关系,而戏剧作家要在他的作品的整个结构里贯穿一个显明而容易觉察的联系;所以比起历史学家来,他的真实性要少些,而逼真性却多一些。[2]

亚里士多德

不可能发生但却可信的事,比可能发生但却不可信的事更为可取。[3]

威廉·阿契尔

亚里士多德喜欢沉溺于这样一个经常为人们所引用的似非而是的理论之中:在戏剧里,一桩可信而不可能的事比一桩可能而不可信的事更为可取。从各方面看来,这似乎是以下事实的一种费解的叙述:在舞台上"合情理性"比所谓"追求逼真"更为重要。[4]

威廉·亚当斯

为创造真实感,首先必须了解真实包括哪些方面,必须细心观察,仔细推敲,不断积累经验。日常生活中要善于观察,人们怎样谈话?怎样回答?他们做哪些动作?什么人在街上是停下来浏览商店橱窗?行人怎样彼此让路?办公室里情形如何?有什么声音?什么摆设能使一间屋子看起来听起来像是一间真正的办公室?什么人进进出出?其走动频率如何?可信性的关键内容是什么?能够创造真实感的往往不是显然易见的东西,而是许多难以捉摸的小事,如个人的言谈举止、某些东西在风中摆动的情况、人们处理日常生活琐事的独特动作,等等。这一切都应进入编剧和导演的观察之中。[5]

D. G. 温斯顿

情节是一系列有因果关系和动机的事件。[6]

费里尼

电影不是模仿现实,而是创造现实。[7]

爱森斯坦

一系列蒙太奇片段的蒙太奇组合在意识中不是被读解为某一连串顺序的细节,而是被读解为一连串顺序的完整场景。而这些场景不是描绘出来的,而是在意识中形象地产生的。因为局部代表整体也是促使在意识中产生现象形象的手段,而不是描绘现象的手段。[8]

让·米特里

一部影片,就是生活和行动的人。导演的作用在于让他们去生活,把他们"放入世界",决定他们的相互反应和确定他们彼此间的关系。这是一个需要创造、需要通过影像来表意的形式与关系的世界,而绝非借助影像去图解的世界。[9]

分析与阐述:什么是情节的真实性

除了以上关于情节真实性的论述,普多夫金也曾认为,情节在本质上是对主题的展开性阐释。即是说,情节是在已限定的主题之下,进行场面的安排。普多夫金认为,对于电影艺术来说,一系列的情节展开应当以造型素材为主要依据,情节应当尽可能地引人入胜。从他的话语中,基本可以得出两点解读:第一,电影情节应当具有"可看性",应当充分地展现场景的视觉效果以及真实性；第二，一系列情节安排应当具有戏剧性，应当促成观众看电影时的紧张感和好奇之心。

可以由以上普多夫金的简单阐释而初步得出电影情节的基本特点——以情节场景为真实基础的，以矛盾展开和推进为主要轴线的富有逻辑性地铺排。真实性在情节写作里具有特殊的含义，在做出进一步阐释之前，应当先对它的明确化定义做一番了解：

"情节是一系列有因果关系和动机的事件。"——D.G.温斯顿[10]

"情节是沿着因果方向去组织事件的。"——福斯特

显然，电影情节的真实性与生活片段的真实性有着本质的区别。在生活中，人们实实在在地经历着时间的流逝。人生的不同阶段中，人的追求以及生活的主题都不相同。通常情况下，人们对生活的理解和感悟是零散的，并不构成一个完整的叙事主题。电影则不同。在电影中，时间被加以重构，主题也得到了高度提炼，生活的真实进展在电影中被割裂成碎片化的结构元素，并在统一的主题下依据主题所提供的逻辑关系而展开。

塔可夫斯基等人认为电影情节真实性的重要表征是银幕中所展示的近乎真实的现实景象，以及人物逼真的生活质感。就现实而言，自在世界包含了诸多复杂性：形成差异的人物性格，雾里看花似的事件情形以及貌似平淡的生活状态，等等。现实所包含的并不一定全然真实，生活成规和社会现象中往往包含了很多值得人们去探求的成分。基于现实生活中的表象因素，电影往往以探究一个事件的真相或者揭示当事人心理的真实境况为目的而展开情节。

在社会学层面上或者在文化意义上，电影展现给人们的是现象背后的真实性内涵。二十世纪六十年代的美国，在经济衰退的副作用下，发生了一系列事件：麦卡锡主义盛行、肯尼迪遇刺、水门事件、越战……不同地区

大大小小的风波时时掀起。以罗曼·波兰斯基（Roman Polanski）、伊万·帕瑟（Ivan Passer）、斯坦利·库布里克（Stanley Kubrick）以及马丁·斯科塞斯（Martin Scorsese）等人为代表，创作者透过社会动荡的表象寻求着人们真实的内心感受，挖掘着人性深处的潜在的危机意识和自我意识的丧失。

如果说编剧为人们创造了崭新的现实，那么，这一现实中的诸种元素便是建立在编剧对于社会现实的态度的基础之上的。倘若对于现实生活中事件的真实性有了透彻的分析、恰当的评价，对现实生活中的人物产生了实实在在的洞悉和关怀，影片的主题必然是清晰的，情节也会带有真实生活的烙印。亚里士多德、狄德罗等人均认为艺术创造的真实性应当比现实生活的真实性更加可信。或许情节主题所限定的故事并不能代表一切生活，但电影情节中所展现的却是见微知著的广泛生活。情节以创作人物为核心构建了广泛的生活场景，至少可以构筑出富于代表性意义的某一个社会生活团体。

然而，从广义上看，情节还包含了不具有明显逻辑效果的表现形式。尽管弗雷里赫认定，情节的诗的发展在银幕上需要以故事的具体性为基础[11]，但在电影艺术的大家庭里，人们总也无法忽视无情节电影的存在。无情节影片最引人注意的特征，除了故意排斥镜头和场景段落中的因果性外，就是那种自由散漫的总的气氛：我们无法预测片中人物的行为，因为影片作者没有预先替我们严格地选定某些暗泄天机的线索。无情节影片大多是富于"不相干"的细节的——那就是对叙事也许并不"重要"的细节，纯粹是为用而用，或者因为主体本身很有魅力，或者因为它们在拍摄现场显得很触目，能给人以某种真实感。总之，选择的原则在无情节影片里常常要比在舞台剧和类型影片里显得更富于主观随意性。

而无论如何，无情节所追求的背离传统的表现方式，同样需要建立在对生活之美的感受基础之上，它的选择更大程度地依附审美的感性原则。所以，在不同观念下的情节选择中，真实性所承担的依据或许有所不同，但真实性却是检验情节是否具有戏剧性或动人效果的基础性标准。

贺拉斯

情节可以在舞台上演出，也可以通过叙述。……但是不该在舞台上演出的，就不要在舞台上演出，有许多情节不必呈现在观众眼前，只消让流利的演员在观众面前叙述一遍就够了。[12]

狄德罗

有时候在事物的自然程序里也有一连串异常的情节。区分惊奇和奇迹的标准就是这个自然程序。稀有的情况是惊奇；天然不可能的情况是奇迹；戏剧艺术摒弃奇迹。[13]

歌　德

"现在"是有权利要求被当作现在看待的；每天迫上诗人心灵的思想感情要求表达，而且应该得到表达。但是，如果你一心想写大作品，旁的东西就不能在它的周围生长，所有别的思想都被排斥，生活本身的乐趣也就因此而暂时消失。……如果他每天能够抓住现在，经常用清新的感情来处理那向他提供的事物，他总是有把握写出好作品来的，即使他有时失败，也不会因此损失什么。[14]

左　拉

自然主义的作品中没有抽象的人物性格，谎言式的发明和绝对的事物，只有真正历史中的真实的人物和日常生活中相对的事物。[15]

自然主义小说不插手于对现实的增、删，也不服从一个先入观念的需要，从一块整布上再制成一件东西。自然就是我们全部的需要——我们就从这个观念开始；必须如实地接受自然，不从任何一点来变化它或削减它；它是足够美丽和伟大，来提供一个开端、一个中间部分和一个结尾。我们无须想象出一场冒险事件，把它复杂化，并给它安排一系列戏剧效果，从而导致一个最后的结局，我们只需取材于生活中一个人或一群人的故事，忠实地记载他们的行为。[16]

认为戏剧应当保持原状的看法，是不对的；认为现存的法则是戏剧存在的基本条例这种看法，也是不对的。所有事物都在发展，而且是朝着同一方向在发展。今天的剧作家必然会被后来者所超过因而绝不至于自负到以为戏剧文学经过他们之手，就永远定型了。他们吞吞吐吐不敢明说的意见，后人会以肯定的口吻做出诊断。戏剧不会因之而动摇根基，相反，路子只会更宽广，更坦率。每个时代都有人不肯承认事物在发展，不肯承认新人可以而且有权从事前人所没有做过的事。你火冒三丈也是徒然，闭眼不看事实，只是软弱的表示。社会的发展，文学的演变，自有其不可抗拒的力量。以前认为达到不可逾越的障碍，随着社会和文学的发展变化，轻轻一跃，就能跨过。剧坛今日的状况，可以不去论道，但到明天，必定会是现出明天的风貌。等到事情已成定局，大家就会觉得这种变化是顺理成章的了。[17]

欧纳斯特·林格伦

一篇故事是将人们当作各个个人来表现其行为。在《诗学》中，亚里士多德把故事说成是对动作中的人物的模仿，而如L·阿伯克隆比（L. Abercrombie）教授所指出的："所谓动作中的人物并不一定是指人物在做什么事情，亚里士多德是指，人性中发生的事情，体现在人生之中的事件。"[18]

D. G. 温斯顿

他（左拉）首先关心的是搜集素材，并尽其可能地把他想要描绘的这个世界发掘出来……当所有这些素材集中起来以后……小说也就自然形成了。小说家要做的事情只是把这些事实按照逻辑顺序组织起来……兴趣不在于使故事别开生面,相反,故事越是一般,越是普通,它也就越典型。小说是自然而然产生的。[19]

费里尼

扎瓦蒂尼(Cesare Zavattini)认为,新现实主义最明显的特征和最重要的新意就在于它表明,一部作品不再必须有一个"故事"和按传统要求去虚构情节,重要的是努力使故事通俗化,情节越简单越好,总之,影片不是一个故事,而是一种纪录,一种具有文献纪录片意义的影片。[20]

新现实主义意味着用诚实的目光观察现实——但这指的是任何一种现实,不仅只是社会的现实,还有精神的现实,人在他的内心世界所具有的那一切。[21]

波布克

伯格曼的剧本主要是以一个基本情境或事件为基础。情节主要是通过人物性格的内心生活的对话来发展的。[22]

卓别林

我在这部影片中想要叙述的,是每个人都关切的东西。我知道一个工厂,那里面的工人如果常常上厕所就会被解雇……你们也知道一些类似的事情。因此,你们不应该反对我在银幕上描写和嘲笑那些事情。[23]

鲁道夫·爱因汉姆

在一部"自然主义"的影片中,任何象征性的场面都必须安排得不仅使它的内在含义明白易解,而且要用影片所描绘的动作与世界水乳交融,浑然一体。因为只有揭示出两个既内含深义而又彼此独立的主题之间的共通之处,才能产生出奇制胜、扣人心弦的效果。[24]

分析与阐述：情节需要"惊奇"吗？

在选择电影的表现方案时，真实自然同戏剧性是否存在冲突呢？戏剧的发展轨迹证明，对于事件激烈程度以及冲突外在化的追求更多属于古典主义同浪漫主义的范畴，现实主义尽管也追求外在冲突的激烈性，但更多地注重了人物内心层面的挣扎和反抗。实际上戏剧中情节观念的发展是一个极为漫长的流变过程，戏剧情节从最初的剑拔弩张，到逐渐地走向内在化，注重心理真实，这期间做出重大贡献以及付出巨大牺牲的人绝不在少数，他们以坚定的艺术信念推动了这门古老艺术的蜿蜒前行。自然主义当之无愧地成为一切动力中最富有激情和挑战性的一支。

到现在为止，关于自然主义中所描写对象的思想性和价值性问题依然存有争议。充满争议的一方认为，任何一种艺术都不可能对生活做出毫无见地的描述，更不能不加思考地写人的诸种性格缺陷。诚然，任何艺术均需要经历审美层面的筛选以及主题的确定，自然主义的作用不过是促使创作者们更加富于还原性地将创作中心回归于自己身边的人群之中。叙事艺术发展到今天为止，这样的创作观念事实上已显得格外重要。

电影是一切叙事观念的承袭者和舶来者，它既可以承载古典主义的叙事观念，也可以容纳现实主义及至内心现实主义的讲述方式。在如今的电影创作中，任何创作者都不能孤立地将叙事观念分割为不同阵营，即便对于以上所引用的语录，也应当充分地持有保留态度才好。之所以如此，不过是基于特定时期的创作现实而定。

现实创作中，一种重要的电影类型为充满了外在惊奇形态的类型。狄德罗所言的"惊奇"很大程度上指代的是这种类型。这种类型的主要标志是题材本身蕴含着较为突出而激烈的矛盾冲突，观众对影片的期待无外乎较量之中哪一方会取胜。

电影自诞生之日起便将戏剧中构筑冲突性事件的诸种方法和路线置放

于影像的语言讲述之下。因此,电影叙事中对激烈事件的展开或者对宏大事实的书写并不在少数。如今,随着科技的发展,此类影片更成了视觉盛宴的代名词,并孕育着票房奇迹的诞生。

毫无疑问,这类电影的外在冲突不仅营造了很不错的视觉效果,更能让主人公的生死命运狠狠地揪住观众的心!

于是,有人便认为,创作者只要把握冲突和对抗,便能写成电影了。缺少了外在冲突所造成的格外激烈的场面,电影就不可能被大众普遍接受。事实果真如此吗?

希区柯克的《怒海孤舟》(*Lifeboat*,1944)的场景再简单不过了。全片120分钟的时长基本没有离开那一帆海里的孤舟。"二战"时期,这一叶孤舟上载着各路逃难的幸存者。为了活下去,每个人都怀着自己的思考和打算,他们之间有团结,有分歧,有争吵。而成就这部伟大影片的恰恰是透过这条脱离了现实的战乱肆意漂泊的孤舟而呈现出的真实的人物性格。从这条孤舟上,观众仿佛可以嗅到现实世界的浓浓火药味,看到不远处弥漫着硝烟的战场。

战争对于现如今大多数人来说是存在一定距离的。很多人对战争的认识除了依靠史料上的记载,更多地来自电影作品。战争题材的电影把历史时空中的事件逼真地呈现给后代的人们,而它们之所以能被人们相信并且激起人们捍卫和平的信念,是缘于作品中对战争场景的真实展现以及对待战争以及人性的真诚态度。《怒海孤舟》并没有直面战场,这场逃难也别有一番情趣,但它却在远离生活的题材中向人们展示了格外真实的人物形象,格外真诚地剖析了困境和欲望之间的斗争和纠缠。

不过,以上语录中的阐述者似乎更加肯定另一种电影创作方式的艺术价值。以爱因汉姆和费里尼为代表的研究者认为,描写生活中那些不易被人关注的情感故事才是人生的真实写照,并体现电影的艺术价值。作为生活主角的人们并不一定总是经历逃亡或者格斗,大多数情况下,人们会尽可能地倾向于安稳而平淡的生活。从这一角度出发，描写生活情感的作品就格外地能与观众建立起直接的经验关联。

《给我一个爸》（*Kolya*，1996）、《克莱默夫妇》（*Kramer vs. Kramer*，1979）、《中央车站》、《妈妈》（张元导演，1990）、《绿卡》（*Green Card*，1990）、《八月照相馆》、《给戴西小姐开车》（*Driving Miss Daisy*，1989）……它们通过写一段两人之间情感关系的变化，揭示人物在面对一段新的情感时的心路历程。如左拉所言，这些影片抓住了生活的点滴，如卓别林所言，它们认定了"每个人都关切的东西"，也如费里尼所言，它们"使情节通俗化，故事越简单越好"。

在实际创作中，无论处理怎样的题材类型，都应当具有现实主义的精神。把握住现实主义态度和精神的关键在于，创作具有生活质感的故事情节。生活质感不等同于生活流，它指的是一种同生活相近相关的心理感受。爱因汉姆的论述十分正确地揭示了到达生活质感的重要表现：那是"电影动作与世界的水乳交融"。也可以这样表达：电影中的虚构故事框架对现实生活的嵌入。我们可以完全肯定地说，对于任何题材的影片，营造生活的质感应该成为情节写作的第一步。在描写两人情感的影片中，创作者需要为人物的生活提供真实可感的生活环境，更需要看到他们生活的样子，看到他们在特定的情感经历中采取怎样的行动。总之，人们需要从生活中选择主题，更需要在创作时将主题交还于生活，将假定性的人物形象放置于现实生活情境中。

情节并不以大小来区分，同样地，电影的商业性和艺术性之间也不存在"三八线"，内心活动和外部情节始终是互相关联的一个整体。目前，在国产电影中，以描写人物情感关系为代表的爱情电影和青春电影所占据的比重绝不在少数。或许当人们不再担忧关乎生死的威胁，叙事艺术的创作也更多地走向了日常生活化，它开始反映生活中的那些琐事，开始寻求观众心灵的一种新的认同，正如左拉所言："时代的发展，社会的进步总有不可抗拒的力量，总有新的事物来代替旧的事物。"

在情节的创作中，将生活的逻辑和状态忠实地还给电影艺术，让影像发挥它与生俱来的魅力，是写作中的重要课题。照搬地写生活琐碎不行，脱离生活虚构更不行。根据题材"量体裁衣"才是最可取的。要知道观众只有感到似曾相识，才能进入情境，只有进入情境，才有可能认真地体会故事，不断地猜测情节走向，故事的虚构才不是枉费心思。而情节的目的，不正是引人入胜吗？

斯坦利·梭罗门

叙事艺术家在构思任何故事时，至少有两项任务：（1）怎样选择一个情节，这个情节要能揭示作品的思想，或者是让人物在一个能自然推出作品思想的局面中活动；（2）选择对于人物生活最有意义的细节。[25]

（梭罗门引举了福斯特的《小说面面观》）就现在的电影来说，可以把故事的定义说成是包括一切事件，而不问其联系或重要性，只要这些事件能使观众对随后将要发生的事情产生好奇心。情节却有所不同。情节的含义是精心把各种事件组合在一起，使之具有必要的联系。……对于叙事电影来说，这也是一个根本的区别。因此，所有的影片都有某种可以称之为故事的东西，但有些影片却可以没有情节。绝大多数影片当然是既有故事又有情节的，故事相当于所有事件的总和，情节则只包括按照一定的因果关系模式连接在一起的那些事件。[26]

福斯特

我们对故事下的定义是按时间顺序安排的事件的叙述。情节也是事件的叙述，但重点在因果关系上。"国王死了，然后王后也死了"是故事，"国王死了，王后也伤心而死"则是情节。在情节中时间顺序仍然保有，但已为因果关系所掩盖。[27]

如果我们问"然后呢？"这是故事，如果我们问"为什么？"就是情节。这是小说中故事与情节的基本差异。情节绝不适于说给一个哈欠连连的原始穴居人或苏丹暴君听，也不会合他们的后代——现代电影群众——的口味。只有"然后……然后……"才能使他们不能入睡，他们有的只是好奇心，如欲欣赏情节还得要用智慧和记忆才行。[28]

故事是一些按照时间顺序排列的事件的叙述——早餐后中餐，星期一后星期二，死亡后腐烂等。就故事在小说中的地位而言，它只有一个优点：使读者想要知道下一步将发生什么。反过来说，它也只能有一个缺点：不能使读者想要知道下一步将发生什么。[29]

我们给故事下的定义是：按照事件的次序进行叙述。情节也是叙述事件，但是强调因果关系。[30]

加布里洛维奇

革新的"思想电影"更适宜于不要一个完整准确的情节，而要一种仿佛是生活的万花筒。在这里，从表面看来一切都是没有联系甚至是彼此脱节的。[31]

苏珊·朗格

是回顾，也就是通过有组织的反省，否则不会看到这样的行为。……舞台动作并不像真正的事件那样是跟乱糟糟一堆不相干的活动和分散注意的事件混杂在一起的。……我们可以从其上下关联中看到反映性格和条件特征的每一个最细小的活动。我们不必去寻找什么是重要的；早已经过选择，凡是在那里的都是重要的，用不着去做全面的考察。一个人物是作为一个结构紧密的整体站在我们面前的。不仅人物如此，人物的处境也是如此，两者在舞台上都变成可见的，毫无遮盖，完整无缺，而它们在生活中的原型则并非如此。[32]

分析与阐述：如何选择情节？

根据福斯特的看法，情节之间的因果联系同故事不一样。故事尽管也有前因后果，但故事注重的是外部的联系，是希望根据先前发生的事而预知后事的欲望冲动。而情节则不同,情节应当引导人们思考"为什么"。

福斯特在这一点上,用颇具前瞻性的目光纵观了情节观念的发展和演变,拓宽了情节的定义。二十世纪上半叶安东尼奥尼等人在电影理论和实践中突破了好莱坞的传统情节观念,大胆地将摄影机投入到对自然事物以及人们生活状态的直接拍摄和记录中。在影片中,人们感受到的是人物特定的精神状态,看到主人公怪诞的举止,开创了"无情节电影"的先河。事实上,所谓"无情节"电影不过是没有遵循传统好莱坞电影的逻辑关系。比如《奇遇》讲述了这样一个故事:安娜和桑德罗是一对貌合神离的情侣,两人在同朋友一道出海游玩的时候,发生了争执,到了岛上后,安娜竟然神秘地失踪了。接下来,桑德罗开始同安娜的好友克劳迪娅一道去寻找安娜。故事本身似乎是悬疑或者讲述案件的类型,如果按照传统的情节模式,影片讲述的应当是寻找安娜的整个过程以及在这个过程中所遭遇的形形色色离奇的事件。然而,安东尼奥尼并没有让情节按照既定的传统道路向下进展,而是笔锋一转,讲述了在寻找安娜的过程中,桑德罗同克劳迪娅的悄然滋生的暧昧情愫。显然,在"寻找"这一贯穿全片的行为之下,导演的用意既不在于将两人的情感积累刻画成戏剧性事件,也不在于安插那些个骇人听闻的阴谋。在当时的社会境遇之下,人们一时还无法对这类作品做出明确的定义,于是,"无情节电影"的说法便流行一时。

在广义的情节定义中审视情节的现象性表现,无情节电影在实质上并不意味着没有情节,它不过是相对于传统电影中情节的因果关系而言。其实,在大多数情况下,人们能够从无情节中找寻出潜在的情节之间的因果关系。《东京物语》《克莱默夫妇》《八月照相馆》《远山的呼唤》……这些影片中主人公面对新的生活境遇时的心灵变化,正是情节之间潜在的因果关系链条。同《奇遇》颇有相似之处的是,它们符合了福斯特所言的"情节"特点,即引发人们去询问"为什么"的"较高级的表现形式。"

情节的观念总是随着时代而向前发展的。到这里为止，我们借助了福斯特等人的情节定义，阐释了情节的主要表现形态。概括说来，情节不仅是戏剧性事件的逻辑排列，它同时也包含人物内心活动的逻辑性排列。换言之，不能单纯地认定唯有杀人抢劫或失踪这样的事件是情节，人物的出现，两人之间细微的眼神交流，人物发出的一声叹息等行为也能构成情节。山田洋次的《幸福的黄手帕》中的那对恋人，不正是由相识，到互相嬉笑打闹，到误会等一系列行为构成了一个完整的恋爱历程吗？在具体的电影中，无情节的情形严格而言是格外罕见的。

在情节选择时，需要依据故事题材本身的类型风格。如福斯特认为，如果是讲给苏丹暴君听的"故事"，恐怕做成安东尼奥尼的样式就不那么合适了，在这种情况下，要学习如何制造悬疑和惊悚才行。而如果希望写出折射人性和透视人类潜意识行为的东西，希望能满足观众对自我心灵的观照以及对他人的"窥测"心理，那么，恐怕就应当从人物的意识流程和心路历程中发觉促使心理和意识变化的因素，并找到恰当的表达方案。

从普遍意义上看，情节是以人物的动作为基础而构成的故事段落。在实际创作中，检验情节成立与否依旧存在着衡量的标准，这便涉及了情节的本质性问题。情节的本质是揭示剧情的变化。不管是人物的一颦一笑，还是一次别离、团聚，或光怪陆离的案件，跌宕起伏的人生命运，总之，每一处情节的设置都应起到揭示剧情的变化以及人物性格或心理活动，并激起观众心理反应的功能。若失去了变化，情节也失去了它的意义。

最后，情节的选择还应在此基础上进行进一步的思考和掂量。在揭示一个变化的关键性情节点上，如何能够做到准确而微妙，如何能让观众多些思考和回味，如何收获更多惊讶和感动，是选择情节时需要充分考量的核心问题。倘若能更好地解决以上问题，情节的选择与设置便是水到渠成的了。

保罗·吉尼斯蒂

（情节剧的特点）四个主要人物，一个是暴君或者奸细，他代表这一切恶，充满着一切卑劣的情欲；然后是一个不幸的女子，她一定被赋予一切美德；然后是一个高贵的人物，纯洁情操的护卫者；然后是一个丑角（或是傻瓜）他一定要引人发笑，尽管整个剧情充满苦难。先是坏蛋蹂躏那个牺牲品，女主人公遭受着苦难，直到她的不幸达到极点，这时随着情境的安排，高贵者在必要的时刻出场，解救女主人公于苦难，并给那个坏蛋以应得的惩治，而且是一定得到那个丑角的协助，因为按照传统，丑角总是站在被欺凌者一边的。[33]

《西德电影小辞典》

情节剧在古代就为人所知，但到十八世纪才形成，它最初是由对话与音乐相结合，这种样式的中心人物往往是帝王及其他高贵人物。他们经历了极不平常的曲折道路，结局时往往得到好的报应。音乐被用来加强对话中的重要因素，由于这种样式具有独特的质朴性，情节剧作为一种道德说教作品，往往使冲突与人物尽可能单纯。后来由于技术原因，音乐在剧情中消失。[34]

亨·阿杰尔和热·阿杰尔

情节剧把日常生活中的琐碎现实，以及人物境遇的复杂性都置之度外，从这里而论，它的简化做法，使它近似悲剧；它和悲剧都越过个人情况，超脱具体境遇，着眼于总体观念，从大处落笔进行对比，注重永恒的情感。情节剧取材似乎同希腊（古希腊悲剧——作者注）取材毫无二致。善恶、青春、爱恨情仇、野心、真假、荣辱，所有这一切道德价值，统统在大的方面被划进了它的取材范围。[35]

伊·什伊洛娃

人们经常谈论道,不同样式的混合、不同成分的相互渗透决定着现代电影艺术的面貌。据我们看来,在这里人们有时也会做出一些不正确的结论。如果影片作者的兴趣集中于一些日常生活的描写,那么情节剧的模式就会成为真正的障碍。在这种情况下,"打破界限"只能破坏构思的完整性。情节剧要求人物形象突出而带有象征的意味,动作紧张而有力,艺术家设计的现象与实践要具有代表性和重大意义。这些正是情节剧的现实标志和优点。……在上述影片的结构中,(指《别人的孩子》[*Somebody Else's Children*,1958]《嫡亲》[*Blood Relations*]《父亲的家》[*Father's Home*]《养母》[*Foster Mother*],作者认为这些影片是变化了的情节剧)可以突出有两个层次:第一个层次是传统的情节的层次,在这里处理着情节剧的主题;第二个层次是指作者体现这一情节时到达的水平,在这里除了情节之外,表现着当代的生活,记录着日常生活的细节,扩展着反映现实的眼界。这第二个层次对于艺术家来说甚至是有更大的吸引力,在这种情况下,情节剧的模式便"渐隐"下去。[36]

迈·沃克尔

情节剧最喜欢采用的主导动机是戏剧性。"再度相遇"这不仅指拉希尔所说的"相认"(失散多年的亲人或情人终于彼此相认),而是对双方均震动很大的突如其来的相遇,比如恶棍和被他害苦了的对象。在《大卫·科波菲尔》(*The Personal History, Adventures, Experience, & Observation of David Copperfield the Younger*,1935)中,海穆向一艘破船游去,爬上甲板,竟与斯提福兹面对面相遇,斯提福兹当即拐跑了海穆的心上人艾米丽,后来又把她抛弃。[37]

安德烈·巴赞

不幸的是，意大利导演们还无力拔除情节剧这个魔鬼，它不时还要作怪，引入戏剧性的必然，造成严格的可预见的效果。[38]

加布里洛维奇

在谈到银幕上的无声成分时，绝不能不谈所谓电影中的细节。电影中的细节具有很大的意义。环境、人物的姿态、手势、服装的一个细节有时在银幕上能造成极大的效果。我们还可以从《我们来自喀琅施塔得》(*My iz Kronshtadta*, 1936) 中举出例子——那个说"我们是普斯尔夫人"的兵士，我们还记得，他因为一会儿看到红军可能胜利，一会儿又看到白军可能胜利，于是就一会儿撕下肩章，一会儿又戴上肩章。这个细节不是把这个人物的全部情感、思想、信念，甚至把他整个一生的经历都给我们说明了吗？剧就应当寻找类似的细节：它们简短、明确，一下子就能够代替很多报道性的、啰嗦冗长的对话。在电影中发现这种细节的可能性简直是无限的。[39]

若埃尔·马尼

今天，在银幕上恢复故事性绝不意味着倒退，但是，只有把现代性与传统叙事结构两个对立概念结合起来，辩证地超过原来故事性的水平，才能取得成效。[40]

分析与阐述：关于情节剧

我们无法否认情节剧对于当代影视剧创作在观念上的左右。在对待情节剧的问题上，有人持肯定态度，认为情节剧最为严格地遵循了叙事学原理；也有人持否定态度，认为情节剧只能当作商业电影演给大众看，如果都写情节剧了，恐怕电影作品的艺术性会遭遇困境。以上的观点各有偏颇。在对待情节剧的问题上，我们还需要从客观的角度来看待，用"扬长避短"的态度来创作它。

首先，深刻地了解情节剧的具体特征。关于情节剧的定义，自古有之。自戏剧诞生以来，人们对于这项艺术形式所做出的种种限定，最终都发展成了情节剧固有的样式。比如，亚里士多德规定，史诗（戏剧）在结构上应当有完整的头、身、尾，在写作中应做到情节第一，在人物设置上，应当表现比我们今天更好或者更坏的人，在演出效果上，应当引起观众的悲悯和同情……若有人不相信这些规定全盘归属于情节剧的话，那么，不妨随便找出一部近现代的情节剧电影，看看是否具备以上特征。如果说真的有什么不同，可能是情节剧电影更加追求大团圆结局，要好人终有好报，而亚里士多德时期的悲剧却常常让好人遭殃。为了让情节剧的概念更加明晰，我们来看看权威工具书上对于情节剧的解释：

情节剧的人物被明显地分为好人与坏蛋。他们有着异常的命运，充满着独特的情感。他们陷入难以置信的情境之中，然而好人总会得到好的结局，例如主人公被塞入麻袋，缝了口，投进大海，然而由于某种偶然机遇，他终于得救。情节剧中的好人备受命运的折磨，然而总会取得最后胜利。[41]

情节剧（melodrama）乃感伤戏剧的一种，情节虚构，大都表现善恶斗争，结构通常惩恶扬善，皆大欢喜。常见的情节剧中的主要角色也有英雄的男主角、长期忍受苦难的女主角和冷漠无情的反面人物。情节剧不着重刻画人物的成长过程，而追求耸人听闻的奇异情节和壮丽场面。角色的说白有音乐伴奏。情节剧的舞台演出一般认为起源于法国。十九世纪，情节剧中的配乐和唱歌被逐渐取消。由于技术发展，真实的戏剧效果得以实现，因此就格外强调演出中的壮观景象，例如暴风雪、船只失事、战争、火车遇难、大火灾、地震和赛马。在美国和英格兰流行的情节剧中，众所周知的典型代表是《混血儿》(1859)和《爱尔兰好鲍恩》(1860)，两剧均由鲍西考尔特(Dion Boucicault)主演。较为轰动的是《纽约的贫民》(1857)、《伦敦的夜晚》(1844)和《煤气灯下》(1867)。二十世纪初，由于不增加牵强附会的情节，舞台演出的情节剧不再受欢迎。但直到出现有声电影之前，用情节剧拍摄的惊险电影系列片仍是生动活泼的形式。其夸张的姿势、戏剧性的追逐、激动人心的场面、简洁单纯的角色和虚构的情节后来都被重新演出和模仿。情节剧成了电视剧的精彩内容，特别是在侦探节目中。[42]

佳构剧(well-made play)，一种按照一定严格技巧原则进行结构的戏剧样式，它主宰了几乎整个十九世纪的欧美舞台。佳构剧的技巧公式约于1852年由法国剧作家斯里克布(Eugène Scribe)发展起来。它要求有高度复杂的、造作的情节，逐渐形成的悬念，一切问题都得到解决的高潮场面和一个大团圆的结局。传说的浪漫化冲突是这类剧本的主要题材(例如，一位漂亮的姑娘必须在一个富有但无节操的求婚者与一个贫穷但忠实的年轻人之间进行选择等诸如此类的问题)。由人物间的误会、弄错身份、秘密消息(贫穷的年轻人出身其实高贵)、文件遗失或被盗以及诸如此类的设计来制造悬念。在英国，佳构剧由柯林斯(Wilkie Collins)等大师加以润色，并简练地归结为如下公式："使他们笑，使他们哭，使他们等待。"[43]

除此之外，人们还对情节剧的特点做出了明确的总结：

情节剧：(1)这是一种普及性的、通俗易懂的劝善的艺术。(2)这一样式具有一整套安排人物形象的格式，这些形象十分明确地分别代表着美德与恶行。因此角色应当也是明确不变的——理想的男主人公、受难的女主人公、阴险的坏蛋、滑稽的傻瓜。(3)动作建立在尖锐的冲突和对比的基础上，以便能够充分显示好人的全部美德和坏蛋的一切恶行。(4)冲突带有假定性，同时又极简单，甚至俗不可耐，因而能够到处运用。(5)在情节中，偶然事件和发现会起着极大的作用，从而使情境具有极大的戏剧性。(6)情节剧是诉诸观众感情的，它迫使观众热烈地体验主人公的感情，对主人公产生同情。[44]

鉴于以上所言，对于情节剧的特点以及表现种类，在这里就不赘述了。我们希望在这里阐释的问题是，当代电影创作中对于情节剧观念的继承与突破。

对于情节剧的全盘否定显然是不可能的，情节剧中包含了剧作理论的诸多要素。从人物来看，情节剧中要求人物角色分明，具有突出的形象对比。人们在创作一部作品时应该尽可能避免塑造出两个相似的人物，而应尽量让每一个人物都是特定的，无可替代的。在情节上，无论处理怎样的题材，都应当把戏剧性的营造置于首位，无论这里的戏剧性是出自于怎样的形式和表现。最后，从艺术效果上看，一切艺术创作的动机都是使观众得到心灵的净化，并达到审美娱乐的目的，自古有之，至今依然。所以，如果我们完全否定情节剧，无异于要重新"拟定"创作原则，这是不可取的。

叙事艺术的本性决定了戏剧、电影以及文学体裁的叙事都将沿着大致相似的总路线向前发展。就好比树干永远是树干，树枝即便再粗壮，也不能变成树干一样。叙事的规律便是树干，人们对叙事方法和表现领域的不断丰富，使得这棵大树日益强壮。然而，如果说，因为追求枝叶的浓密而将树干一刀斩断，那么带来的后果也将是整体的崩塌。否定了叙事规律，即便如何努力地发展表现手段，探索表现时空的自由，最终带来的都会是对叙事艺术的颠覆。而情节剧之所以能成为叙事艺术的主流，归根结底是由于它本身便是叙事规律最集中、最深刻的体现者。它是对于创作手段和方法最为规整的模板，是叙事观念较为夸张的表现方式。

所以，对待情节剧，我们只能在业已成形的"大树"上加以修剪，而不能全盘否定。

同时，我们也不能单纯地延续情节剧的路数——这样同样会让创作落入僵化的境地，不仅观众会感到厌烦，电影作为艺术的价值也会遭遇极大挑战。由此看来，当代电影创作能选择的比较好的创作方法便是将现代生活理念"移植"到情节剧的创作模式之中，并适当地加以改进和突破，实现对新类型的探索和发展。

好莱坞曾经凭借"梦幻"的旗帜让全世界沉浸在光影魅力之中。在好莱坞的电影世界里，不仅有才子佳人的爱情故事，也有灰姑娘的传奇命运，更有超级英雄的雄心壮志。而今天，当观众已经厌倦了超乎寻常的"神话"时，是否是时候把剧中的"男神"和"女神"们变回普普通通的寻常百姓呢？我们写爱情故事，却不一定要写才子佳人；我们写小人物变成大英雄，却不一定要变成"超人"；我们写灰姑娘，不必有从天而降的南瓜车，依靠自己的力量依然能够强大……也就是说，我们完全可以把情节剧变成"生活情节剧"而不是"具有丰富奇遇和巧合的情节剧"。

这样做的好处是，影片由于题材和人物所引发的情感会变得格外真实，情节也会更加生活化，细节处理上足够微妙逼真。最重要的是，由于真实的人物之感所引发的创作冲动，是作品成功最重要的保证啊！

不仅如此，我们对于戏剧性的处理也应当加以改善和克制。传统情节剧中，人们更多地采用巧合和意外来构成戏剧性突转的动因，如今是时候规避巧合了。由于这种手法的滥用，观众已经快要对各种巧合（偶遇、意外发现、认亲）如数家珍。如果观众在观看影片时看到的都是陈词滥调，观影兴致难道不会极大地降低吗？所以引用日常生活中的戏剧性在如今显得格外重要。事实上，即便在日常生活中，我们也无法避免巧合的发生，那么，就让形形色色的"意外"和"巧合"设定得更加自然，更加接近生活常态吧！切忌在创作中用巧合来解决问题，诸如：当某人希望找到另一人复仇时，却发现这个人恰好从自己家门口经过……当你打算这样写的时候，请考虑一下，观众是否会问：难道真有这么巧的事儿？

至于内容，我们是否要让好人有好报，让坏人受到惩罚呢？我们是否在写作时要事先拟定大团圆的结局呢？传统意义上，前者是顺应观众内心愿望的，但在人物设置上，我们同样可以打破好人和坏人的严明界限。在日常生活中，"十足的好人"和"彻底的坏蛋"都是不常见的。在人群中，我们总能发现带有缺陷的善良的人，也能看到热衷做出伪善面孔的圆滑世故的人。如果我们将人物加以分类，恐怕绝不是善和恶那么简单。高尔基曾说过："情节剧……建立在幼稚的心理状态——人物情感就建立在相互关系的简单化上面。"[45]既然如此，我们又为何要囿于好和坏的狭小圈子之中无法自拔呢？或许打破固有的人物观念，真正地创作带有鲜明性格的人物，挖掘人物心灵中最隐秘而真实的那一面，才是最好的办法。如此一来，不仅创作的人物生动丰富了，结局也更加难以预料——所以，在没想好最后一场戏的时候，就动手写吧！或许开始希望写一出大团圆，但最后发现，如果不是大团圆会更加"完美"呢？而这恐怕是对情节剧最大的突破了。

最后，我们引用张暖忻导演的一段话来作为对于情节剧态度的总结：

电影的大情节不可突破，因为它不外"生离死别"，从希腊悲剧到如今，戏剧情节千变万化，我们还能找到多少来被人发掘的情节变化？但在细节上却是每个人和每个人都不同，每个时代，每个阶层，每种经历不同的人都各有不同，千差万别，变化无穷。所以，要是自己写的人物新，生活新，就要善于抓取这些细节，只有抓取了特征的细节，剧本才有独特之处，才能使自己的作品有别于前人，有别于他人，避免雷同化，创造出新意。[46]

注 释

1 《简明不列颠百科全书》第6卷，第683页。
2 《西方文论史》（上），伍蠡甫主编，上海译文出版社，1979年，第354页。
3 《诗学》，亚里士多德，商务印书馆，1998年，第170页。
4 《剧作法》，威廉·阿契尔，中国电影出版社，2004年，第234页。
5 《电影制片手册》，威廉·亚当斯，中国电影出版社，1989年，第19页。
6 《作为文学的电影剧本》，D.G.温斯顿，中国电影出版社，1983年，第19页。
7 《甜蜜的生活》，费里尼、帕索里尼、阿里斯塔尔科，山东画报出版社，2013年，第149页。
8 《蒙太奇论》，爱森斯坦，中国电影出版社，2003年，第139页。
9 《电影美学与心理学》，让·米特里，江苏文艺出版社，2012年，第32页。
10 《作为文学的电影剧本》，D.G.温斯顿，中国电影出版社，1983年，第47页。
11 《银幕的剧作》，弗雷里赫，中国电影出版社，1979年，第73页。
12 《西方文论史》（上），伍蠡甫主编，上海译文出版社，1979年，第106页。
13 同上，第353页。
14 同上，第462页。
15 《西方文论史》（下），伍蠡甫主编，上海译文出版社，1979年，第243页。
16 同上，第248页。
17 节选自《外国现代剧作家论剧作》，中国社会科学出版社，1982年，第11页。
18 《论电影艺术》，欧纳斯特·林格伦，中国电影出版社，1993年，第34页。
19 《作为文学的电影剧本》，D.G.温斯顿，中国电影出版社，1983年，第47页。
20 《甜蜜的生活》，费里尼、帕索里尼、阿里斯塔尔科，山东画报出版社，2013年，第56页。
21 《意大利新现实主义的继承》，节选自《电影艺术译丛》，1981年第2期，第202页。
22 《电影导演的技巧》，波布克，选自《世界电影》，1981年第5期，第59页。
23 卓别林关于影片《摩登时代》的谈话，尚未发表，转引自王乾闻《瞎子吃馄饨》，节选自《艺术世界》，1984年第1期，第20页。
24 《电影作为艺术》，鲁道夫·爱因汉姆，中国电影出版社，2003年，第118页。
25 《电影的观念》，斯坦利·梭罗门，中国电影出版社，1983年，第296页。
26 同上，第383—384页。
27 《小说面面观》，福斯特，花城出版社，1984年，第70页。
28 同上，第71页。
29 同上，第22页。

30 同上，第192页。
31 加布里洛维奇20世纪60年代谈到思想电影的结构特征时论，节选自《世界电影》，1983年第4期，第45页。
32 《感觉和形态》，苏珊·朗格，节选自《世界电影》中路·吉安乃蒂《无情节电影的传统》一文。
33 《论情节剧电影》，保罗·吉尼斯蒂，选自《电影艺术》，1984年第12期（上），第26页。
34 转引自《理论文摘》，节选自《当代电影》，1985年第6期，第144页。
35 《影片的类型》，亨·阿杰尔和热·阿杰尔，节选自《世界电影》，1986年第6期，第22页。
36 《论情节剧》，伊·什伊洛娃，节选自《电影译丛》，1981年第1期，第69页。
37 《情节剧和美国电影》，迈·沃克尔，节选自《世界电影》，1985年第2期，第59页。
38 《真实美学》，安德烈·巴赞，节选自《世界电影》1984年第1期，第51页。
39 《怎样写一场戏》，加布里洛维奇，节选自《电影艺术译丛》，1956年第5期，第24页。
40 《从几部法国新片看故事性的恢复》，若埃尔·马尼，节选自《世界电影》，1981年第5期，第243页。
41 参见《文学术语简明辞典》。
42 参见《简明不列颠百科全书》，第6卷，第683页。
43 参见《简明不列颠百科全书》，第4卷，第283页。
44 富澜在《电影艺术译丛》1981年1月刊对伊·什依洛娃著《论情节剧》进行的译述。
45 节选自《公社艺术》。
46 《电影眼睛和电影剧作》，张暖忻，节选自《电影剧作讲座》，北京电影制片厂剧本创作室编，山西人民出版社，1984年，第66页。

第十六章

如何选材

随着时代的发展，叙事艺术走过了古希腊和中世纪的神话、神秘时期，度过了古典主义和浪漫主义的时期，逐渐走进了现实的生活以及人们的心灵世界。自然主义的先驱者左拉将现实生活的自然性提到了前所未有的高度。在他看来，我们无需费心思虚构那些场景，更不必煞费苦心地思索主题，只要忠实地记录生活就可以了。

　　然而，我们如今所要求的现实性并不是这样。试想，如果我们在银幕上单纯地记录某段生活，那该有多么单调乏味！所以说，要创作接近于生活的电影，不仅并非易事，而且还颇具难度！

贺拉斯

如果你们想成为作家,就要选择力所能及的主题,认真考虑什么题材是你能够承担得起来的,哪些超过了你的能力范围。如一个人选择的主题在他的能力之内,他就不会出现表达不畅的问题,他的思想也可以清晰而条理分明地呈现出来。[1]

山田洋次

常有这种情况:现在有这么一个素材,你把它写成剧本,或者由你导演这部片子等。我们现在拍电影大都是根据制片人的这种命令行事的。我认为这时有必要判断一下,这部作品自己是否胜任,也就是说,在翻阅研究各种素材的同时,自己要仔细认真地判断一下,这个素材是否有自己喜欢的主题思想,自己是否被这个素材吸引住了。与此同时,还应该有这种见识:无论什么样的素材,都有它的魅力及主题思想,如无这种见识,我们这些职业编剧、职业导演将一事无成。[2]

老 舍

这剧本中有人物。为什么我能写出几个人物呢?因为我十几年来就常和艺人们在一处,彼此成为朋友。我不单知道他们的语言、举动与形相,而且知道他们的家事、心事。对他们的困难,我每每以朋友的资格去帮助克服,我自己有困难也去求他们帮忙。这样,当我开始写这个剧本的时候,我已的确知道我要写的是谁,他们已在我的心中活了不止一年半载,而是很长的时间。俗语说:知人知面不知心。创造人物可不能仅知面而不知心。这并不是说,此剧中的人与事都是真人真事。一定不是那样。故事是假设的,人物也是虚拟的,不过,这想象的人与事却是由真事中孕育出来的。有真实打底子,然后才能去想象,专凭空想是写不出东西来的。[3]

好多的青年朋友，爱问我这样的话：你是怎样观察的呀？我们就是不会观察！我觉得应当少用"观察"这两个字。你观察什么呀？今天我们在这里开会，进来一个作家，绕场一周，观察一番，出去了就能写出一篇文章来吗？没有那么回事！我觉得，要参与其事才能写出东西来。不能参观一下，观察一下算了。作家有什么特殊的眼睛呢？并没有什么千里眼。熟悉什么就写什么，倒更切实际些。[4]

茶馆是三教九流会面之处，可以多容纳各色人物。一个大茶馆就是一个小社会。这出戏虽只有三幕，可是写了五十来年的变迁。在这些变迁里，没法子躲开政治问题。可是，我不熟悉政治舞台上的高官大人，没法子正面描写他们的促进与促退。我也不十分懂政治。我只认识一些小人物。这些人物是经常下茶馆的。那么，我要是把他们集合到一个茶馆里，用他们生活上的变迁反映社会的变迁，不就侧面地透露出一些政治消息么？这样，我就决定了去写《茶馆》。[5]

小津安二郎

有人跟我说，偶尔也拍些不同的东西吧。我说，我是开豆腐店的，做豆腐的人去做咖喱饭，不可能好吃。[6]

我是好恶分明的人，作品会有种种习癖也是没办法。[7]

人不是那么容易改变的……至于对角色的喜爱，我虽然常常描写女人，但一般而言，私娼、寡妇和艺妓这些角色本身都有个性或特异性，比较容易掌握，但小家碧玉的角色在小说中也一样，属于难以描写的女性类型，因此我想描写真正的女孩的心情很强烈。[8]

分析与阐述：作家的题材范围

一部优秀电影作品的诞生，其背后的原因往往是多元化的。然而，最具分量的往往不是创作者的技法有多么高明，而是创作者本身选择了擅长的题材。

如果站在历史的坐标系中，以广阔的视域审视电影历史长河中的那些艺术家们以及他们的创作时，我们能够格外惊讶地看到这样一个现象：对于一位特定的导演或者编剧来说，他的作品大多具有某种相对固定的题材和风格，我们同样可以从这些相对固定的影像美学以及叙事范围中分析出作者的人格特征以及生存环境。

这样的例子不胜枚举：山田洋次的影片擅长表现小人物的悲欢离合，在平淡的风格中渲染出别具情趣的悲喜人生；黑泽明的影片侧重于发掘特定历史时期中关乎人性抉择的冲突性事件；斯皮尔伯格偏爱表现大灾难下的人情冷暖以及人类意志；被称作"意识流电影"代表人物的伯格曼或安东尼奥尼则擅长表达人类的意识以及心灵历程……

作为编剧，每个人所处的时代背景和个人经历都是不一样的。有人经历过战争，有人生活在和平年代，有人遭遇过金融危机，有人目睹过道德沦丧和情感危机……总之，任何人的经历和感受不可能相同。

然而，也有人对于题材的选择持有不同的观点。那就是，一个优秀的编剧应当能够自由地在一切题材领域中游走——倘若做不到这一点，只能说明这位编剧的想象力或虚构能力存在一定问题。

当然，这个观点不无道理。电影创作的确存在一定的规律、技巧和法则，严格遵循电影创作规律来创作，是完全能够创作出一部完整的电影作品的。问题的关键在于，无论虚构情节还是塑造人物，从本质上说，都需要剧作家切身地投入才好。有了设身处地的感受，便能够创作出与众不同的人物和情节，这同单纯依据创作技巧来虚构情节是存在本质区别的。

事实上，情节在绝大多数情况下，来源于编剧眼下的观察了解和对旧的记忆的调动、回味。每一位编剧都生活在特定的自然环境中，都处于相对固定的社会背景之下，这就意味着他们的生活半径是有限的。因此，若越过自己的生活圈子去创作那些远离生活的题材，必然会遭遇由于不熟悉题材而带来的创作瓶颈。退而言之，即便剧作家运用剧作规律和技巧完成了剧本，也无法真正地打动自己，进而打动观众。

在这个命题之下，我们同样要避免一个误区，那就是编剧对题材范围的选择标准只能囿于作者本人的生活经历。对于一个编剧来说，他所擅长的题材与其生活和经历相关，却不意味着编剧只能写自己经历过的事情。

"同生活经历相关的"与"自己经历过的"是两个截然不同的范畴。前者包含了剧作家的思想和情感，而后者是一种对生活的回顾和记录。

无论所谓的商业电影还是艺术电影，都具有其特定的思想内涵，蕴含着编剧以及导演的情感表达。这些思想和情感来自于创作者对于生活的感受，来源于创作者从他们的生活半径中获取的感悟。比如，我国的"第五代"导演，他们经历过"文革"这样的历史浩劫，创作出了《活着》《霸王别姬》等一系列反思"文革"的作品。而集商业化和产业化大成的好莱坞巨制影片，也在极大程度上包含了美国的社会形态和个人主义价值观。若脱离了对社会和人生的深刻感悟，便不会产生相应的创作冲动，也不会因此而形成具有个性的题材范围。作为编剧来说，应如贺拉斯所说，在创作的时候，一定要考虑"哪些题材是掂得起来的，哪些是掂不起来的。"选择"掂得起来的"就可能事半功倍，反之，则可能事倍功半。

贺拉斯

用自己独特的办法处理普通题材是件难事,你与其别出心裁写些人所不知、人所不曾用过的题材,不如把特洛亚的诗篇改编成戏剧。[9]

山田洋次

我作为一个市民生活下去,把日常生活中接触或感受到的最激动人心的事,借某种缘由逐渐搞成雏形,在反复构思中形成骨骼,然后附以血肉,最后成型。如果这部作品是成功的,观众便会产生共鸣,自然报以掌声。[10]

只有忠实地面向自己的国家、自己的民族、自己的生活,才能使他的影片冲出本国和越出本民族,从而成为国际性的影片。[11]

素材可以说到处都有,在这个世界上只要有人生活的地方,就会不断地涌现出来,而且无须去到像阿拉斯加或者非洲之类特别的地方去找。在我的日常生活中就有不少。当你在自己房子周围散步时,或者注意一下自己家里的人,甚至仔细观察一下自己,都可以找到许多素材。[12]

依我之见,看来极为平凡的日常生活中也有能写成动人故事的素材,甚至可以写得比非洲大冒险的素材更动人。[13]

新藤兼人

电影剧本要从生活中产生出来,这是老生常谈的旧调了,而且说来也容易,但是干起来却是最难。是匠人还是艺术家的分水岭就在这里。[14]

罗丹

所谓大师,就是这样的人:他用自己的眼睛去看别人见过的东西,在别人司空见惯的东西上能发现出美来。[15]

基耶斯洛夫斯基

但我坚信,如果真的有什么好主意的话,它会一直待在你的记忆中的,那些笔记本基本上不是真的那么必要。由于所有的一切的确有价值,因此所想要的一切或者必须做的一切就一定会留在记忆中,并以这种或那种方式在适当的时候出现。某些来自于外部的冲动就会提醒你记起这些。有些事情发生了,你就会突然间很清楚地看到曾经想过的一些东西、曾经有过的一些很好的解决问题的方法。[16]

小津安二郎

博览群书是必要的,不懂人生世事也不行,还需要特别的专业知识。[17]

分析与阐述:选材与生活

罗丹认为:大师,就是用自己的眼睛去看别人见过的东西,在别人司空见惯的东西上能发现出美来。尽管罗丹的论述不是针对电影创作,但他的观点用于电影创作中却格外适宜。

作为一门叙事艺术,电影承担的首要任务是讲述一个动人的故事。问题的关键在于,如何找到故事的"种子",如何把宝贵的题材变成电影呢?

实际创作中,寻找题材的方式有很多种。比如,可以从过去人们的创作中寻找灵感,这是叙事艺术创作的重要来源之一。在中国戏曲创作历程中,此种倾向并不少见:元代关汉卿的杂剧《窦娥冤》来自"东海孝妇"的民间故事;王实甫的《西厢记》故事来源于唐代元稹的《莺莺传》;马致远的《汉宫秋》根据流传已久的"昭君出塞"的故事,在历代笔记小说的基础上加工创作而来。在电影创作中，这种方法也常常为创作者们采用。

诚然，从前人作品中汲取营养，发现新作品的种子的确是一种比较直接而具体的创作方式。但前人的经验和创作并不能成为创作题材的唯一宝库。在这一点上，我国清代戏曲理论家李渔曾经有过类似观点。他针对当时创作领域中盛行的向唐人小说取材的倾向，提出了创作应来自于当下作者的真实构想。这个主张在叙事创作中是格外具有意义的。

电影艺术从本质上说，是反映现实的艺术形式。山田洋次认为，只有真实地面对自己的国家和民族，电影人才能创作出真正走向世界的作品。可见，电影叙事中，最重要的最能打动观众的地方不在于故事本身曾经具有怎样的流传度，也不在于故事本身包含了多少令人不可思议的新奇怪异，而在于其是否具有真实感，以及能否被真诚地表达出来。

设想，如果故事跟人们的生活和情感脱离了关系，还谈何感人？一部优秀的电影作品应当能够令观众产生亲切感，进而吸引观众。因此，无论社会怎样发展，时代怎样变迁，叙事观念怎样革新，从生活中选材这一创作的方向和原则是不会动摇的。也正因为我们的生活处在不断变化中，才为电影创作提供了生生不息、丰富多彩的素材。

那么，我们如何根植于生活，如何将生活中的素材变成电影呢？归结起来，主要有以下几种做法：

第一，生活中的事件可以经过加工和改造，最终变成一部影片。这样的例子几乎不胜枚举，例如《盲井》（2003）是由一个瓦斯事件发展而来的；《浪潮》（*The Wave*，1981）是由一个真实的实验改编而成；《美国情事》（*An American Affair*，2009）是以刺杀总统为背景事件的……也就是说，当我们关注到了一个社会现象或者具体事件时，便可以考虑这个事件是否具有变成电影作品的可能性。当然，这个事件可能是你看到的（比如身边人的经历或者来源于新闻报道的事件），可能是你亲身经历的，或者是来自对你产生影响的某个人物,等等。这些有可能加工为电影的素材往往要满足比较高的条件,要具有完整性和丰富性,具有内在的人文价值,并且具备值得挖掘的社会意义。

第二,生活中的所见所闻可以变成电影中的一个组成部分。在日常生活中,我们每天都同不同的人产生交集,同时经历着种种琐碎的事情:关于我们的工作、娱乐和恋爱,或者关于我们听闻的旁人的幸运以及不幸……这些事情,往往不能成为一个独立的作品,它们不具备结构上的完整,不能包含更多的信息量,也无法开掘出深刻的主题来。所以,如果仅仅是将这类事件忠实地记录下来,或许无异于左拉所主张的自然主义创作观,但在电影创作中却会显得单薄而缺乏生动性。那么,这类素材是不是没有价值呢?答案是否定的。在现实创作中,编剧往往需要把既定的题材发展成一个完整的故事——即便有一个真实的事件在,也需要在事件之中添加生活的成分。所谓生活的成分便是我们每天经历的这些看似不起眼的琐碎。如果没有了这些素材,即便再精妙的构思,再具有生活质感的题材也会流于平庸;而若是有了生活中的种种原型做基础,哪怕是上天入地,哪怕是写机器人或者动物,哪怕是穿越到远古时代,写出的作品也是真实可信的。在这里,我们不妨引用戏剧理论家顾仲彝老先生的那段关于选材的论述,来在生活和创作之间搭建一个合理的桥梁:"生活矛盾是生活中的原始状态,一般是散漫的、进展缓慢的、错综复杂的,有的矛盾没有激化成冲突,就转化了,各种矛盾交错影响,情况比较复杂。而戏剧冲突是由作者经过长期深入生活,掌握住生活矛盾发展的必然规律,加以概括集中,典型化,根据主题思想的要求,突出一种矛盾的冲突,加强它的戏剧性,给以艺术提炼和加工,加以想象和虚构,而成为剧本里的戏剧冲突。"[18]

斯坦利·梭罗门

　　在二十世纪六十年代的美国，侦探片一度很受欢迎，特别是以假想的詹姆士·邦德的故事为基础的一系列影片问世以后。但是，即使邦德的影片正在风行，一个反侦探片的样式就已经诞生了，出现了大量拙劣的仿制品。事实上，《金指》(*Goldfinger*，1964，汉密尔顿导演，无疑是关于邦德的影片中最优秀的一部)本身就是这种样式的仿制品。但这并没有关系，因为在侦探片流行大约三年的时间里，侦探片及其仿制品反侦探片是共同繁荣着的，尽管当时为投合公众口味而生产的绝大多数影片质量都很低。[19]

查希里扬

　　电影只有当它对现实进行思考时才成为艺术，才能通过它所特有的运动来再现可见的世界。[20]

约翰·霍华德·劳逊

　　"新现实主义"一词是1943年由温别尔托·巴巴罗教授创造的，当时他在《电影》杂志上发表了一项宣言，提出四点纲领：（1）"清除"在意大利影片中占很大比重的那些幼稚和公式化的"老调"；（2）取消"不谈人类问题和人道观点的那些荒诞可笑的和生编硬造的东西"；（3）不要听腻了的故事，也不要小说改编的电影剧本；（4）扬弃硬说所有意大利人都为"同样崇高的感情"所鼓舞的高调。[21]

　　如果把电影说成是"否定现实"，这看来似乎荒谬，实际上却不无道理。很多艺术家的电影理论和实践就是以这个似非而是的论点为中心的。对现实抓得最紧的艺术家可能装出现实并不存在的样子。他的看法是错误的，但是这种看法却来自他的精神需要，因此这种看法就会似非而是地包含某些符合人性的真理。艺术家的热诚和感情使他接触现实，尽管他正在否定现实。[22]

艺术家不能满足于得到一个印象或一些表面的假象——现实中的一些零碎现象。他必须找到事件的内在意义，但是这种内在意义并不是什么"精神的"东西，它不是主观的、不是心灵的感触和情欲的反映；显示事件的内在意义的方法是先发掘隐藏在事件后面的真正的因果关系，艺术家必须将这些原因加以提炼，他必须给予它们适当的色彩、相互关系和特质，他必须把"由各种不同的感情、幻想、思想和世界观构成的上层建筑"戏剧化。[23]

普多夫金

电影从某种意义上来说，是一面神通广大的镜子，它能够直接地反映出事件的全部辩证的复杂内容。在这个全面的反映中包藏着一股足以迫使观众来参与创作过程的巨大力量。电影在再现各种事件上的直接性，迫使观众在看电影时主动参与认识这些事件的过程。而这种直接性和影片结构所不可缺少的概括性，是并不抵触的。[24]

分析与阐述：电影同现实的关系

毫无疑问，电影为记录生活和表达生活而生。如果人们没有产生记录生活、挽留历史瞬间的欲望和冲动，或许电影的一切创作手段和设备至今仍在襁褓中。

然而，电影却兼收并蓄了多重艺术形式的表达特性，成为一个"大杂烩"。它是影像艺术，画面应如绘画作品一般富于美的形式；它是叙事艺术，故事应生动感人；它还是展演艺术，创作电影的直接目的是让观众看到它、感受它，与它交流、同它共鸣。

鉴于电影艺术本体的复杂性和综合性，可以认定，电影艺术必定是具有"电影性"的。电影性的叙事艺术必定与电影的一切相关特性直接勾连，形成特定的规范。

就此而言，具有电影性的选材理应有其特点。

斯坦利·梭罗门从电影样式的角度探讨了电影选材的一种趋向。电影创作对同类作品的模仿是类型化创作的一种重要方法。就好比人们对于味觉的要求各有不同——有喜甜的，有喜辛辣的，有喜咸的……电影创作者们也会根据观众的喜好而分类，在每一种类型下奋力生产具有相同共性的作品，以获得属于自己的观影人群。

这与前面所提到的戏曲创作的承袭有所不同。在戏曲盛行的年代，观众并不具备鲜明的选择指向。市井勾栏的演出场所让观剧活动得到最大的自由度，创作者不必苦心孤诣地"创造"粉丝。而且，封建经济的主导形式也无法实现资本的流转，票房为基础的商业性也自不必谈。

另一方面，电影对戏剧和小说的借鉴，也迫于电影应当讲好一个故事的需求。然而，对于任何电影创作者来说，舍近求远、舍本逐末仍旧是困扰创作和选材的难题。换言之，我们以上提到的创作倾向，并不能涉及电影取材的本质问题。对于影像来说，最大的魅力无外乎真实和自然。

查希里扬对画面运动同现实的关系阐述得颇为简要，却切入了电影本质同现实关系的深刻命题。电影的运动属性为其更加逼真地模仿和反映现实创造了极其优越的条件，而现实是银幕造型和运动富于真实性和艺术性的基础。

不过，倘若将现实仅仅认作现实的图景，那就错了。现实这个词语自其引入叙事艺术以来，便具有了其本身的宽泛性和厚度。首先，现实是指以真人真事为基础的客观环境；除此之外，现实还包括现实情景中人物情感的真实；最后，也是最为重要的一点，现实可以引申为一切社会问题和社会现象的化身。

因此,只记录客观生活图景并不能称为反映了现实。相反,现实是一种态度,它不是什么流派,无论写何种题材、何种时空、何种生活的作品,现实的态度都不可少。因而,劳逊的话语准确地揭示了现实的内涵——现实是一种精神。

当电影技术发展达到一个又一个新的高度时,人类探索世界的梦幻便在影像之中更加容易地变成现实。人们希望到外太空去生活,希望征服海洋、雪山,希望能窥测到完全陌生的世界,希望将自己的情感和意识投射到非人类(动物)的形象中……这些如今都可以在电影中得以实现了。

可是无论表现领域如何拓宽,电影用影像来传达现实的本质却不会改变。人类目光的聚焦,永远立足于自己的生活。当摄影机成为反射现实的一面镜子,它才有可能走进观众的心里。也唯有如此,电影才能真正地成为关照心灵的工具,才能诱导观众走进影院,才能具有人性的力量。

季摩菲耶夫

文学作品所以成为某一思想的表现，可能不是因为作家在创造它时倾心于哪个思想，而是因为他迷于现实中的某些事件——那思想便从这些事件中自然流露出来。[25]

基耶斯洛夫斯基

我第一部为电影院拍摄的故事片《伤痕》(*The Scar*，1976) 拍得很差。"社会写实主义又回来了"。社会写实主义是1930年左右至斯大林死时（1953年）在俄国以及在50年代中期社会主义阵营中实行的一场艺术运动，反映到电影制作上，其要点就是要拍摄一些电影来表明什么事应该怎么样，而不是展现什么事确实是什么样。……这些电影非常粗俗，因为这样的设想就意味着得有好人和坏人，以便产生冲突。好人在我们这边，坏人在另一边并且通常是和美国情报机构勾结，或是中了中产阶级的毒。他们总是要被击败，因为我们好人这一边相信自己的使命与将来，总是把坏人打败。《伤痕》就有一点"社会写实主义又回来了"的反讽——甚至带有些社会写实主义者的矫饰。所有事情都发生在工厂、车间、会议及所有社会写实主义者喜欢拍摄的地方，社会写实主义不认为私生活有多重要。[26]

有许多理由可以证明这（《伤痕》）不是一部好电影。毫无疑问，跟许多劣质电影一样，缺点首先出在剧本上。该剧本是基于一个报告写出来的，这个报告不过是由一位名叫卡拉斯的记者写的一些事实的收集。我的剧本已偏离了这个报告许多，我得编造剧情、情节和人物，而我做得很差。主题在拍摄纪录片时占的地位可能性很多，而拍故事片时主题总是最先形成。[27]

约翰·霍华德·劳逊

  我们注意到,这部影片(《党同伐异》)虽然能给人深刻的印象,却没有获得结构上的统一性。如果它还能结合起来的话,这就只是由于主题。一个道德概念把这些历史上的错误事例——关于偏狭、关于无辜的受难者的故事——连结了起来。孩子的命运和其他故事的关联,在于它是有史以来的社会发展过程的顶点。……格里菲斯未能把主题具体化,因而就不可能获致统一性。这部影片(《党同伐异》)的基础观念是关于个人应该如何立身处世的抽象理论。因此人物所处的情境也是抽象的。它的冲突是:理想化了的善反对抽象化了的恶。[28]

分析与阐述:电影的故事性与思想性

  毫无疑问,一部优秀的作品一定具有优秀的思想,但优秀电影作品的思想绝不是唯一确定的,而是开放的、多元的。电影的时空特性决定了它应当流畅地讲述一个故事,故事应简单而避免复杂晦涩,最好,这个故事还能带给观众一些思考和感动。所以,作为剧作家来说,恐怕应该事先考虑的不是概念和立场,而是叙事内容中的诸要素——如情节、环境、人物、结构等。倘若这是一部对现实格外忠诚的作品,那么它的思想性和主题立意即便不做任何暗示,也能被观众所感知。

  相反,如基耶斯洛夫斯基所坦言的失败案例,一针见血地指出了选材中不顾及现实而紧扣意识形态以及思想立场所带来的危害。普多夫金认为,这种做法是对观众的漠视。从电影所传达的意义上看,电影创作是剧作家关注社会、关怀他人的表现形式。对于观众来说,躲进黑暗幽闭的影院中寻找一方想象的乐土,则是观影的最佳状态。因此,如果叙事表达不够亲切,创作态度不够真诚,观众便十分容易同作品产生隔阂。

因此，任何创作者在选材的过程中，需要以极大的热情关注事件，关注故事中的人物命运。不过，这并不意味着可以完全抛弃思想。思想是一个有价值的故事的必然属性，但故事却不能成为主题思想的附庸。

接受美学的创始人姚斯（Hans Robert Jauss）曾提出，一个作品的意义并不是由创作者来构建的，而是由创作者同接受者一道构建的。作品创作出来只是一个半成品，它的另一半意义需要接受者来进行补充，剧作家不必越俎代庖。剧作家所要做的是用真诚的态度讲述一个故事，仿佛观众就在眼前。或许，这不失为检验一个题材能否为观众所喜爱的方式吧！

注 释

1 《诗学·诗艺》，亚里士多德/贺拉斯，九州出版社，2007年，第119页。
2 《我是怎样拍电影的》，山田洋次，中国电影出版社，1987年，第86页。
3 《谈〈方珍珠〉剧本》，老舍，《文艺报》第3卷，1951年1月，第7期。
4 《文学创作和语言》，老舍，《湖南文学》，1963年11月号。
5 《老舍答复有关《茶馆》的几个问题》，节选自《文艺研究》，1979年第2期。
6 《我是开豆腐店的，我只做豆腐》，小津安二郎，南海出版公司，2013年，第27页。
7 同上，第34页。
8 同上，第78页。
9 《西方文论史》（上），伍蠡甫编著，上海译文出版社，1979年，第104页。
10 《我是怎样拍电影的》，山田洋次，中国电影出版社，1987年，第53页。
11 同上，第66页。
12 《素材与剧本》，山田洋次，节选自《世界电影》，1982年第2期，第48页。
13 《我是怎样拍电影的》，山田洋次，中国电影出版社，1987年，第98页。
14 《电影剧本的结构》，新藤兼人，中国电影出版社，1984年，第44页。
15 《罗丹论艺术》，罗丹，人民美术出版社，1978年，第5页。
16 《基耶斯洛夫斯基谈基耶斯洛夫斯基》，达纽西亚·斯多克编，文汇出版社，2011年，第109页。
17 《我是开豆腐店的，我只做豆腐》，小津安二郎，南海出版公司，2013年，第1页。
18 《编剧理论与技巧》，顾仲彝，中国戏剧出版社，第100页。
29 《电影的观念》，斯坦利·梭罗门，中国电影出版社，1983年，第215页。
20 《银幕的造型世界》，查希里扬，中国电影出版社，1982年，第6页。
21 《电影创作过程》，约翰·霍华德·劳逊，中国电影出版社，1982年，第169页。
22 同上，1982年，第258页。
23 《戏剧与电影的剧作理论与技巧》，约翰·霍华德·劳逊，中国电影出版社，1978年，第66页。
24 《论电影的编剧、导演和演员》，普多夫金，中国电影出版社，1984年，第167页。
25 《文学原理》，季摩菲耶夫，平明出版社，1955年，第186页。
26 选自《基耶斯洛夫斯基谈基耶斯洛夫斯基》，达纽西亚·斯多克编，文汇出版社，2011年，第102页。
27 同上，第103页。
28 《戏剧与电影的剧作理论与技巧》，约翰·霍华德·劳逊，中国电影出版社，1978年，第476页。

第十七章

电影的主题

三一律可以被看作叙事主题规律的始祖。这一规律于两千多年前被古希腊理论家亚里士多德提出。但它的成熟和完善却在古典主义时期。三一律指出，故事应当发生在一个太阳日（二十四小时）之内，地点集中于一处，并且只能讲述一个故事。

早期，三一律的实现集中于戏剧领域。有人曾将三一律看作戏剧创作的枷锁。最先也是最勇敢打破三一律的是法国戏剧家高乃依。他在举世闻名的《熙德》中，勇敢地突破了时间和空间的限制，故事的历时不再是一个太阳日，而是洋洋洒洒的几个月，更令三一律坚守者们无法接受的是，《熙德》中故事发生的地点竟也从一个国家跨越到另一个国家。因此，根据三一律，高乃依只做到了讲述一个故事。

叙事艺术发展到今天，三一律已不是戏剧创作的唯一准则，更换时空的戏剧作品早已屡见不鲜，而且很多讲述百年历史的戏剧作品都成了千古佳作！从解放初老舍先生创作的《茶馆》到如今风靡一时的小剧场戏剧，打破时空局限的作品越来越普遍。电影的技术性本身为其提供了变换时空的灵活自由，电影创作者们更不必死心眼地恪守什么三一律了。这样看来，三一律在古典主义时期的崇高地位早已不复当年。不过，这种古老的规律却态度鲜明地揭示了一个真理，这便是主题的单纯性。

伏尔泰

任何有意义的东西都属于世界上所有的民族。各个民族都认为单一而简单的情节比混在一起的互不相关的冒险事迹更能使人感到愉快,这个情节应该是轻松而逐步展开的,并且不使人产生厌倦之感。围绕着这样一个统一的情节,再加上发展得像人体四肢一样比例适当的故事插曲,这是人们普遍所希望的。对于每一个醉心于那些超越日常生活范围之外的事物的人,情节越带有鼓舞性就越使他感到愉悦。同时,情节必须是动人的,因为一切的心灵都要求受到感动。[1]

普多夫金

最好的电影都具有这样的特点:主题很简单,剧情不复杂。贝拉·巴拉兹在《可见的人》一书中完全正确地指出,大多数文学作品改编成电影之所以失败,主要是由于编剧拼命地把过多的素材塞在一部长度有限的电影里。[2]

要明确地拟定主题,否则作品就不会获得任何艺术作品所必须具备的思想性和统一性。所有其他影响主题选择的限制都和剧情的处理有连带关系。正如我所谈过的,创作过程绝不是依照规定的程序进行的;思考主题的时候,就会几乎同时地想到剧情以及剧情的处理。[3]

首先要提到的是主题的规模。以前有一种普遍的倾向,就是要选择那种在时间与空间方面无所不包的主题,而今天还部分地存在着这种倾向。试引用美国片《党同伐异》作为例子,它的主题可以简述如下:"从古到今,在各个时代里,在所有的民族中,都存在着仇恨,因此就引起了杀戮与流血。"这个主题的范围就非常之广,它既然包括了"各个时代和所有的民族",当然就需要无所不包的素材。摄制成的影片正表现了这类主题的特点。第一,这部电影虽被勉强地压缩成十二本,但它沉闷乏味,使人非常疲倦，这就大大地削弱了它的效果。第二，由于素材过多，以致导演只能对主题作一般的表现，无法触及细节，因此，主题好像高深，形式却极肤浅，极难相称。[4]

威廉·阿契尔

好的剧本正是那些有十来行字就能说清楚故事内容的剧本；而一个坏的剧本，就常常要花一整栏的篇幅，才能勉强含糊地说出它的情节的大意。因此，这里倒可以向有志于当剧作家的人推荐一种预试办法，来测定他正在酝酿的主题究竟是好的还是坏的，这个办法就是：他能否用一百个字左右来述明它的要点，就像薄伽丘（Giovanni Boccaccio）的故事的一篇"题要"那样。当然，这种试验也决非绝对可靠的，因为一个主题由于过分简单空泛而不适用的机会，也并不比由于过分复杂而不适用的机会为少。但至少，它有一种反面的参考价值：如果一位剧作家发觉他不长篇大论地来说明一大串错综复杂的事实，就无法叫别人懂得他的故事，那他就完全可以确信自己是弄到了一个坏的主题，或者是一个亟须大加简化的主题。[5]

威廉·亚当斯

我们可以把主题写成一两句话。[6]

欧纳斯特·林格伦

在将小说与戏剧作一比较时，我们发现一篇小说的故事可以是极为复杂的，但一出戏的故事却比较简单。原因很明显。戏剧通过对话表现它的故事时，竭力使我们这些坐着看戏的人感到，似乎一切都是发生在我们面前的，而戏中涉及的事件也必须是上一次剧场就能看懂的——即要在两小时零几分的时间内使我们能看懂这些事件。但小说则不同，它是一篇用过去式描写的叙述文，可供长时间的阅读，读者只要愿意或手头便利就可以一遍又一遍地重读。[7]

电影的表现条件却几乎是和戏剧的完全相同。电影在表现行动时，也竭力使我们这些坐着看戏的人感到，一切似乎都是发生在我们面前的，它也要求使观众只看一次就能懂，而唯一的差别是一部影片的放映时间一般要比一出戏来得短。因此，最成功的电影故事，也跟最杰出的戏剧故事一样，只含有单一的行动。从电影主要结构轮廓来说，它是具有和戏剧同等程度的单纯性。[8]

任何一个结构良好的剧本，都可以用简短的几句话来说明它的中心动作。[9]

一般的故事，特别是故事片的职能，是表现一段虚构的、以若干人的思想和活动为内容的经历。必须附带说明的是这定义也同样适用于某些以动物为主角的故事：从《伊索寓言》直到华特·迪士尼的卡通，只要其中的主角是人格化了的，就都包括在内。因此，我们必须从作为故事的特殊材料的人类活动中去发掘一篇故事的统一性，而不应着眼于一个问题、一个观念或一个论点等；一篇故事的要点应该是明晰可辨的，换句话说，即可以让别人简要地说出它所包含的动作。[10]

一部故事片的统一性并不在于它说明了一个问题、一个观念或一个论点，真正的决定因素在于它是否表现了单一的行动，是否围绕住单一的情节主题。我们必须对这里所用的"情节主题"一词的含义具有确切的了解，不要和问题或观念或道德目的等相混淆。[11]

亚里士多德

一个构思精良的情节必然是单线的，而不是——像某些人所主张的那样——双线的。[12]

有人认为只要主人公是一个,情节就有整一性,其实不然,因为有许多事件——数不清的事件发生在一个人身上,其中一些是不能并成一桩事件的;同样,一个人有许多行动,这些行动是不能并成一个行动的。[13]

安东尼奥尼

从周围世界在我们心中所激起的一团乱糟糟的感觉、反应、观察、冲动之中,理出一条思想线索来。[14]

马塞尔·马尔丹

正因为电影是一种艺术,因此,它就像所有的艺术一样,是以选择和安排为其创作基础的,它拥有一种十分巨大的可能性去概括、提炼现实,无疑,这就是电影的威力所在,也就是能引人入胜的秘密所在。[15]

刘熙载

凡作一篇文,其用意俱要可以一言蔽之。扩之则为千万言,约之则为一言,所谓立主脑者是也。[16]

分析与阐述:情节主题

主题的单一性常常被人所忽视。有人认为,故事的复杂性决定了它的深度和价值,过于简单的故事不可能引起观众的兴趣。的确,在创作中,情节的曲折显得格外重要。它不仅决定了电影是否具有可看性,也能从某种程度上反映创作者的虚构能力。于是,一些人从构思开始便着眼于故事的复杂性,因为他们认为只有复杂了,才能好看。其实这种观点是存在一定误区的。

另有一种创作倾向。这种倾向企图彻底颠覆三一律。伴随着历史的前进，许多前人的观点都得到了改善、更新和发展，叙事主题上当然也可以做一些文章出来。况且，时间和空间的局限性早已被颠覆，保持时空集中的创作方法也被取代。比如说，易卜生创作《玩偶之家》时，便通过夫妻间的一次争吵来折射出他们多年的生活境况，故事环境也放置在家庭中。这个故事也完全可以采用另一种讲述方式，比如从女主人公娜拉的婚姻生活开始讲起。然而，发生变化的是讲述方式，故事的核心主题却是娜拉的出走，淡化了这一核心主题，怕是连故事都无法保证了。所以故事的讲述方式与其核心主题的关系就好比溶液和容器的关系，人们可以根据自己的喜好改变容器的形状和大小，而若是其中的液体变了，本质也就变了。由此可见，主题对于一部剧本"质"的保证是多么重要！

因而，故事的本质就在于它的主题，失去了主题，故事则无法安身立命，它的内涵也随之而消解了。

亚里士多德认为史诗应当具有完整的头、身、尾，其中任何部分都不能过大或者过小，保持合适的比例才好。事实上，结构观的前提应当建立在唯一的主题之下。只有一件具体的作品或者物件才能具备头、身、尾，脱离核心对象物的结构是不存在的。

以上借助戏剧原理讲述了主题作为叙事艺术的本质的问题。完全可以这样认为，如果没有了统一的主题，叙事艺术便不复存在。

除此之外，电影的本体性同样对主题的统一性提出了较为严格的要求。首先，时空局限性对主题的范围以及统一性做出了某种程度的局限。除此之外，电影作为一门需要通过观影才能实现价值的"观赏艺术"，更应当确保主题的清晰和明确。

我们知道，影院具有天然的封闭性。观众为着特定作品进入影院的那一刻，已在事实上构成了情感和金钱的双重投入。主题在很大程度上肩负了吸引观众、锁定观众的任务。与此同时,观众的注意力具有专一性,一般来说,他们不太可能同时把注意力集中于多个故事。这样看来,确立单一的主题更是电影欣赏的要求。

现实情形中,电影叙事已不再局限于按照一条线索而行,它往往通过一个较为典型的故事来折射一定社会情形中的境况以及人们的情感状态。核心故事同摄影机所折射的范围在表面上构成了矛盾体。而实质上,这两者应当是辩证统一的关系。换言之,电影叙事应当是在统一的主题之下所展开的同主题相关的讲述。

这种创作特性必然会导致电影叙事中的多线性处理。迄今为止,大多数影片均属于多线索的叙事方式。也就是说,在以遵循头、身、尾为讲述顺序的基础上,插入故事中参与者的其他生活,或者对主要人物的命运产生较大影响的人的生活境况。

电影时空处理的宽泛性为电影提供了更多表现内容的空间。而无论电影中包含了多少条线索,都不应逃出主线所限定的范围。比如说,若是写一个案件,那么案件的进程毫无疑问应该成为影片的主线,我们围绕着主线所设定的人物是固定的,其余的情感线只能在这些人物之间展开。需要避免的一种情形是,创作者掌握了大量的素材,并希望尽可能多地写进剧本,这样做的结果很可能是加入了过多同主题关联不大的情节和人物,影响了主题的单一。值得强调的是,主题的单一并非否定情节的丰富性和曲折性,也不是要求创作者剔除一切同故事无关的素材,而是在故事的框架之中尽可能地完善人物,曲折情节,并将有价值的生活素材加以改造,成为适合于主题的情节。

那么,究竟什么可以称为简单的主题呢?一个事件,一个人还是一段情感经历?亚里士多德也曾经对主题做过阐述,他认为:

有人认为只要主人公是一个,情节就有整一性,其实不然,因为有许多事件——数不清的事件发生在一个人身上,其中一些是不能并成一桩事件的；同样，一个人有许多行动，这些行动是不能并成一个行动的。

显然，他认为仅仅是讲述集中于一个人身上发生的故事并不能构成单一的主题。尽管故事看似只有一个人物承担，但其中却有可能蕴含了过多零散的事件。从三一律的角度看，零散事件过多更不可能严格地遵循时间和地点的集中。然而，在电影创作中，讲述一个人的故事并不少见：《末代皇帝》《生于七月四日》(Born on the Fourth of July, 1989)、《铁皮鼓》《活着》……谁也不能否认它们在认真地讲述故事，更不能断言它们是凌乱和拼凑的。问题的关键在于两点：第一，亚里士多德时代是古希腊戏剧的繁盛时代，古希腊戏剧基于艺术发展以及社会条件的因素，多数以战争和神话为素材即表现对象；第二，亚里士多德话语的内涵并不是单纯否定以一个人物为创作对象的选材方式，而是反对缺乏悬念和进展的情节堆砌。也就是说，亚里士多德反对的是毫无因果关系的数不清的事件。举一简单例子，古希腊戏剧家索福克勒斯（Sophokles）的《俄狄浦斯王》便是讲述了俄狄浦斯一人的故事，尽管囿于三一律的制约而将地点集中于宫殿内，但这并不妨碍作者对于人物命运的塑造。俄狄浦斯的人生经历是充满戏剧性又看似难以把握的，其无法预测的命运构成了这部戏剧作品最大的悬念。古希腊直至古典主义时期，人们将人生中无法把握的成分称为"命运"，而到了近代，人们认为人生的悲喜的来源并非由命运所导致，更多是由性格所导致的。无论是命运论还是性格论，人生本身都构成一场无法预知的迷局，这便是这类电影作品的核心主题。

因此，主题单一性在更大程度上要求人们在写作剧本时，将一系列相互关联的情节按照逻辑顺序有序地排列。只有如此，才能实现整一性和主题的单一性。

威廉·阿契尔

抽象的主题究竟是否应当作为一个剧本最初的胚胎？一位剧作家是不是应当说"等一等，我要写一个关于自制，关于妇女选举权，或者关于资本和劳动的剧本"，然后就想法去找一个故事来为他的主题进行例证呢？这是一种可能的，但却并非很有出息的行动办法。根据一个道德概念定制出来的故事，总是容易去生硬地宣传它所根据的那个概念，因而损害了它的例证的功能。[17]

所谓"主题"可以有下面这两种意义：或者是指一个剧本的主要题旨（subject），或者是指剧本的故事，也许前者是它本来的或者相对更适用的含义。[18]

塔可夫斯基

艺术家将所有的意志力集中于思想的澄清，以及知识概念的表达，却也因而付出了代价——作品之索然无味。[19]

最理想的情况是让观众自然地去感受影片的魅力，而不是要做什么理性的推导。[20]

普多夫金

主题是一个为各种艺术所共有的概念。人类的每种想法都可以成为作品的主题，电影像其他的艺术一样，对主题的选择是没有限制的。唯一的问题是它对于观众是否有价值。但这个问题完全是一个社会学上的问题，解答这个问题不在本书范围之内。然而，由于电影艺术在目前所处的情况，关于它的主题的选择还是应当提一提若干形式上的限制。电影艺术还很年轻，它的丰富的手法尚待发掘。因此，这里虽然可以提出一些过渡性的限制，但不应当把它们当作是永恒的和不变的法则。……我再重复一遍，主题上的限制也许只是暂时性的，但就我们现有的电影表现方法来看，这种限制是不可避免的。[21]

列夫·托尔斯泰

最令人愉快的是那样的作品，其中作者力图隐瞒自己的看法，但与此同时他又一贯忠于自己的看法，无处不表现出来。而最坏的是那类作品，其中作者的观点不断改变，以至旁人根本看不见了。[22]

用一个思想来统领全篇还是不够的，还必须使全篇渗透一种感情。[23]

分析与阐述：什么是主题

从以上的观点可以看出，主题看似是一个模棱两可的概念，它既可以指故事和情节的主题，也可以指思想内涵的主题。可见，人们口中的主题事实上是指代不明的。主题，在英文版的剧作理论书籍中主要存在以下几种表达：第一种是subject，大多指中心思想；第二种是theme，指故事的核心；第三种是topic，指论点和谈话的核心。然而，在翻译成中文时，我们则把这些和代表不同内涵的名词统称为"主题"。这样一来，主题就变得格外"宽泛"了。

威廉·阿契尔的说法激起正确地阐释了剧本构思的起始思想。如果在这一阶段，人们问道："故事的主题是什么？"作为创作者，就需要对此保持清醒的头脑，切不可让这一阶段时期主题含义的错位而影响接下来的创作。威廉·阿契尔意在告诉人们，剧本创作应当从具体故事出发，应当具有一个令作者心动的故事原型，而不是从中心思想出发，进而虚构。诸如希望通过作品歌颂爱情，或呼吁法律面前人人平等，均把主题的概念错误地理解成了思想主题。

通常情况下,剧本创作的主题指的是"情节主题"。所谓情节主题,即是以情节发展线索为集中体现的情节形态。对于一个故事来说,只能有一条主要线索,即一个情节主题。然而,在这个情节主题之下所蕴含的思想常常格外丰富。思想主题可以涉及社会、情感以及人性。它能够被无数人解读出不同的模式来。正所谓"一百个读者就有一百个哈姆雷特"。事实上电影的思想性同样十分重要,它不仅决定了电影作品的历史厚度和艺术价值,更是令观众收获生活感悟,获得回味的关键。作为创作者,我们应当把这项伟大的权力交予观众,而不是独断专行地为他们"制定"思想,剥夺他们参与再创作的权力。

另外,我们知道,一部只具有情节主题的作品显然是不完整的。一部优秀的影片总是具有深刻的人性价值,具有强烈的人文精神,并且立足于社会现实的基础之上。这一切关于人和社会历史的表达,就构成了影片的思想主题。上面我们谈论过,影片的思想主题可以是宽泛的,作者对作品的思考自然包含了对社会现实的态度和表达,但这种表达附着于故事而产生,却不应是独立的。

普多夫金认为,电影在探索人类丰富的主题上具有无限的潜力。他实际指出了电影这一用来表达人类思想的武器还远远没有发挥出它应有的作用。有人甚至认为,电影的功能绝不仅仅是讲故事,它可以将社会进化理论和哲学思想转化为画面。比如,爱森斯坦就认为,总有一天人们可以把《资本论》搬上银幕。

令人惋惜的是,直到百年后的今天,爱森斯坦的伟大梦想依旧没能实现。可见,电影的本质首先是故事性,在电影中,关于主题的第一层含义更是情节的而不是思想的。就此看来,我们只有明确了情节主题的内涵,才能抱以正确的态度来分析电影,来进行电影创作。

贝拉·巴拉兹

为创作反映世界观的电影而努力绝不是毫无希望的。在电影二维空间的影像上表现"深层的东西"和"隐藏的"道理是不可想象的。于是，电影就竭力借助平行叙述来描写文学用主题和素材融合编织的方式才使人体会到的深刻性和两重性。从文学作品中可以感到言外之意，但在影像中却难以感到，因此应该使平行的第二个情节成为可见的。规律隐藏在各种影像的共同内容中，揭示了更深刻的道理。这个道理由各种情节的线索，即故事的各个平行枝杈围绕着共同的看不见的根编织而成。电影不可能用机智的对话揭示隐藏的道理，尽可能把各种人物命运的线索交织在一起展示它。[24]

塔可夫斯基

谈论艺术家"寻求"主题是不对的。事实上，主题应该是自然孕育，就像果实一般，一旦成熟便自然有表现的需求，恰如新生儿的诞生……诗人没有什么可以自豪的，他并不是情境的主人，而是臣仆。创作是他存在的唯一可能形式，而且每一件作品就仿若一件他无力撤销的行为。[25]

D. G. 温斯顿

爱森斯坦认为，艺术作品是辩证过程的结果：艺术作品的表现力以这样的事实为基础，这就是说，一个艺术作品有两个过程：一是沿着最高级的意识路线急剧上升；一是借助形式结构渗入最深的感性思维。正是这两条发展路线的两极划分，这才使代表一部真正的艺术作品的形式与内容紧密地统一在一起。在爱森斯坦看来，一个艺术作品所以失败，就是由于这两个过程不够和谐，或者像他所解释的那样：允许这个或那个因素占主导地位，一个艺术作品就不可能完成。如果偏向于主题——逻辑的一面——就会使得作品成为干巴巴的、逻辑推理的和富于说教性的东西。但是过分强调思想的感性形式这一面，而对主题——逻辑的倾向性考虑不足，这对作品来说也同样是致命的：这个作品就一定会成为感性混乱、原始状态和语无伦次的东西。[26]

分析与阐述：电影的第一主题和第二主题之间的关系

贝拉·巴拉兹同塔可夫斯基共同揭示了电影创作中的核心问题：如何透过情节表达思想。其中，前者希望通过电影情节主题同中心思想之间的相互关联来将这一问题在方法论上明确下来。话语中的第一情节，指的是电影叙事的主要线索，第二情节便是副线的意思了。巴拉兹认为，第一情节应当承担叙事的主要功能，也就是说，第一情节实质上是作品的情节主题，它只需要集中精力讲述故事，使之富于生动性和逻辑性，并实现结构完整。然而，通常情况下，一部优秀的作品往往是作者情怀的表达，所以，在创作故事初期所形成的情感便需要找到完整的宣泄途径。伊朗电影《小鞋子》讲述了阿里不小心丢失了妹妹唯一的鞋子，家境贫寒的兄妹只好两人交替穿一双鞋子上学，于是阿里为了给妹妹弄到一双新鞋子去参加马拉松比赛。表面上看，影片围绕着失去鞋子——寻找鞋子——争取鞋子的情节进程，循序渐进地推进故事，但作者却希望在小鞋子框架的承载下，表达特定生活环境之下人的情感和心理状态。故而我们看到，在叙述一桩小事件时，作者却用了两条线索来进行表述，一条是围绕鞋子展开，另一条则用细腻的笔触描写了兄妹二人的情感关系。在副线中，在人物的情感变化中，我们看到了阿里的心态变化——由最初的对待妈妈交给的工作的"敷衍"，到尽最大的努力去为妹妹争取一双鞋子。生活化的事件描写中，观众透视到的却是复杂的心理变化，是人类心灵深处最敏感的伤痛，是最简单而强烈的愿望。

在很多情况下，人物情感的表达和心理的揭示有时是通过第二情节来展现的，有时也会在第一情节中透视出来。巴拉兹作为电影美学的研究者，更加注重于电影中深层内涵的表达。在这个观念的基础上，他认为电影中应当具有得以承载"言外之意"的情节。就如同中国古典绘画一样，在描绘景色的同时也寄予了创作者浓浓的情感。诚然，作为电影编剧来说，我们是能够较为敏感地发觉事件背后所隐藏的人物关系，以及当事人内心情感的。限定的故事框架总承载着作者希望表达的情感。

如此看来，情节依然是承载思想的主干，失去了它，思想也会成为零落的散叶。有了情节的线条脉络以及思想的点缀，剧本便宛若生机勃发的常青之树，带给人美感，赐予人意境。巴拉兹的话再次提醒创作者，情节是表达思想的有力武器，我们不能忽视素材中包含的思想，但需要在情节中来表达思想。

无论第一情节，还是第二情节，都应当具有强烈的"可透视感"，都应当让观众在影片的背后体会出一丝与众不同的感动，收获潜移默化的心灵陶冶。正如塔可夫斯基所言，强加给整个形象结构是不可能的，把电影剧作的整个故事看成一个形象体系的话，它是有自己的灵魂的，不是强加的，不是从外部标榜的，是本身流露出来的东西。

塔可夫斯基

恩格斯说："作者的见解愈隐蔽，对艺术作品来说就愈好。"这意味着什么？照我的理解，这意味着所谈的不是不要倾向性——任何文艺作品都是具有倾向性的——而是说必须把主题思想、作者的意图深深地隐蔽起来，以便使作品具有生动的人的、形象的形式和艺术的含义，其中占主导地位的是借以隐蔽思想概念的艺术形象。这里所谈的是，作者的观点是通过一个整体表现出来的，通过非常严肃的思考、体验并赋予这些思考和体验以形态的结果。应该记住，艺术家是运用形象思维的，并且只能这样表达自己对生活的态度。[27]

亚里士多德

情节是对行动的模仿；思想体现在论证观点或述说一般道理的言论里。[28]

威廉·阿契尔

一位剧作家几乎很难说清，一个剧本的萌芽最初是以什么形式浮现在他的脑海里的。启示也许来自报上一条新闻，也许来自街上看到的一桩偶然事件，来自一次动人的奇遇或者一件可笑的倒霉事，来自熟人口中一句随意的闲谈，或者来自从远古历史中遗留下来的一鳞半爪的古话和传说。同时，原来的创作萌芽，不管它是什么样子，在剧本最后写出来之前又常常会变得面目全非。[29]

分析与阐述：思想主题

当人们给予一部电影较高的评价时，他们往往会说："这部影片忠实地反映了生活。"这句话意味着，影片富于生活质感，能做到真实地表达人们的情感。但是，这是否意味着一部优秀的影片不能带有太多作者的态度和倾向呢？答案当然是否定的。若一部电影缺少了必要的态度和立场，恐怕观众解读的时候也会产生麻烦。即便是纪录片也需要有些倾向和态度呢，更何况电影？

现实生活中，人们对待所有事物都是有态度的。古人常常寄情山水，就是通过对对象物的描摹来抒发情感。电影在这一点上并无二致。影像的处理和故事的讲述都在为着潜藏于表象之下的思想主题和情感表达服务。区别在于，处理恰当的作品会让观众在受到心灵净化的同时收获一番教益，而处理不恰当的作品则是让电影成为作者思想的传声筒，剥夺观众"解读"的权利。

电影《归来》（2014）改编自严歌苓的长篇小说《陆犯焉识》。小说讲述了一个发生于"文革"的令人揪心的故事。陆焉识的女儿为了获得舞蹈团领舞的角色，而经不住造反派领导的劝说，供出了已被打成右派的父亲的下落。孩子不成熟的行为导致了这个家庭历经数年的分离和沧桑。当浩劫进入尾声，陆焉识也得以平反时，妻子冯婉瑜却因为长期的精神压力而导致失忆。为了让妻子康复，家庭重新团聚，陆焉识不厌其烦地帮助妻子恢复记忆。电影里，在恢复记忆的桥段中，作者找到了一个核心的道具——陆焉识在离家期间写给冯婉瑜的信，并用大量篇幅描写了陆焉识如何为冯婉瑜耐心地读信，以此来唤醒她的记忆。遗憾的是，在较为漫长的读信情节中，陆焉识的形象更多地代替作者成了抒情的承载者。事实上，读信是能够产生较好的情感表达效果的，关键是该如何读信。电影同小说在表达方式上有着本质的不同，电影更加考虑声画结合的效果，并强调视觉的高潮。若在读信的同时观众能感受到人物当年的遭遇，能切身地引起对时代的反思和共鸣，信就算读成功了。相反，如果作者在这一情节中更多地是为了实现自我情感的宣泄，读信的情节就容易沦为思想的图解。

所以，电影既不是单纯戏剧性的制造者，也不是客观生活的忠实展示者，它更是主观和客观结合的产物。正如塔可夫斯基所言，真正好的作品是尽量地"隐藏"起作者的态度和倾向的。这并不是一件容易的事，需要经过长时间的磨炼才能做到。很多情况下，隐藏倾向是一种下意识的行为，是出于在创作中从容不迫的心态，并建立在对人物动机深层把握的基础之上。也可以这样说，恰当地处理电影表层叙事和深层思想的关系，是让电影成为艺术的关键性问题。

注 释

1. 《西方文论史》（上），伍蠡甫编著，上海译文出版社，1979年，第322页。
2. 《论电影的编剧、导演和演员》，普多夫金，中国电影出版社，1980年，第18页。
3. 同上，第20页。
4. 同上，第18页。
5. 《剧作法》，威廉·阿契尔，中国电影出版社，2004年，第126—127页。
6. 《电影制片手册》，威廉·亚当斯，中国电影出版社，1989年，第168页。
7. 《论电影艺术》，欧纳斯特·林格伦，中国电影出版社，1993年，第35页。
8. 同上，第36页。
9. 同上，第36页。
10. 同上，第35页。
11. 同上，第38页。
12. 《诗学》，亚里士多德，商务印书馆，1998年，第97页。
13. 同上，第201页。
14. 《作为文学的电影剧本》，D. G. 温斯顿，中国电影出版社，1983年，第150页。
15. 《电影语言》，马塞尔·马尔丹，中国电影出版社，2006年，第5页。
16. 《艺术概论》，上海古籍出版社，1978年，第172页。
17. 《剧作法》，威廉·阿契尔，中国电影出版社，2004年，第15页。
18. 同上，第14页。
19. 《雕刻时光》，塔可夫斯基，人民文学出版社，2004年，第47页。
20. 《七部半——塔可夫斯基的电影世界》，塔可夫斯基，中国电影出版社，2002年，第190页。
21. 《论电影的编剧、导演和演员》，普多夫金，中国电影出版社，1980年，第18—19页。
22. 《日记》，列夫·托尔斯泰，1853年，来源于网络。
23. 同上。
24. 《可见的人电影精神》，贝拉·巴拉兹，中国电影出版社，2000年，第22页。
25. 《雕刻时光》，塔可夫斯基，人民文学出版社，2004年，第40—41页。
26. 《作为文学的电影剧本》，D. G. 温斯顿，中国电影出版社，1983年，第96—97页。
27. 《七部半——塔可夫斯基的电影世界》，塔可夫斯基，中国电影出版社，2002年，第291页。
28. 《诗学》，亚里士多德，商务印书馆，1998年，第63页。
29. 《剧作法》，威廉·阿契尔，中国戏剧出版社，2004年，第18页。

部分收录的名家简介

普多夫金（Vsevolod Pudovkin，1893—1953），苏联著名导演、演员、理论家，蒙太奇理论的创始者之一。普多夫金还是苏联最早的电影理论家和批评家。他研究的问题很广泛，其中有电影特性、电影蒙太奇、电影表演、电影声音等。其中有关电影表演的理论占据着中心的地位。他在自己的理论和实践中，确立了戏剧表演的斯坦尼斯拉夫斯基体系同电影表演规律的有机联系。他的创作活动与理论研究对苏联和世界电影都有一定的影响。理论著作有《论电影的编剧、导演和演员》，其理论成果同时收录于《普多夫金论文选集》中。代表电影作品有《象棋热》（*Chess Fever*，1925）、《母亲》（*Mother*，1926）、《圣彼得堡的末日》（*The End of St. Petersburg*，1927）等。

贝拉·巴拉兹（Béla Balázs，1884—1949），匈牙利电影理论家、编剧。1919年匈牙利革命失败后，流亡国外二十五年，侨居德国和奥地利期间开始从事电影评论工作，为维也纳的《日报》（*Wiener Zeitung*）撰稿。在维也纳期间，开始发展电影作为一种独立艺术的理论，1923年起陆续发表研究蒙太奇、镜头角度、画面构成、特写、音响和表演艺术的精辟论述。他从哲学和心理学的角度，就电影的音响、对白、色彩、脚本、剪辑、摄影机调度等方面进行了深入的研究，强调电影欣赏过程中理论的重要性，满怀希望地迎接这一崭新艺术形式的发展。他认为电影应只在工业文明中繁衍，其广泛性与经济的发展紧密相连，并常被作为国家宣传机器的一部分。他认为摄影机角度是"电影所具有的最有力的表现手段……摄影机将观众带入影片画面之中。"他的文章是场面调度、场景内摄影等概念及其心理效应的理论先声。理论著作有《可见的人》(*Der Sichtbare Mensch*，1925)、《影片的灵魂》(1930)和《电影美学》(*Theory of the Film*，1945)。

马塞尔·马尔丹（Marcel Martin，1889—1973），法国著名存在主义哲学家、剧作家。其哲学思想的基本特征是渲染孤独的人的存在及其痛苦，因此带有明显的宗教色彩。宗教伦理问题是其理论的中心问题。他强调人在本质上是一种过渡性的存在，人永远在"旅途"中，永远达不到终点，也根本没有终点，人只有与上帝"交往"才能体验到自己真实的存在。电影理论代表作品有《电影的语言》(*Le langage cinématographique*)。

丹尼艾尔·阿里洪（Daniel Arijon），乌拉圭电影剪辑师、编剧和导演。自1959年投身专业电影制作以来，他先后在乌拉圭、阿根廷、巴西和智利拍摄过多部新闻片、广告片、纪录片和故事片，也教授过电影课程，并在杂志上发表过若干专业文章。代表性理论著作有《电影语言的语法》(*Grammar of the Film Language*)[①]。

让·米特里（Jean Mitry，1904—1988），法国电影理论家、评论家、

---

① 该书已由后浪出版公司引进出版。——编注

电影史学者，也是电影导演。他大约是法国最深邃与最受尊敬的电影理论家和史学家之一。他撰写了大量关于电影的文章和书籍，最著名的要属两卷本的《电影美学与心理学》(Esthétique et psychologie du cinéma)，被一些评论者认为是电影理论史上最重要的学术著作之一。

爱森斯坦（Sergei M. Eisenstein，1898—1948），苏联电影导演、电影艺术理论家、教育家。1920年他到莫斯科第一无产阶级文化协会工人剧院工作。他以美工师和导演的身份参加了根据杰克·伦敦（John Griffith London）的小说改编的话剧《墨西哥人》(The Mexican)的演出。1921—1922年，他进入由梅耶荷德（Vsevolod Meyerhold）指导的高级导演班学习。1923年，在《左翼艺术战线》杂志上发表了第一篇纲领性的美学宣言《吸引力蒙太奇》，引起了长期的争论，并对整个电影艺术的发展产生了深远的影响。爱森斯坦在1924年转入电影界，导演的第一部影片《罢工》(Strike，1925)被《真理报》(Pravda)看作是"第一部真正无产阶级的影片"。他用"蒙太奇"、群众场面、类型演员和外景拍摄代替了先前电影中一般的"情节"、个别主人公、明星表演和布景，体现了他的纪实风格。影片《战舰波将金号》(Battleship Potemkin，1925)进一步发展了《罢工》的思想主题倾向和美学原则。影片塑造了推动历史前进的人民群众的综合形象。影片中的石狮子、敖德萨阶梯等一系列场面，成为世界电影的经典。在1958年的布鲁塞尔国际电影节上，《战舰波将金号》被评为电影问世以来12部最佳影片之首。代表作品有《罢工》、《战舰波将金号》、《十月》(October，1928)、《伊万雷帝》(Ivan the Terrible，1944)等。

伊万·佩里耶夫（Ivan Pyryev，1901—1968），苏联著名导演、剧作家。代表作品有《西伯利亚交响曲》(The Ballad of Siberia，1948)、《白痴》(Idiot，1958)《卡拉玛佐夫兄弟》(The Brothers Karamazov，1969)。

康德（Immanuel Kant，1724—1804），德国著名哲学家，德国古典哲学创始人，其学说深深影响近代西方哲学，并开启了德国唯心主义和康德主义等诸多流派。康德是启蒙运动时期最后一位主要哲学家，是德国思想界的代表人物。他调和了勒内·笛卡尔（Rene Descartes）的理性主义与法弗朗西斯·培根（Francis Bacon）的经验主义，被认为是继苏格拉底（Socrates）、柏拉图（Plato）和亚里士多德（Aristotle）后，西方最具影响力的思想家之一。代表作品主要为被称为"三大批判"的《纯粹理性批判》（*Kritik der reinen Vernunft*）、《实践理性批判》（*Kritik der praktischen Vernunft*）和《判断力批判》（*Kritik der Urtheilskraft*）。这三部作品有系统地分别阐述他的知识学、伦理学和美学思想。《纯粹理性批判》尤其得到学术界重视，标志着哲学研究的主要方向由本体论转向认识论，是西方哲学史上划时代的巨著，被视为近代哲学的开端。此外，康德在宗教哲学、法律哲学和历史哲学方面也有重要论著。康德哲学理论的一个基本出发点是，认为将经验转化为知识的理性（即"范畴"）是人与生俱来的，没有先天的范畴我们就无法理解世界。他的这个理论结合了英国经验主义与欧陆的理性主义，对德国唯心主义与浪漫主义影响深远。

歌德（Johann Wolfgang von Goethe，1749—1832），德国著名的思想家、小说家、剧作家、诗人、自然科学家、博物学家、画家，他是欧洲最重要的作家之一。歌德的作品充满了狂飙突进运动的反叛精神，在诗歌、戏剧、散文、自然科学以及博物学等方面都有较高的成就。主要作品有剧本《葛兹·冯·伯里欣根》、中篇小说《少年维特之烦恼》、未完成的诗剧《普罗米修斯》和诗剧《浮士德》的雏形《原浮士德》，此外还写了许多抒情诗和评论文章。

鲁道夫·爱因汉姆（Rudolf Arnheim，1904—2007），原籍德国的心理

学家、美学家。早年在柏林大学攻读心理学。1939年移居美国,在哈佛大学任艺术心理学教授。爱因汉姆认为,艺术活动和审美活动归根结底是在感性上对形式的把握,对它们的研究应当通过心理学的途径。从这一根本观点出发,他把艺术与现实之间的不同一性视为艺术的源泉,认为艺术潜力的发挥即在于艺术地运用这种不同一性。就电影来说,他将电影形象与现实事物之间的这种不同一性归结为:立体变成平面;深度感减弱;运用人工照明和没有彩色;画面大小随观众与银幕的距离不同而变异;时间和空间的连续并不存在;只存在视觉经验。后来,他又把这六点进一步概括成三点:视觉可见性、照相纪录性、蒙太奇。爱因汉姆对电影形象特性的研究结论是以无声电影为根据的,然而电影技术的发展,主要是有声电影和彩色电影的发明,但这并没有使他因此改变结论。相反,他在1957年修订重版《电影作为艺术》(*Film as Art*)一书时,还强化了他维护无声电影的立场,猛烈反对有声、彩色等一切电影技术上的进步现象。然而,由于电影技术的进步并未改变视觉形象在电影中的主要地位,爱因汉姆对无声电影的艺术经验的细致研究和总结,仍然受到人们的重视。

他的主要电影论著是《电影作为艺术》一书,初版于1932年,次年即被译成英文,改名为《电影》,后经作者修正和删节,1957年时重新发表。除此之外,他在二十世纪三十年代还写了十几篇有关电影的论文。

安德烈·塔可夫斯基(Andrei Tarkovsky,1932—1968),苏联电影大师,是诗人阿尔谢尼伊·塔可夫斯基(Arseny Tarkovsky)之子,曾就读于苏联电影学院。他的第一部故事长片《伊万的童年》(*Ivan's Childhood*,1962)获得威尼斯影展金狮奖,其后每部作品均获得众多国际殊荣,很多评论家视《安德烈·卢布耶夫》(*Andrey Rublyov*,1966)为他最伟大的杰作。其最后一部作品《牺牲》(*The Sacrifice*,1986)荣获戛纳影展评审团特别奖,同年12月,塔可夫斯基因肺癌病逝于巴黎,享年五十四岁。塔氏在电影艺术方面与费里尼、伯格曼并称为"圣三位一体"。塔氏作品以如诗如梦的意境著称，主题宏大，流连于对生命或宗教的沉思和探索。伯格曼评价"他创造了崭新的电影语言，把生命像倒影、像梦境一般捕捉下来"。

高尔基（Maxim Gorky，1868—1936），苏联作家、诗人，评论家，政论家，学者。代表作品有长篇小说《母亲》。

亚里士多德（Aristotle，前384—前322），古希腊伟大的哲学家、科学家和教育家，堪称希腊哲学的集大成者。他是柏拉图的学生，亚历山大的老师。公元前335年，他在雅典办了一所叫吕克昂的学校，被称为逍遥学派。马克思曾称亚里士多德是古希腊哲学家中最博学的人物，恩格斯称他是"古代的黑格尔"。作为一位百科全书式的科学家，他几乎对每个学科都做出了贡献。他的写作涉及伦理学、形而上学、心理学、经济学、神学、政治学、修辞学、自然科学、教育学、诗歌、风俗以及雅典法律。亚里士多德的著作构建了西方哲学的第一个广泛系统，包含道德、美学、逻辑和科学、政治和玄学。主要代表作品《诗学》（*Peri poietikes*）。

贺拉斯（Quintus Horatius Flaccus，前65-前8），古罗马诗人、批评家。贺拉斯认为人物性格合式主要有两种方法：定型化（适合希腊艺术形象为题材）；类型化（适合罗马现实生活题材）。贺拉斯自称继承了罗马讽刺诗传统，但他的讽刺诗缺少政治色彩，主要进行道德说教，以闲谈形式嘲笑吝啬、贪婪、欺诈、淫靡等各种恶习，宣扬中庸之道和合理享乐。贺拉斯非常重视文艺作品的价值，在美学史上第一次提出了"寓教于乐"的主张，把艺术的教育作用和审美娱乐作用结合起来。其美学思想主要见于写给皮索父子的诗体长信《诗艺》（*Ars Poetica*）。

约翰·霍华德·劳逊（John Howard Lawson），美国电影理论家，电影理论著作《戏剧与电影的剧作理论与技巧》（*Theory and Technique of Playwriting and Screenwriting*）是介绍到中国来的第一批电影理论译文之一。

莱辛（Gotthold Ephraim Lessing，1729—1781），德国戏剧家、文艺批评家和美学家，生于德国的萨克森，莱比锡大学毕业，是德国启蒙运动时期最重要的作家和文艺理论家之一。他的剧作和理论著作对后世德语文学的发展产生了极其重要的影响。其主要作品有《拉奥孔》（*Laocoon*）《汉堡剧评》（*Hamburgische Dramaturgie*）等。

小津安二郎（Yasujirô Ozu，1903—1963），日本电影导演、编剧。1923年，进入松竹公司蒲田电影制片厂担任摄影助手；1926年，任助理导演；1927年，拍摄了电影处女作《忏悔之刃》（*Sword of Penitence*），这是其唯一的古装片；1929年，执导了剧情片《我毕业了，但……》（*I Graduated But...*）；1933年，编导了剧情片《心血来潮》（*Dekigokoro, 1933*），该片被日本《电影旬报》选为年度最佳电影；1936年，编导了首部有声电影《独生子》（*The Only Son*）；1937年，编导了家庭喜剧《淑女忘记了什么》（*What Did the Lady Forget*）；1941年，编导了家庭伦理电影《户田家兄妹》（*The Brothers and Sisters of the Toda Family*），该片被日本《电影旬报》选为年度最佳电影；1949年，拍摄了剧情片《晚春》（*Late Spring*），该片被日本《电影旬报》选为年度十佳影片第一位，并入选日本电影名片200部；1951年，执导并参与创作了剧情片《麦秋》（*Early Summer*），该片被日本《电影旬报》选为年度十佳影片第一位，并入选日本电影名片200部；1953年，执导了家庭伦理电影《东京物语》（*Tokyo Story*），影片获第一届伦敦国际电影节萨瑟兰奖；1958年，第一次尝试采用彩色胶片，拍摄了《彼岸花》(*Equinox Flower*)，因此获得艺术祭文部大臣赏及紫绶褒章；1959年，获日本艺术院赏；1961年，因拍摄《秋日和》(*Late Autumn*)而获得第八届亚太电影节最佳导演奖；1962年，执导了剧情片《秋刀鱼之味》(*The Taste of Saury*)，该片获选日本《电影旬报》年度十佳影片；1963年被选为艺术学院会员，是电影导演首次获此荣誉。

维萨里昂·格里戈里耶维奇·别林斯基（Vissarion Grigoryevich Belinsky，1811—1848），俄国革命民主主义者、哲学家、文学评论家。别林斯基的贡献是多方面的。他不仅通过他的著作宣传了革命民主主义的政治纲领，而且第一个系统地总结了俄国文学发展的历史，科学地阐述了艺术创作的规律，提出了一系列重要的文学和美学见解，成为俄国文学批评与文学理论的奠基人。他的文学评论与美学思想在俄国文学史上起过巨大的作用，它推动了俄国现实主义文学的进一步发展，对车尔尼雪夫斯基、杜勃罗留波夫美学观念的形成有直接的影响。代表作品有《别林斯基论文学》。

于果·明斯特伯格（Hugo Münsterberg，1863—1916），德国著名心理学家、美学家，应用心理学之父。他在电影方面主要研究电影心理学，于1916年发表《电影：一次心理学研究》(*The Photoplay: A Psychological Study*)，是他一生中唯一一部电影理论著作，也是电影理论史上第一部有分量的理论著作。

新藤兼人（Kaneto Shindô，1912—2012），日本导演、编剧，日本独立电影先驱者之一。1936年，创作剧本《失去土地的百姓》跨入编剧行列；1941年，拜师沟口健二（Kenji Mizoguchi）；1945年，编写了剧本《空等的女人》；1950年，与吉村公三郎（Kozaburo Yoshimura）等创立了"近代映画协会";1951年,推出导演处女作《爱妻物语》(Story of a Beloved Wife);1952年,拍摄第一部独立制片作品《原子弹下的孤儿》(Children of Hiroshima),由此受到关注;1955年,与山形雄策(Yusaku Yamagata)合写了《正是为了爱》(Ai sureba koso);1960年,监制并编导了无声黑白电影《裸岛》(Naked Island);1964年,执导了剧情片《鬼婆》(Devil Woman);1968年,编导的恐怖电影《黑猫》(Black Cat from the Grove)获第二十一届戛纳国际电影节金棕榈奖提名;1970年,拍摄了报告文学式电影《赤贫的19岁》(Live Today, Die Tomorrow);1977年,因拍摄剧情片《竹山孤旅》(The Life of Chikuzan)而获得了第一届日本电影学院奖最佳导演和最佳编剧提名;1983年,拍摄了剧情片《地平线》(The Horizon);1987年,因创作的剧本《忠犬八公物语》(Hachi-ko)而获得了第十一届日本电影学院奖最佳编剧提名;1992年,因编导了《墨东绮谭》(The Strange Story of Oyuki)和《远方夕阳》(Faraway Sunset)而获得了第十六届日本电影学院奖最佳编剧提名;1995年,拍摄了剧情片《午后的遗书》(A Last Note),获得了第十九届日本电影学院奖最佳导演和最佳编剧奖;1997年,被授予"文化功劳者"称号;2002年,被授予文化勋章;2007年,创作了《陆地上的军舰》(The Battleship on the Ground);2011年,执导了封山作《一封明信片》(Postcard),凭借此片获得了第五十四届蓝丝带奖最佳导演奖。

夏衍(1900—1995),原名沈乃熙,字端先,中国著名文学、电影、戏剧作家和社会活动家,中国左翼电影运动的开拓者、组织者和领导者之一。

早年参加五四运动,编辑进步刊物《浙江新潮》。从浙江省立甲种工业学校毕业后公费留学日本。入明治专门学校学电工技术。留学期间接触日本共产党,参加日本工人运动和左翼文化运动。1927年夏衍被日本驱逐回国，同年加入中国共产党。1929年夏衍同鲁迅筹建中国左翼作家联盟。"左联"成立后任执行委员，后发起组织中国左翼戏剧家联盟。新中国成立后历任上海市委常委、宣传部长、文化部副部长、中国文联副主席、中日友协会长、中顾委委员、全国人大代表、全国政协常委。

1994年，夏衍向中国现代文学馆捐赠第一批藏书2 800册。同年10月被国务院授予"国家有杰出贡献的电影艺术家"称号。著有话剧剧本：《心防》《法西斯细菌》《秋瑾传》《上海屋檐下》。出版选集：《夏衍剧作选》《夏衍选集》。报告文学：《包身工》。创作改编电影剧本：《狂流》（1933）、《春蚕》（1933）、《祝福》（1956）以及《林家铺子》（1959）等。

王骥德（?—1623），明代戏曲理论家，字伯良，号方诸生、玉阳生，又号方诸仙史、秦楼外史，会稽（今浙江绍兴）人。一生致力于词曲研究，后师事徐渭，并与戏曲家沈璟、孙鑛、孙如法、吕天成等相友善，切磋曲学。著有传奇戏曲《题红记》、杂剧《男王后》《两旦双鬟》《金屋招魂》《倩女离魂》等，今存前两种。著有散曲集《方诸馆乐府》及诗文集《方诸馆集》。并曾校注《西厢记》《琵琶记》。其戏曲理论代表作则是《曲律》和《南调正韵》，尤其是《曲律》，是明代戏曲理论的一个高峰，与吕天成的《曲品》被誉为明代戏曲理论著作的"双璧"。

亚历山大·杜辅仁科（Aleksandr Dovzhenko，1894—1956），苏联电影导演、作家。1921—1923年在苏联驻波兰和德国的领事馆工作并学习绘画。1926年进敖德萨电影制片厂，完成了处女作电影剧本《改革者瓦西里》(*Vasya, the Reformer*)并独立指导了滑稽喜剧短片《爱情的果实》(*Love's Berries*)。接着又将马雅可夫斯基（Vladimir Mayakovsky）的诗《给涅切同志—轮船和人》改编成影片《外交信差的提包》(*The Diplomatic Pouch*, 1927)。这部影片以其紧凑的情节和爱国主义的主题而成为乌克兰早期的优秀影片之一。他在1928年拍摄的《兹文尼郭拉》(Zvenigora)，开始显示出了他那富有诗意和浪漫主义色彩的抒情风格。1929年完成了影片《兵工厂》(Arsenal)。从这部影片开始，一直到他逝世，他所有的影片都是根据自己写的电影剧本拍摄的。《兵工厂》标志着他在思想上和技巧上已臻于成熟。他以诗意的结构和大胆的隐喻，使这部描写1917年乌克兰兵工厂起义的影片充满乌克兰民间叙事诗的特征。他在1930年创作的默片《土地》(Earth)，使他的名字蜚声世界影坛，在1958年布鲁塞尔国际电影节上被评为电影问世以来的十二部最佳影片之一。他的《肖尔斯》(Shors，1939)是苏联二十世纪三十年代重要的影片之一，也是他创作中具有阶段性意义的作品。他通过乌克兰内战时期的真实具体的英雄人物，把纪实主义的描写同浪漫叙事诗的昂扬气氛、宏伟的战斗场面同哲理性的独白融汇了起来。卫国战争期间他拍摄了一系列纪录片：《解放》(Liberation，1940)、《为我们的苏维埃乌克兰而战》(Bitva za nashu Sovetskuyu Ukrainu，1943)、《第聂伯河西岸的胜利》(Victory on the Right Bank Ukraine，1945)等。战后他又拍了歌颂亚美尼亚社会主义建设的纪录片《祖国》(Native Country，1945)。他生前执导的最后一部影片《米丘林》(Michurin，1945)在苏联传记片中占有重要地位。杜辅仁科逝世后，他的妻子朱丽娅·索恩泽娃(Yuliya Solntseva)根据他的电影剧本导演了《海洋之诗》(Poem of the Sea，1959)、《烽火连天》(Chronicle of Flaming Years，1961)、《迷人的捷斯纳河》(Zacharovannaya Desna，1965)等影片，基本保持了原作的构思和风格。除上述已拍成影片的电影剧本之外，他的电影剧本还有根据果戈理(Nikolai Vasilievich Gogol-Anovskii)的小说改编的《塔拉斯·布尔巴》(Taras Bulba，1941)和《再见吧，美洲》(Farewell, America，1949)、《南极洲的发现》(1952)。1949—1951年和1955年，他在苏联电影学院讲课。他的创作和美学观点对苏联和世界电影都有一定的影响，特别在诗意叙述结构方面更为显著。基辅电影制片厂现在已用他的名字命名。

克里斯蒂安·麦茨（ChristianMetz, 1931— ），法国电影符号学的宗师。1953年获德国文学学士学位，从1966年开始在法国高等社会科学院任教，1971年获语言学博士学位。罗兰·巴尔特（Roland Barthes）的学生。麦茨是充满理想主义和理性主义的迄今为止最深刻的电影理论家。麦茨电影符号学的不可磨灭的贡献是，把二十世纪西方人文科学的成果和思想结晶最大限度地和相当卓越地运用于电影理论研究之中，为当代西方电影理论做出了许多极其重要的理论建树，尽管有一定的片面性，但仍不失为较为全面和理性的学说。代表作品主要为学术文章《当代电影的理论问题》。

贝尔托·布莱希特（Bertolt Brecht, 1898—1956），德国戏剧家、诗人。布莱希特创立并置换了叙事戏剧，或曰"辩证戏剧"的观念，从倡导歌剧改革入手，在理论和实践上进行叙事剧实验，特别吸收了中国戏曲艺术的经验，形成了独特的表演方法。提出了"间离效果"理论。他的主要戏剧理论著作有《戏剧小工具篇》、《戏剧小工具篇补遗》《梅辛考夫》等。代表性剧作有：《大胆妈妈和她的孩子们》（Mutter Courage）、《四川好人》（The Good Person of Setzuan）、《高加索灰阑记》（The Caucasian Chalk Circle）、《伽利略传》（A Life of Galileo）等。

左拉（Émile Zola, 1840—1902），十九世纪法国最重要的作家之一，自然主义文学的代表人物，亦是法国自由主义政治运动的重要角色。

十九世纪五六十年代的法国，科学技术迅猛发展，标榜"科学性"成为一种时尚，"让科学进入文学领域"成为一句时髦的口号。

1857年，哲学家泰纳（Hippolyte Adolphe Taine）在《批评和历史论文集》中首先为文学上的自然主义下了定义，即依赖观察，用科学的方法描写生活。左拉接受了泰纳的美学理论。他还阅读了法国医生吕卡斯的《自然遗传的哲学和生理学论著》、勒图尔诺医生的《情欲生理学》、达尔文的《物种起源》等生物、遗传学著作，逐渐形成了一整套自然主义的文学主张。

左拉认为，现代文学应该抛弃"理想的香膏"和"罗曼蒂克的糖汁"，以科学为指导，保持绝对的客观和中立，实录现实世界的真相。只有这样，文学才能起到积极的作用。他主张小说家不仅要有科学的态度，对生活进行细致的观察，搜集大量资料，而且要有科学的方法，即实验的方法，把人物放到各种环境中去实验，以便考察情感在自然法则决定下的活动规律。在这样的观点下，左拉认为人和其他生物一样，都服从某种决定论，而环境、遗传对性格的形成具有决定性作用。

代表作品《戴蕾斯·拉甘》是左拉根据自己的美学主张创作的第一部小说。小说以一对通奸的男女遭受幽灵折磨并最终自杀的故事为线索，着力渲染机体功能失常的临床表现。自然主义文学另一代表人物龚古尔曾如此评价："对悔恨作了一次杰出的病理解剖。"

黑格尔（Georg Wilhelm Friedrich Hegel，1770—1831），德国十九世纪唯心论哲学的代表人物之一。黑格尔出生于今天德国西南部巴登-符腾堡首府斯图加特；卒于柏林，去世时是柏林大学（今日的柏林洪堡大学）的校长。

许多人认为，黑格尔的思想标志着十九世纪德国唯心主义哲学运动的顶峰，对后世哲学流派，如存在主义和马克思的历史唯物主义都产生了深远的影响。由于黑格尔的政治思想兼具自由主义与保守主义两者之要义，因此，对于那些因看到自由主义在承认个人需求、体现人的基本价值方面的无能为力，而觉得自由主义正面临挑战的人来说，他的哲学无疑是为自由主义提供了一条新的出路。

主要著作：《精神现象学》（*Phaenomenologie des Geistes*）、《大逻辑》（*Wissenschaft der Logik*）、《哲学科学全书纲要》（*Enzyklopaedie der philosophischen Wissenschaften*，分三个主要部分：逻辑学、自然哲学、精神哲学）、《法哲学原理》（*Grundlinien der Philosophie des Rechts*）、《美学讲演录》（*Lectures on Fine Art*）、《历史哲学讲演录》（*Vorlesungen Über Die Philosophie der Weltgeschichte*）、《哲学史讲演录》、《宗教哲学讲演录》（*Lectures on the Philosophy of Religion*）。

德尼·狄德罗（Denis Diderot，1713—1784）法国启蒙思想家、唯物主义哲学家、无神论者和作家，百科全书派的代表人物。他的最大成就是主编《百科全书，或科学、艺术和工艺详解词典》（*Encyclopedie, Ou Dictionnaire Raisonne Des Sciences, Des Arts Et Des Metiers*，1751—1772，通常称为《百科全书》）。此书概括了十八世纪启蒙运动的精神。恩格斯称赞他是"为了对真理和正义的热诚而献出了整个生命"的人。他也被视为是现代百科全书的奠基人。

1745年，法国出版商布雷顿（Le Breton）准备邀请三十四岁的狄德罗和哲学家达朗贝尔（Jean le Rond d'Alembert）将英国《百科全书》译成法文。他们接受下来后，却在翻译过程中发现英国的这套《百科全书》内容支离破碎，观点陈旧，充满了令人窒息的宗教思想，于是狄德罗提出由他组织人，编写一套更好的《百科全书》。出版商接受了这个建议。狄德罗的计划得到了伏尔泰（Voltaire）、卢梭（Jean-Jacques Rousseau）、霍尔巴赫（Baron Holbach）、爱尔维修（Claude Adrien Helvétius）等二十多位著名学者的支持。在他们的帮助下，狄德罗把法国最优秀的一百余位思想家、哲学家、科学家、政治家以及工程师、航海家、军事专家和医生组织起来，共同从事这项伟大的事业。由狄德罗任主编，达朗贝尔任副主编。在编辑《百科全书》的过程中，形成了一个代表第三等级利益，以反对封建专制、天主教会和经院哲学为己任的"百科全书派"。1749年卢梭曾为狄德罗《百科全书》音乐和经济学方面写稿。1772年出版28卷。

哲学上,狄德罗早期受到斯宾诺莎(Benedictus Spinoza)的泛神论影响,是一个自然神论者。1746年在《哲学思想录》(Pensées philosophiques)中他认为感觉是一切知识的源泉,感觉是外部世界作用于感官的结果,观念和思维能力都是由感觉发展而来的,这是感觉主义心理学思想,并把认识归结为:从感觉回到思考,又从思考回到感觉。狄德罗一生提倡科学,曾被教会关押三个月,但他毫不畏惧,临终时说:"我死后,随便人们把我葬在哪里都行,但是我要宣布我既不相信圣父,也不相信圣灵,也不相信圣族的其他任何人!"

他除了主编《百科全书》,其他主要著作有《对自然的解释》(Pensées sur l'interprétation de la nature)、《关于物质和运动的哲学原理》(Principes philosophiques sur la matière et le mouvement)、《达朗贝尔和狄德罗的谈话》(L'Entretien entre d'Alembert et Diderot)和《生理学基础》,一些小说、剧本、评论论文集以及写给很多朋友和同事的才华横溢的书信。

今村昌平(Shôhei Imamura,1926—2006),日本著名电影导演,曾担任小津安二郎的副导演。

主要作品有《楢山节考》(Ballad of Narayama,1983)、《鳗鱼》(The Eel,1997)等。两片均获夏纳电影节金棕榈奖。

老舍(1899—1966),原名舒庆春,另有笔名絜青、鸿来、非我等,字舍予。中国现代小说家、著名作家,杰出的语言大师、人民艺术家,新中国第一位获得"人民艺术家"称号的作家,是文艺界当之无愧的"劳动模范"。代表作有小说《骆驼祥子》、《四世同堂》以及剧本《茶馆》。

山田洋次（Yôji Yamada，1931—），日本著名编剧、导演，出生于大阪府丰中市，毕业于东京大学。现任日本文化厅日本艺术院会员、财团法人岩崎千寻纪念事业团理事长、关西大学文学研究所与立命馆大学影像学院客座教授。山田为日本电影界重要导演之一，除了曾获颁文化勋章、菊池宽奖，生涯亦共获三次日本电影金像奖最佳导演奖、七次每日电影奖最佳导演奖、报知电影奖、电影旬报奖等多项重要电影奖。

主要作品有：《寅次郎的故事》、《幸福的黄手帕》（The Yellow Handkerchief of Happiness，1977）、《远山的呼唤》（A Distant Cry from Spring，1980）、《母亲》（Kabei: Our Mother，2008）等。

佐藤忠男（Tadao Sato，1930- ），日本电影评论与教育评论家。出生于日本新潟县新潟市，毕业于日本新潟市立工业高等学校。二十世纪六十年代开始为《电影评论》撰稿，不久成名。他为日本电影的发展做出了杰出贡献。代表作品：《日本电影史》《炮声中的电影》[②]。

巴尔扎克（Honoré de Balzac，1799—1850），法国十九世纪著名作家，法国现实主义文学成就最高者之一。巴尔扎克对现实主义文学最大的贡献在于他对典型人物形象和社会风俗的细致刻画，并表达人物性格在社会环境中的变化和发展。他以"编年史"的方式描写了上升中的资产阶级对贵族社会日甚一日的冲击。他所创造的人物高老头、葛朗台、高布赛克、拉斯蒂涅、吕西安、贝姨、伏托冷等几乎已经成为文学史上不同类型资产阶级代表人物的样板，对以后的现实主义文学产生了深远的影响。这些人物虽然都很典型，却具有鲜明的个性色彩。

他创作的《人间喜剧》共九十一部小说，写了两千四百多个人物，是

---

② 该书已由后浪出版公司引进出版。——编注

人类文学史上罕见的文学丰碑,被称为法国社会的"百科全书"。他借鉴了其他文学题材的特点,把戏剧、史诗、绘画、造型等多种艺术形式融入小说创作中,在西方文学史上第一次如此全面地丰富了小说的艺术技巧。评论家泰纳称赞他道:"真正使他成为哲学家,而且超乎一切伟大艺术之上的,是把他的所有作品,连合成一部作品,部部作品都是互相连接,同一个人物重复出现,而彼此关联……从来没有艺术家聚积了这么多的光辉于其所要描写的人物,而且从来也没有这样的完美……巴尔扎克之所以真正伟大,就在于他握住了现实,而且握住了全体,他的伟大的系统,又把他的绘画有力地统一起来,忠实而且有趣。"

莫里斯·梅特林克(Maurice Maeterlinck,1862—1949),比利时诗人、剧作家、散文家,1911年诺贝尔文学奖获得者,其作品主题主要关于死亡及生命的意义。梅特林克出生在比利时根特一个富裕的法国家庭,1885年在根特大学完成法律课程后曾赴法国巴黎参加象征主义文学活动。1889年,他的第一部戏剧《玛莱娜公主》(*La princesse Maleine*)得到《费加罗报》(*Le Figaro*)文学评论家奥克塔夫·米尔博(Octave Mirbeau)的赞赏,从而一夜成名。随后数年,他发表了若干具有宿命论和神秘主义色彩的象征主义戏剧,如《不速之客》(*L'Intruse*,1890)、《盲人》(*Les Aveugles*,1890)等。他的作品中最为人熟悉的是《青鸟》(*L'Oiseau Bleu*,1908),曾被改编成多部电影。梅特林克认为世界是由可见的事物与不可见的事物、可见的人与不可见的心灵所维系。作家不应停止在表面可见现象的描写,而应直入精神。基于这种哲学认识,梅特林克致力把"生活的渊源和隐秘之处探索出来"。

克拉考尔(Siegfried Kracauer,1889—1966),德国电影理论家、艺术史家。早年当过报纸副刊编辑,写过小说和一些社会学著作。1933年流亡到巴黎,从事艺术史研究。1941年去美国定居,在纽约现代博物馆任职,从事电影史和电影理论研究。主要电影著作有《宣传和纳粹战争片》(*Propaganda and the Nazi War Film*,1942)、《从卡里加里到希特勒》(*From Caligary PhysicalReality*,1947)和《电影的本性》(*Theory of Film*,1960)。

克拉考尔在《电影的本性》一书中建立了他的完整严密的理论体系。该书的副标题"物质现实的复原"体现了他的中心论旨,因为他把电影看作是照相的一次外延,其全部功能是记录和揭示我们周围的世界,而不是讲述虚构的故事。他研究电影的目的是通过对各类电影的研究,寻找出一条最符合电影本性的发展路线。为此,他详尽地分析了电影的材料和方法,摒斥了一切"非电影化"的形式和内容,树立起他的"电影化"标准。他的结论是,只有拿着摄影机到现实生活中去发现和摄录那些典型的偶然事件,才能拍出符合电影本性的影片。克拉考尔被认为是西方写实主义电影理论的重要代表人物,但他对传统的故事影片所持的排斥态度引起了很多争议。

斯坦尼斯拉夫斯基(Konstantin Stanislavski,1863—1938),俄国著名戏剧和表演理论家。斯坦尼斯拉夫斯基创造了自己独有的演剧体系,深深影响了其后的一大批戏剧人。他的体系相当庞大,囊括了表演、导演、戏剧教学及方法等方方面面。他坚持以"体验艺术"为创作核心的现实主义创作思想。斯氏认为,演出者的世界观和艺术观决定了一部剧的最高任务和贯穿思想,只有合适的世界观和艺术观,才能完成戏剧的使命;而且他认为必须追求现实生活的真实性,追求在舞台上再现现实生活。

代表著作:《演员的自我修养》(*An Actor Prepares*)。

托尔斯泰(Leo Tolstoy,1828—1910),俄国小说家、哲学家、政治思想家，也是非暴力的基督教无政府主义者和教育改革家。他是在托尔斯泰这个贵族家族中最有影响力的一位。

托尔斯泰著有《战争与和平》(War and Peace)、《安娜·卡列尼娜》(Anna Karenina)和《复活》(The Resurrection)等长篇小说，被认为是世界最伟大的作家之一。高尔基曾言："不认识托尔斯泰者，不可能认识俄罗斯。"在文学创作和社会活动中，他还提出了"托尔斯泰主义"，对很多政治运动有着深刻影响。

朗加纳斯（Cassius Longinus，约213—273），古罗马时期的希腊学者、修辞学家、批评家。关于他的生活年代还有许多争论。朗加纳斯的美学思想继承和发展了贺拉斯的古典主义观点。他第一次界定和阐述了"崇高"这一重要的审美范畴。他认为崇高风格是由五种因素造成的，即庄严而伟大的思想、强烈而激动的情感、藻饰的技法、高雅的措辞和堂皇卓越的结构。艺术家掌握和运用语言的能力是使作品具有崇高风格的前提条件。朗加纳斯还论述了风格和人格的内容及相互关系，指出只有具有崇高人格的艺术家才能创作出具有崇高风格的作品，崇高的作品乃是崇高心灵的回声。崇高就是伟大和不凡。它可以产生提高情绪和自尊感的审美效果。朗加纳斯主张向古典学习，但不拘泥于古人，而认为艺术要忠实于现实，较好地处理了传统继承与革新的关系。他明确谈到艺术的普遍标准问题，认为超越具体历史情境而获得一切时代一切人称道的作品才是真正的崇高。这一观点源自贺拉斯，并为以后的古典主义所继承。与贺拉斯不同的是，朗加纳斯更加强调艺术家的天才、激情和想象等因素的作用，第一次明确论及了艺术的感人效果问题，他说天才的本质在于具有超人的因素、精神的伟大和思想的崇高。艺术必须具有鲜明的形象，对欣赏者产生惊心动魄的感染力。这些观点又带有浪漫主义因素。

主要著作：《论崇高》(Peri Hupsous)。

罗伯托·罗西里尼（Roberto Rossellini，1906—1977），意大利导演、编剧和电影制片人，生于意大利首都罗马。他是意大利影坛艺术新现实主义的重要成员之一，代表作品有《罗马，不设防的城市》（Rome, Open City，1945）。

萧伯纳（George Bernard Shaw，1856—1950），英国（爱尔兰）剧作家和伦敦政治经济学院的联合创始人。早年靠写作音乐和文学评论谋生，后来因为写作戏剧而出名。萧伯纳一生写过超过六十部戏剧，擅长以黑色幽默的形式来揭露社会问题。1925年"因为作品具有理想主义和人道主义"而获诺贝尔文学奖，艾伦·勒纳（Alan Lerner）曾改编其喜剧作品《卖花女》（Pygmalion）成音乐剧《窈窕淑女》（My Fair Lady），该音乐剧又改编为好莱坞同名卖座电影而家喻户晓。

代表作品：《鳏夫的房产》（Widowers' Houses）、《圣女贞德》（Saint Joan）、《卖花女》、《华伦夫人的职业》（Mrs Warren's Profession）、《巴巴拉少校》（Major Barbara）等。

契诃夫（Anton chekhov，1860—1904），俄国的世界级短篇小说巨匠，其剧作也对二十世纪戏剧产生了很大的影响。他坚持现实主义传统，注重描写俄国人民的日常生活，塑造具有典型性格的小人物，藉此忠实反映出当时俄国社会的现况。他的作品的三大特征是：对丑恶现象的嘲笑、对贫苦人民的深切的同情，以及作品的幽默性和艺术性。

代表作品：短篇小说《变色龙》（A Chameleon）、《套中人》（The Man in a Case）等，以及戏剧《樱桃园》（The Cherry Orchard）等。

吉加·维尔托夫（Dziga Vertov，1896—1954），苏联纪录片导演和电影理论家，他是纪录片的先驱人物。他的电影实践了当时流行的真实电影，以及创立了吉加·维尔托夫集团，一个在二十世纪六十年代活跃的电影集团。其代表作品为《持摄影机的人》(Man with a Movie Camera, 1929)。2012年，电影杂志《视觉和声音》(Sight & Sound)中，这部1929年实验的无声纪录片被列为年度第八电影。这部影片是在乌克兰VUFKU电影制片厂制作，记录了乌克兰和其他苏联城市的都市生活面貌。

李渔（1610—1680），初名仙侣，后改名渔，字谪凡，号笠翁。明末清初文学家、戏曲家，曾经评定《四大奇书》，祖籍浙江省兰溪县（今浙江省兰溪市）夏李村，后来祖父随"兰溪帮"到了江苏如皋做种药材生意。李渔的童年、少年是在如皋度过的，后来又娶妻生女，前后在如皋生活二十三年，中年之后又在南京生活了十四年；之后在杭州生活。主要作品《闲情偶寄》是他对自己的生活所得所闻所见之事物总结的书。该书包含有对戏曲的看法、批评，从舞台的实际出发，注重戏曲的结构、中心事件的选择安排等，是中国戏曲批评史上重要的著作之一。其中，还涉及生活中的如饮食、坐卧等方面的审美感受。

爱·摩·福斯特（E. M. Forster, 1879—1970），二十世纪初英国著名作家、小说理论家。他生于伦敦建筑师家庭，厌恶公学。在剑桥大学与"布卢姆斯伯里派"（Bloomsbury）交往密切，包括罗素（Bertrand Russell）和伍尔芙夫妇（Virginia and Leonard Woolf）等人，政治上主张自由主义，艺术上崇尚法国印象派和后印象派，宗教上主张无神论。毕业后他去过希腊和意大利游历，并开始创作小说。他以其深刻的洞察力和高超的文学笔触在小说中塑造出一大批性格鲜明的人物形象。福斯特在文学理论方面也有建树，他的理论著作《小说面面观》(The Aspects of Novels)对后来小说理论的发展产生了很大影响。人物理论是其中最重要的一个部分。福斯特在总结前人观点的基础上提出两个重要概念：扁形人物与圆形人物。强调"人与人之间的真诚关系",呼吁人们排除个性、种族、阶级的偏见与隔膜,寻求人类的共通之处,指责英国资产阶级的虚伪性和局限性。

叶夫根·加布里洛维奇(Yevgeni Gabrilovich,1899—1993),苏联电影剧作家,全苏国立电影学院教授。第二次世界大战期间,曾任苏联《红星报》特派记者。1912年加布里洛维奇开始文学活动。1936年他创作了第一部电影文学剧本《最后一夜》(The Last Night,)在这部剧作中表现出创作特色:通过普通人的命运反映历史的规律。这一特色贯穿在他以后的许多剧作中。在五十年的创作生涯里,他写下多部电影文学剧本,其中著名的有《玛申卡》(Mashenka,1942)、《理想》(Dream,1943)、《编号217》(Girl No. 217,1945)、《生活的一课》》(Lesson of Life,1955)、《牛虻》(The Gadfly,1955)、《但丁街凶杀案》(Murder On Dante Street,1956)、《共产党员》(Communist,1958)、《列宁的故事》(Stories About Lenin,1958)。他的这些剧本均由尤里·莱兹曼(Yuli Raizman)、米哈伊尔·罗姆(Mikhail Romm)、尤特凯维奇(Sergei Yutkevich)等著名导演搬上银幕,深受好评。加布里洛维奇对电影剧作的内容与形式进行了不懈的探索。他在二十世纪六十年代就提出"思想电影"的理论,在创作中追求作品的哲理性和语言的表现力,《列宁在波兰》(Lenin v Polshe,1965)、《列宁在巴黎》(Lenin in Paris,1980)是他这方面的代表作。

费里尼(Federico Fellini,1920—1993),意大利著名艺术电影导演,同时也是演员及作家。他出生于意大利的里米尼市,并在意大利电影导演罗西里尼的帮助下,开始参与电影制作,曾先后五次摘取奥斯卡金像奖。1993年10月31日,他因心脏衰竭和呼吸系统功能性障碍不治,在罗马的翁贝托一号医院逝世。意大利政府后来为他举行国葬,而联合国教科文组织则铸造了费里尼勋章。他以独特的风格闻名于世,特别是混合梦境与巴洛克艺术影像的电影作品，被认为是二十世纪影响最广泛的导演之一。

帕索里尼（Pier Paolo Pasolini, 1922—1975），意大利作家、诗人、后新现实主义时代导演。他的电影作品充满影像活力，寓意深刻。1961年，他导演了处女座《寄生虫》（*Accattone*），继承意大利新写实主义。电影的风格，真实地呈现了罗马的边缘阴暗面。1964年的《马太福音》（*The Gospel According to St. Matthew*）以现实主义风格讲述了耶稣的一生，被认为是最忠于基督精神的宗教影片。他的作品常常向古典名著取材，或者具有浓厚的宗教色彩和禁忌性，在艺术手法上颇爱采用自然光和非职业演员，因此备受争议。

代表作品：《十日谈》（*The Decameron*, 1970）、《索多玛120天》（*Salo, or the 120 Days of Sodom*, 1975）。

查理·卓别林（Charles Chaplin, 1889—1977），英国喜剧演员及反战人士，后来也成为一名非常出色的导演。卓别林在好莱坞电影的早期和中期尤为成功活跃。他奠定了现代喜剧电影的基础，与哈罗德·劳埃德（Harold Lloyd）和巴斯特·基顿（Buster Keaton）并称为"世界三大喜剧演员"，卓别林头戴圆顶硬礼帽、身着礼服的模样几乎成了喜剧电影的代表形象，往后不少艺人都模仿过他的表演方式。

代表作品：《城市之光》（*City Lights*, 1931）、《摩登时代》（*Modern Times*, 1936）、《大独裁者》（*The Great Dictator*, 1940）等。

苏珊·朗格（Susanne K. Langer, 1895—1982），德裔美国人，著名哲学家、符号论美学代表人物之一，先后在美国哥伦比亚大学、纽约大学等校任教，主要著作有《哲学新解》（*Philosophy in a New Key*）、《情感与形式》（*Feeling and Form*）、《艺术问题》（*Problems of Art*）等。其中《情感与形式》是二十世纪西方符号学美学的代表作，分艺术符号、符号的创造、符号的力量三个部分探讨了作为感情表现符号的艺术问题。作者把艺术问题、艺术符号上升到哲学的角度，着重探讨了音乐、舞蹈、文学、戏剧等艺术符号、艺术符号的表现力以及作品与观众的联系等问题。

安德烈·巴赞（André Bazin，1918—1958），法国《电影手册》（*Cahiers du cinéma*）创办人之一，"二战"后西方最重要的电影批评家、理论家，被誉为"法国影迷的精神之父""新浪潮电影之父""电影的亚里士多德"（区别于"电影的黑格尔"让·米特里）。巴赞在二十世纪四十年代到五十年代发表的一系列高质量影评和电影评论，集结成四卷本《电影是什么》（*Qu'est-ce que le cinéma*），已成为电影理论史上的经典著作，是"二战"后现实主义电影理论发展的一块基石。巴赞推崇现实主义美学，发现并阐述了意大利新现实主义导演的重要价值，阐述了蒙太奇与景深镜头在电影语言中的重要性与辩证关系，提出了长镜头理论，丰富并总结了作者论，在巴赞与《电影手册》的推动下，法国电影在"二战"后兴起了新浪潮运动。

罗丹（Auguste Rodin，1840—1917），十九世纪法国最有影响的现实主义雕塑家。

克日什托夫·基斯洛夫斯基（Krzysztof Kieslowski，1941—1996），波兰著名电影导演、剧作家。
代表作品：《蓝白红三部曲》、《十诫》（*Dekalog*，1989）。

伏尔泰（Voltaire，1694—1778），法国启蒙时代思想家、哲学家、文学家，启蒙运动公认的领袖和导师，被称为"法兰西思想之父"。他不仅在哲学上有卓越成就，也以捍卫公民自由，特别是信仰自由和司法公正而闻名。尽管在他所处的时代审查制度十分严厉，伏尔泰仍然公开支持社会改革。他的论说以讽刺见长，常常抨击天主教教会的教条和当时的法国教育制度。伏尔泰的著作和思想与托马斯·霍布斯及约翰·洛克一道，对美国革命和法国大革命的主要思想家都有影响。

代表作品：《哲学通信》(Lettres Philosophiques)、《路易十四时代》(the Age of Louis XIV) 等。

米开朗基罗·安东尼奥尼（Michelangelo Antonioni，1912—2007），意大利现代主义电影导演，也是公认在电影美学上最有影响力的导演之一。1942年，他与罗伯托·罗西里尼合作写出《飞行员的归来》(A Pilot Returns) 的剧本。1943年，安东尼奥尼去法国协助马塞尔·卡尔内（Marcel Carné）拍摄《夜间来客》(The Devil's Envoys)。安东尼奥尼在二十世纪四十年代开始拍摄短片。《波河上的人们》(People of the Po River，1947) 讲述了在波河上讨生活的贫穷渔夫的故事（安东尼奥尼自1943年到1947年在波河工作）。他所拍摄的短片是新现实主义的风格，对当地居民的生活做半纪录片的研究。然而，安东尼奥尼的第一部长片《爱情编年史》(Story of a Love Affair，1950) 藉由描写中产阶级而逃脱了新现实主义。他继续创作了一系列的影片：《失败者》(I Vinti，1953)，是叙述在不同国家（法国、意大利与英国）所发生的青少年犯罪系列故事；《不戴茶花的茶花女》(The Lady Without Camelias，1953) 描述了一个年轻的电影明星与她的堕落；《女朋友》(Le amiche，1955) 描绘了都灵的中产阶级妇女群像。直到影片《呐喊》(Il grido，1957)，他重新关注工人阶级，叙述了一个工厂工人和他女儿的故事。每一个故事都与社会异化相关。当然，安东尼奥尼最令人瞩目的成就还在于他的那些简化甚至舍弃叙事和戏剧冲突，展现复杂而神秘的氛围，将沉思和意象置于故事和人物之上，用浮动又没有出路的思绪、只有谜面没有谜底的谜语，给人不安定的感觉的艺术片。

代表作品：《奇遇》（*The Adventure*，1960）、《蚀》（*Eclipse*，1962）、《红色沙漠》（*The Red Desert*，1964）、《放大》（*Blow-Up*，1966）等。

刘熙载（1813—1881），清代文学家。字伯简，号融斋，晚号寤崖子，江苏泰州市兴化人。道光进士，官至左春坊左中允、广东学政。后主讲上海龙门书院多年。他是我国十九世纪的一位文艺理论家和语言学家，被称为"东方黑格尔"。刘熙载的著作有《艺概》《昨非集》《四音定切》《说文双声》《古桐书屋六种》《古桐书屋续刻三种》。其中以《艺概》最为著名，是近代一部重要的文学批评论著。《艺概》共六卷，分为《文概》《诗概》《赋概》《词曲概》《书概》《经义概》，分别论述文、诗、赋、词、书法及八股文等的体制流变、性质特征、表现技巧和评论重要作家作品等，是刘熙载多年来玩味品鉴传统文化艺术的心得之谈。

格利高里·巴夫洛维奇·查希里扬（Gregory Kowolski Checkinyang），苏联电影评论家。查希里扬是从1925年开始电影评论的，在亚美尼亚、格鲁吉亚、阿塞拜疆的报纸上都登载过他的文章、报道和评论。他在电影艺术评论和造型特点方面的论著还有《银幕的造型世界》《论演员创作的角色》《论电影中的诗和戏剧的因素》《论电影的造型手段》及其他许多评论集。

出版后记

迄今为止，后浪出版公司引进出版了近二十种关于编剧的图书，有的侧重于电影剧作，有的兼顾戏剧与电影；有的侧重于人物、情节等具体技法，有的侧重于社会、心理、文化等意涵层面；有的侧重于基本剧作法的讲述，有的则侧重于实践中具体问题的分析解答。作者们自成体系，各有所专，又互相观照，互相应证，共同构筑着剧作"大厦"。

作为"后浪编剧家族"中的一员，本书像是大师们的圆桌派，汇集了剧作理论和电影创作领域的大师，既有亚里士多德、贺拉斯、狄德罗、莱辛、博马舍、关汉卿、李渔、老舍等哲学家、戏剧理论家，又有爱森斯坦、普多夫金、巴赞、费里尼、希区柯克、山田洋次、新藤兼人等电影理论家和创作者。

编者着眼于创作中的具体问题，在每一问题下罗列大师们的语录，让古今中外的大师就同一问题"碰撞观点"，供读者在各类观点的相互印证或相互冲突中多方参照，进而自主判断，探索自己的剧作观，或是运用于自己的创作中。

因而，全书既是给剧作理论研究者的工具书，又是给电影编剧的实用词典。为了方便大家查找，我们特意丰富了目录的层次，让每一问题下具体的人名都上目录，这样读者可以在目录中寻找自己所关注的具体问题，并在该问题下选读各位大师的语录。

除了选材、主题、人物塑造、情节、结构等剧本创作中常见的命题外，全书还关注了戏剧性、情感等涉及剧作学本身的根本性问题，因而可以获得观念与方法的双重关照。此外，编者还特意选编了与画面、声音、剪辑有关的语录，以照顾电影这一媒介语言的特殊性。

大师们的语录是我们走进剧作"大厦"的路标和地图，我们的最终目的，则是找适合自己的、切实可行的剧作方法，并可落实到真正的创作中。若本书于您有益，与有荣焉。若在阅读中有发现任何编校的疏漏之处，也欢迎您批评指正。

服务热线：133-6631-2326　188-1142-1266

服务信箱：reader@hinabook.com

"电影学院"编辑部
拍电影网（www.pmovie.com）
后浪出版公司
2018年4月

图书在版编目（CIP）数据

电影剧作观念选编 / 刘纯羽编著. -- 北京 : 北京联合出版公司, 2018.4
　ISBN 978-7-5596-1701-9

　Ⅰ. ①电… Ⅱ. ①刘… Ⅲ. ①电影剧本—文学创作研究 Ⅳ. ①I053.5

中国版本图书馆CIP数据核字(2018)第025436号

Copyright © 2018 Ginkgo（Beijing）Book Co., Ltd.
All rights reserved.
本书版权归属于银杏树下（北京）图书有限责任公司。

电影剧作观念选编

编　著　者：刘纯羽
选题策划：后浪出版公司
出版统筹：吴兴元
编辑统筹：陈草心
特约编辑：曹　佳　赵丽娜
责任编辑：李　伟
营销推广：ONEBOOK
封面设计：7拾3号工作室

北京联合出版公司出版
（北京市西城区德外大街83号楼9层　100088）
天津翔远印刷有限公司　新华书店经销
字数310千字　690毫米×960毫米　1/16　24印张
2018年8月第1版　2018年8月第1次印刷
ISBN 978-7-5596-1701-9
定价：60.00元

后浪出版咨询(北京)有限责任公司 常年法律顾问：北京大成律师事务所　周天晖 copyright@hinabook.com
未经许可，不得以任何方式复制或抄袭本书部分或全部内容
版权所有，侵权必究
本书若有质量问题，请与本公司图书销售中心联系调换。电话：010-64010019